魔法使いで引きこもり？
He is wizard, but social withdrawal?
9
～モフモフと謳歌する友との休暇～

「……ごきげんよう、アマリア様」

「ごきげんよう、ヒルデガルド様」

にっこりとアマリアは笑っているが、
内心は緊張しているのだろう。

ローブをぎゅっと握る手が少し震えている。

ヒルデガルド

「アマリア様が、我が国の
英雄とお知り合いでしたなんて
存じ上げませんでしたわ」
キリク
アマリア

別荘まで戻る船の上から眺める景色に
シウたちは言葉をなくした。
港と湖が太陽に照らされ、
きらきらと輝いて見える。
その光は石造りの街を幻想的な姿に変えた。
跳ね橋がゆっくりと上がっていく中、
待っていた小舟が順に進んでゆく。

魔法使いで引きこもり？9

He is wizard, but social withdrawal?

～モフモフと謳歌する友との休暇～

小鳥屋エム

Illust 戸部 淑

He is wizard, but social withdrawal?

Presented by Emu Kotoriya.
Illustration by Sunaho Tobe

He is wizard, but social withdrawal?

Contents

これまでのあらすじ 8

プロローグ 9

第一章
人気の飛行板と学校生活 13

第二章
里帰り 77

第三章
休暇の日々 133

第四章
突然の魔獣スタンピード
189

第五章
学校再開
255

第六章
それぞれの人生模様
309

エピローグ
363

特別書き下ろし番外編
幸せに
369

Illustration by 戸部淑

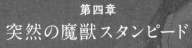

Character

主な登場人物

メインキャラクター

シウ＝アクィラ

異世界に転生した13歳の少年。
相棒のフェレスとともに異世界生活を満喫している。王都ロワルを離れ、ラトリシア国のシーカー魔法学院に進学した。ラトリシア国ではカスパルの屋敷に下宿している。

フェレス

希少獣の中の猫型騎獣（フェーレース）。甘えん坊でシウが大好き。成獣となり空を飛ぶのが大好きに。

ヴァスタ

赤子のシウを拾って育ててくれた樵の爺様。元冒険者で、シウが一人でも生きていけるように育てた人。

神様

何故か日本のサブカルチャーに詳しい、日本人形のような顔立ちの少女。
愁太郎に「転生してみませんか」と勧めてくれた神に位置する存在。

加耶姉さま

前世で複雑な生まれだった幼い愁太郎を、唯一可愛がってくれた優しい少女。

カスパル家

カスパル＝ブラード

伯爵家の子息でシウとはロワル魔法学院からの付き合い。古代の魔道具や魔術式に興味があり、古書集めが趣味。マイペースなオタク気質。

ダン＝バーリ

カスパルの友人兼お付き。
楽しそうにカスパルのフォローをしている。

ロランド

カスパルの家令。
ラトリシア国にある屋敷の管理を任されている。

アマリア＝ヴィクストレム

創造研究科の生徒。伯爵家の第二子。ゴーレム製作の研究をしており、人のために戦う騎士人形を作ることが目標。

ヒルデガルド＝カサンドラ

魔法学院の一年生で侯爵家の令嬢。ロワル魔法学校の生徒だったが、魔獣スタンピード事件で身勝手な行動をとり退学となった。シーカー魔法学院でもなにかとトラブルを起こしている。

クレール

魔法学院の一年生。ヒルデガルドと同郷で面倒見がいいことから彼女のお目付け役を任される。

シーカー魔法学院の教師

アラリコ

クラス担当の教師。言語魔法レベル4で言語学と古代語解析を担当している。早口で皮肉っぽい。

スサ

ブラード家のメイド。シウとリュカのお世話係で、日中はだいたいリュカと一緒にいる。

リュカ

獣人と人族の間に生まれた少年。父親が奴隷だったため街道の復旧作業に連れていかれ、そこで父を亡くしてしまう。今はシウに引き取られて、カスパルの屋敷で一緒に暮らしている。

ソロル

街道の復旧作業に駆り出された奴隷の一人。ブラード家の見習い家僕として雇われることに。

シーカー魔法学院の生徒

ミルト

古代遺跡研究科の生徒で狼と犬の血を引く獣人族。魔法学院に来る前はクラフトと共に、冒険者たちの依頼を受けて遺跡の案内をしていた。

クラフト

古代遺跡研究科の生徒で狼の血を引く獣人族。ミルトの従者兼生徒として魔法学院に通っている。

ラトリシアの冒険者

ククールス

エルフの冒険者。背が高くひょろっとした見た目をしているが、しっかりと鍛えている。森に詳しく五感が鋭いため、シウとともに雪崩で崩れた街道の初動調査に赴いた。重力魔法レベル3を持っている。

ラトリシアの王族

ヴィンセント＝エルヴェスタム＝ラトリシア

ラトリシア国の第一王子。冷静沈着な人物で滅多に表情が変わらない。

王都ロワルの人々

スタン＝ベリウス

王都ロワルでシウが下宿していたベリウス道具屋の主人。シウのよき理解者であり、家族同然の関係。

エミナ＝ベリウス

スタン爺さんの孫娘でおしゃべり大好きな明るい女性。ベリウス道具屋の後継ぎとしてスタン爺さんから仕込まれている途中。

アルベリク＝レクセル

古代遺跡研究科の講師。レクセル伯爵家の第一子だが、本人曰く放蕩息子。

バルトロメ＝ソランダリ

魔獣魔物生態研究科の教師。
ソランダリ伯爵家の第四子で、お嫁さん探しという名目で教職に就くことを許してもらっている。

レグロ

生産科の教師でドワーフ。
生徒に対しては放任主義で、作りたいものを作らせている。アグリコラとも知り合い。

トリスタン＝ウーリヒ

複数属性術式開発科の教師で男爵。顔が怖いため気難しく見えるが、実は熱い性格。

レイナルド

戦術戦士科の教師。熱血漢だが教え方は理論的。

その他

コル

鴉型希少獣（コルニクス）。

エル

芋虫型幻獣（エールーカ）。

ドミトル

エミナの夫で道具職人。エミナとは新婚。

リグドール＝アドリッド

ロワル魔法学校時代の同級生でシウの親友。大聖人の子息ながら庶民派の性格。アリスに想いを寄せている。

アリス＝ベッソール

ロワル魔法学校時代の同級生。伯爵家の令嬢。控えめでおとなしい性格だが、思ったことははっきり言うタイプ。リグドールのことが気になっているらしい……？

キリク＝オスカリウス

辺境伯。「隻眼の英雄」という二つ名を持つ。若い頃ヴァスタに助けられた恩があり、彼が育てたシウのことを気にかけている。

イェルド＝ステニウス

シュタイバーンの準男爵。キリクの補佐官で幼馴染み。破天荒な主のフォローに苦労している。

これまでのあらすじ

異世界に転生した少年シウは、相棒の猫型騎獣《ねこがたきじゅう》フェレスとともに王都ロワルでの生活を満喫していた。大家のスタン爺さんや孫のエミナらと家族同然に付き合い、魔法学校ではリグドールやアリスといった多くの友達に恵まれた。また、魔法学校の演習中に起きた魔獣《まじゅう》の氾濫《スタンピード》やデルフ国での聖獣誘拐未遂事件《せいじゅうゆうかいみすいじけん》などで貴族のキリクと親しくなり、後ろ盾になってもらう。

ラトリシア国のシーカー魔法学院に進学してからは、ロワルでの先輩だったカスパルの屋敷で下宿を始める。さらに冒険者として活動する中で、魔獣に襲われて父を亡くしたリュカという少年と出会い、彼を引き取って育てることにした。

リュカとの生活も落ち着いてきたころ、シウはギルドからの依頼で氷の魔獣グラキエースギガス討伐隊《とうばつたい》のサポートをすることになった。しかし討伐隊を指揮する宮廷魔術師《きゅうていまじゅつし》は魔獣と戦うどころかシウを目《め》の敵《かたき》にして、フェレスを奪おうと迫ってきた。呆れたシウは宮廷魔術師を退け、代わりに討伐隊の指揮をする。

そして討伐隊の冒険者たちやロワルから駆け付けたキリクの力を借りて、グラキエースギガスを討伐するのだった。

プロローグ

He is wizard, but social withdrawal?

Prologue

王都から少し離れた平原で、シウはククールスから重力魔法について教わった。珍しい魔法スキルだ。人から見せてもらえる機会はそうそうない。ククールスも見せてあげれば喜ぶだろうという、子供への優しさのつもりだったろう。もっともシウ自身は「使えるようになるにはどうすればいいのか」と考えている。基礎属性魔法を重ねて使う複合魔法ならどういう術式になるのか、考えるのは楽しい。

他にもククールスと魔法や古代帝国について語るのが楽しかった。おかげでシウの気分はすっかり良くなった。というのも、ここ数日は王宮へ行くなどして忙《せわ》しなかったからだ。

早めに帰宅してからも、楽しい気持ちのままリュカと遊んだ。リュカもシウがいると嬉《うれ》しそうだ。寝かしつけるまでずっと話し続けていた。

リュカが寝てしまうと、シウは鍛冶小屋《かじごや》へ引きこもって物づくり三昧《ざんまい》だ。スサが呼びに来るまで延々と、思いつくままに色々作った。大満足の一日だった。スサには「まだ起きていたのですか？」と叱《しか》られたけれど、シウが「楽しかった！」と話せば、呆《あき》れた様子で笑われた。更に溜息《ためいき》を漏《も》らしながら、

「そうしたところは子供らしいですよねぇ」

と、笑う。とはいえ、だからこそ、遅くまで起きているのは良くないとスサの目がつり上がる。シウは素直に「ごめんなさい」と謝った。

「よろしい。では、おやすみなさいませ」

腰に手を当てたスサは、シウがちゃんとベッドに入るまでを見届けた。厳しいメイド長

プロローグ

サビーネのようだ。でも、その視線は柔らかい。リュカを見るのと同じ、優しいものだった。くすぐったい思いで、シウは彼女が部屋を出ていくのを見送った。

朝になると、二日酔《ふつかよ》いの顔でキリクがやってきた。服の中に手を入れて腹をボリボリ掻《か》いている。そういう姿を見ると、とても「隻眼《せきがん》の英雄」と呼ばれるような偉人には見えない。シウが半眼でいると、キリクは気怠《けだる》そうに話し始めた。

「シリルから矢のような催促が来ていてな。『仕事が溜まっている』とお怒りだ。だもんで『王子との面談を取り付けてあるからまだ戻れない』と報告している。口裏を合わせておいてくれ」

「面談するんだよね?」

「お前の付き添いだから、一応、面談になるんじゃないのか」

「僕を共犯にするの止めてほしいんだけどなあ」

「いいじゃないか。俺がいて良かっただろ?」

確かに、キリクが来てくれたからこそグラキエースギガスという大型の魔獣《まじゅう》を倒せた。飛竜に乗ったキリクがいなければ、倒すまでに時間がかかっただろう。被害も大きかったに違いない。

それにシウは、貴族でもあるラトリシア国の宮廷《きゅうてい》魔術師《まじゅつし》に因縁を付けられていた。原因はフェレスだ。彼は騎獣《きじゅう》としては下位になるが、その見た目が美しい。だからだろう、接収されそうになった。もちろん撥《は》ね付《つ》けたが、そう簡単に終わらなかった。本来なら流《る》民《みん》という立場でもある冒険者のシウに勝ち目はなかっただろう。なにしろ貴族が相手だ。いよいよとなったら学校を辞め、ラトリシアを出ていこうとまで考えた。それを貴族の力で守ってくれたのがキリクだ。おかげで、相手の貴族を蟄居《ちっきょ》にまで持っていけた。

「それは助かりましたけど。あ、その節はありがとうございました」

「よしよし。分かればいいんだ。さて、今日は俺も時間がある。早速、学校を見学に――」

下手に出るとすぐにこれだ。シウはキリクを睨《にら》んだ。

「騒ぎになるから却下」

「なんだと？」

断ると、キリクが騒ぎ始めた。何故《なぜ》だ、いいじゃないかとしつこい。シウは、とりあえず二日酔いに効くポーションを渡して宥《なだ》め、客間に帰ってもらった。

第一章

人気の飛行板と学校生活

He is wizard, but social withdrawal?

Chapter 1

キリクに気付かれないよう、シウはさっさと学校に行った。教室に入るとミルトとクラフトが来ており、シウに手を振る。

「よう。相変わらず早いな」

「そっちもね」

リュカの勉強の進行具合を聞いているうちに、生徒が集まりアルベリクもやってきた。すぐに授業が始まる。

授業が終わると、シウは改めてアルベリクにお礼を言った。

「ありがとうございました。いろいろ話を通してくださっていたようですね」

「僕でも少しは力になれたのかな。皆、上に掛け合ってくれたようだけど」

「はい。立ち会った貴族の方が驚いていました。どれだけ伝手《つて》があるんだって」

「学校の先生たちも人脈を使って、働きかけたようだからね」

「あ、僕も父上にお願いしたんだよ」

フロランが通りすがりにといった感じで話す。彼は「じゃあね」と手を振って教室を出ていった。その後ろ姿に「ありがとう」と声を掛ける。彼からは、

「今度、遺跡へ行く時手伝ってくれよ」

と返ってきた。それで貸し借りなしという意味だろう。

「あんなこと言ってるけど、用事があれば断っていいんだからね」

「はい、先生」

第一章

人気の飛行板と学校生活

アルベリクには王宮で何があったのかを簡単に説明した。大きな問題はないと知り、安堵《あんど》の表情だった。

午後も授業が始まる前にお礼を言ったり事情を説明したりと、話し込んでしまった。

「とにかく、無事に終わって良かった。フェルマー伯爵《はくしやく》も蟄居《ちつきよ》となれば手出しはできないだろうね」

「先生もありがとうございました」

シウが頭を下げると、バルトロメは恥ずかしそうにいやいやと手を振った。それからグラキエースギガスについて聞きたがった。シウの立場がようやく落ち着いたと分かれば、これだ。機関銃のように質問してくるから生徒たちが呆《あき》れている。

「先生、せっかくだから授業で取り上げたらどうでしょう。シウに発表してもらって、その後に質疑応答と議論をしてみませんか」

「それはいい提案だ。よし、じゃあ授業を始めるぞ」

シウの意見はおかまいなしである。先生も生徒も同じ穴の狢《むじな》だ。仕方なく、まずはどうした経緯でグラキエースギガスを討伐《とうばつ》するに至ったかを話した。生態を学ぶ上でも、魔《ま》獣《じゆう》の行動を知っておく必要があるからだ。

更に人間側の事情や動きについても説明する。ついでだから冒険者たちの索敵報告がどうだったかも付け加えた。魔獣の行動について順を追って話し、いよいよグラキエースギ

ガスが人間に気付いたところまで進んだ。そこでバルトロメが、

「では、人の騒ぎに気付いて方向転換したということか」

と、積極的に質問してきた。生徒よりも熱心だ。シウは頷《うなず》いて答える。

「元々、王都方面へ動き出していたのに急にこちらへ来たんです。先ほどの説明通り、僕たちはかなり騒いでいたので、そのせいかと。ただ、人の声に反応したのか、動きによる振動のせいかは分かりません。聖獣《せいじゅう》もいましたしね」

「なるほど。魔獣は聖獣を特に好むからね」

「食べるんですか？」

アロンソが先生に質問した。嫌そうな顔だ。

「そう。魔獣は人を襲うが、その中でも魔力量の多いものを好むのではないかと言われている。そういう意味では聖獣はもっとも彼等の好みになるだろう」

「その割には、王都など人の多い場所を狙いませんよね」

「ウスターシュ、良い質問だ。その通り。どういうわけか、魔獣は森の奥など、人がいない場所に生まれる。また、そうそう人里まで出てこない。知能はないと言われているが、人に敵わないことは理解しているのかもしれないね。だから群れを作り、やがてリーダーとなる強い個体を生み出すんだ。僕はそう思っている」

やがて人里を襲い、上手《うま》くいけば更に人が多く集まる場所を狙うようになる。

「ちょっと脱線したね。シウ、続きを」

第一章
人気の飛行板と学校生活

バルトロメに促され、シウは話の続きを始めた。安定した地形を探して迎え撃つ準備をしたり、防御態勢を整えたり、といったくだりだ。

「具体的には？」

バルトロメが真剣な顔で聞く。シウは報告しすぎて暗記した内容を、教壇前の白板に書き込んだ。第一防壁、第二防壁、そして堀を描く。攻撃班のいた場所についてもだ。

戦闘がどうだったかも話していると四時限目が終了した。休憩をはさんで五時限目になったが、シウは休まずクライマックスまでを話し終えた。更にシウなりの考えを口にする。

「グラキエースギガスは熱にも反応していたような気がします」

「熱に？」

「生き物の温度、かな。誰にでも体温はあるでしょう？　それを目安に動いているのかなと思うことがありました。たとえば同じような魔力量の持ち主なら、革鎧《かわよろい》で覆っている冒険者の方が狙われにくかったです。他にも似たようなことが幾《いく》つか。グラキエースギガスの動きをトレースすると、熱量に反応したのではと思ったんです。あと、どうも目はあまり良くないんじゃないでしょうか。囮役《おとりやく》として飛び回っていた騎獣《きじゅう》を捕まえようとして、何度も空振りしてました。騎獣の方の飛行能力はそれほど高くなかったので」

フェレスより遥《はる》かに飛行能力が劣っていたのに掠《かす》りもしなかったのは、相手の精度が悪いせいだ。強い魔獣にも弱点はあった。

「ふむ。観察眼も鋭いが、動きをトレースし直すという考えが素晴らしい。他に、気付いたことはあるかい？」

「そうですね。鬼種の割には動きが悪かったかも。確かに攻撃を避ける際の動きは大型魔獣の割に素早かったです。けど、思ったほど強くなくて呆気《あっけ》なかったですね」

「……それはどうなんだろうか。君、隻眼《せきがん》の英雄の強さに慣れてない？」

「え、そう、かな？」

シウが首を傾《かし》げると、ウスターシュが呆れた表情になった。

「大体、シウは宮廷《きゅうてい》魔術師《まじゅつし》に殺されそうになったんだよね？」

「そうそう。殺されそうになったってところに誰も突っ込まないから、僕どうしようかと思ったよ」

アロンソまでもが同じ表情だ。二人とも苦笑している。それを見たバルトロメも「あ、そうだったね」と相槌《あいづち》を打った。

「殺されそうになったことを本人もさらっと流すぐらいだからさ。そんなシウの言う『強くない』は信じられないなぁ」

シウは頭を掻《か》いた。

「そう言われると僕も自信ないけど。でも本当にあっさり終わったんだ。あ、直接倒したのはキリク様だけど」

だとしても、やはり「思ったほどは強くなかった」と思う。そんなシウに、ルフィナがポンと手を叩《たた》いて声を上げた。

「他の冒険者の話が聞けたらいいんじゃないのかしら」

するると皆が「ルフィナ、それだ！」と同調する。そこからは「冒険者からどうやって話を聞くか」に主題が切り替わった。

「来てもらえるように依頼を出す？　でも、冒険者って学校へ来るのを嫌がるそうよ」

「狩りに行く計画でも立てて護衛依頼を出すというのは、どうかな」

「それ、いいかも！」

皆、わいわい楽しそうに計画を立て始めた。ククールスなら来てくれそうな気もしたが、せっかく楽しそうに計画を立てているのだ。シウは黙っていることにした。


五時限目は時間通りに終わり、シウは寄り道して商人ギルドに顔を出した。待ち構えていたわけではないだろうが、流れるように本部長室へ案内される。部屋にはヴェルシカとシェイラがニコニコと、おかしいぐらいの笑顔で待っていた。一体いつ連絡したのだろうか。入り口から本部長室まで五分とかかっていなかったはずだ。

シウは案内してくれたユーリに背中を押され、部屋の中へと入った。

「さあさあ、どうぞどうぞ」

ヴェルシカは相変わらず、ごますり状態で低姿勢だ。

「来ていただけるのをお待ちしておりました。いや～良かったです～」

その笑顔にシウはちょっと、いやかなり引いてしまった。

「何か、あったんですか？」

「ほら、本部長、もう少し落ち着いてください。シウ君が困ってますよ」

「あー、いやぁ、ははは」

「シウ君、実はね。本部長ったら、商人組合の会合で飛行板のことをポロッと漏《も》らしちゃったの。そのせいで、まだかまだかとせっつかれて大変だったわ。しかも国が大事な特許情報を握り潰す可能性もあると知って、商人たちが憤ってしまったの。もう少しで貴族との喧嘩《けんか》が始まったかもしれないのよ。ぜーんぶ、本部長の軽い口のせいで」

「そうなんですか」

「シウ君が助かったことで、かろうじて首が繋《つな》がったのよ。本部長、シウ君には頭が上がりませんわね？」

シェイラの笑顔の嫌味が怖かった。ユーリもニコニコ笑いながら本部長を見ているが、その目は笑っていない。十分絞られただろうが、しばらくは嫌味を言われるのではないか。そう思うと、シウは少しだけヴェルシカに同情した。


ユーリたちにやり込められて肩を落とすヴェルシカを見せられたあと、シウはシェイラの執務室に連れていかれた。そこで、飛行板を使うに当たっての基本ルールを見直すなど、話を詰めていく。特許については普通の飛行板を先に申請すると決まった。

様子を見て、冒険者仕様の飛行板を登録するかどうか決める。こちらの魔術式は公開するつもりはないが、需要が多いと販売自体は業者に任せることになるため、打ち合わせが必要だった。魔術式のブラックボックス化といった縛りが多いことから、業者の選定が難しくなる。後回しになるのは仕方がない。

他にも幾つか実験中の魔道具について話を続け、気付いたら外が暗くなっていた。

◇◆◇◆◇

翌日、キリクがごねてどうしようもなかったため、午前中だけという約束で学校へ連れていった。ただ、外部の人間が勝手に出入りすることは許されていない。本来なら事前に手続きを行うところ、キリクの貴族という身分を使って一旦入る。その後、クラス担当のアラリコに頼み込み、一日のみの滞在許可証をもらった。

キリクがシウの後ろ盾とは話していたが「正式な関係」ではない。それなのにすんなり許可証が発行されたのは、キリクが有名人だからだ。物語に登場するような「英雄」の影響力というのは、シウが思う以上にあるらしい。

アラリコに頼まれて許可証を用意してくれた事務の職員も、憧れの存在を目にして舞い上がっていた。英雄と握手がしたいと言って、アラリコに注意されるほどだ。

許可をもらうに当たって多少ごたごたしたものの、授業の始まる二時限目には充分間に合った。

キリクは魔法学校に通った経験がなく、ましてやシーカー魔法学院を見学するなど想像もしていなかったと、物珍しそうだ。廊下を歩きながら、中庭を見たり教室を覗《のぞ》いたりと視線が忙《せわ》しない。そのせいで、ゆっくりと付いてきていた。シウは気にせず、すたすたと生産科の教室に向かう。

教室に入ると各々が作業を始めている。アマリアもだ。彼女はシウの姿を見付けると作業の手を止めて声を掛けてきた。

「良かったですわね。お爺様からお話を伺って、安堵いたしましたした」

アマリアは近寄りながら話しかけ、途中でシウの後ろに立つ大男を見て戸惑《とまど》ったようだ。胸の前で両手を組む。ほんの少しの不安が垣間見《かいまみ》える。そんな彼女の傍《かたわ》らに、ジルダがスッと寄り添う。騎士のオデッタも失礼にならない程度の警戒を示す。微《かす》かに変わった空気感に、キリクが苦笑した。

「アマリア嬢、わたしはキリク＝オスカリウス、シュタイバーン国のオスカリウス領領主だ。初めてお目にかかるが、お噂《うわさ》はアウジリオ殿から伺っている。お会いできて光栄だ、お転婆《てんば》人形姫」

「……まあ！」

アマリアは驚いて口を開け、慌てて手で隠した。可愛《かわい》らしい仕草にシウが思わず笑ってしまうと、ジルダに睨《にら》まれてしまった。けれど、少女らしくて微笑《ほほえ》ましいのだからいいではないか。キリクもにやりと笑う。男らしい笑みだ。

　そんなキリクにアマリアは驚いていたが、ハッとして急ぎ挨拶を返した。

「初めまして、オスカリウス辺境伯《へんきょうはく》様。わたくし、アマリア＝ヴィクストレムでございます。ヴィクストレム伯爵が第二子で、十八歳となりました。……もうお転婆は卒業しましたのよ？」

「それは失礼。どうやらアウジリオ殿は目に入れても痛くない孫娘殿を、いまだにお小さいままだと思われているようだ。もう立派な淑女《しゅくじょ》となられているのに」

「まあ。わたくしまだ淑女と呼べるほどしっかりしておりませんわ。もしかして、おからかいになられているのでしょうか」

　頬に手をやり、困ったような顔をする。ほんのり赤いのは照れているのだろうか。

　なんとなく二人の様子がいい感じで、シウはお邪魔かなと、そろりと後ろへ忍び足となった。しかし、こういう時に限ってキリクは気付くのだ。

「おい、何やってるんだ。お前が間に入らないとダメだろ」

「はあ」

「なんなんだ」

「いえ。えーと。お日柄もよく？」

「……意味が分からん」

　あはは、と頭を掻いて笑って誤魔化す。ちょうどレグロもやってきたので有耶無耶《うやむや》になり、その後はレグロを交えた会話が始まった。

レグロがキリクの相手をしている間、シウは先日作った印字機の周辺道具を作り始めた。まずはインクの配合を変えて実験していく。インクの目詰まり対策については術式を改変した。ただし、自分で解体して掃除もできるようにする。分解組立がしやすいよう設計も変えた。また、文字盤の入れ替えも簡単に行えるよう改良を加える。

版画向けの印字機はゴム板を改良した。凹凸《おうとつ》を付けやすくしたものだ。印刷機も作る。これで、手書きではない本が作れるようになる。しかも何度でも刷れるため、複写魔法がなくても便利になるだろう。

そうなると、庶民にも本が身近なものとなるはずだ。もちろん、新聞のように大量の印刷ができるわけではない。装丁《そうてい》だってない、ごく簡単な本だ。けれど、小さな範囲で必要とする印刷が可能になる。たとえば、学校ならば各授業ごとの資料を刷って各自に渡せるだろう。いちいち生徒に手書きさせなくてもいい。商家なら商品の取扱説明書を付けられる。あるいは新人教育に必要な規則を冊子にするのもいいだろう。

使い道はいくらでもある。考えるだけでシウはウキウキした。すると、背後に気配を感じた。見ずとも分かる。キリクだ。シウが振り返ると、彼はニヤニヤと笑っていた。

「そうしたところを見ると子供らしいもんだ」

「立派に子供です」

「作ってるもんは子供らしくねえが」

「……飛行板、返してもらおうかなあ？」

「おい。人にやったもんを返せっていうのは、大人らしくねえぞ」

「子供だし」

「分かった分かった。俺の負けだ」

両手を挙げて降参ポーズだ。気障《きざ》な格好だが、キリクがやると似合って見える。シウにはできない姿だ。想像も付かない。いつか、こういう大人になれるのだろうか。せめてもう少し成長してみたいものだと考える。

「どうした？」

「あー、僕もキリクみたいに大きくなれるのかなあと」

「やっぱり小さいの、気にしてるんだな」

困惑したような、どこか不憫《ふびん》なものを見る目になった。

「そりゃまあ。でも爺様は『シウは線が細いから無理だろう』って、バッサリと」

「ヴァスタらしいな」

「そう言えば、僕の死んだ父親も細身だったらしいよ。爺様が言ってた。母親に至っては子供みたいに小さかったそうだから、たぶん無理だろうね」

「なんつうか、まあ……。だが、そういう男が好きだって女もいるさ。小さくてもな。なんとかなるよ」

一生懸命、キリクなりに慰めているつもりらしい。シウは笑ってヒラヒラと手を振った。

「おい、諦めるなよ？　ああ、そうだ。貴族の女なんてのは、物語に出てくる細身で青白い肌の、虫も殺さないような王子様が好きだ。お前にも入り込む余地はあるよ」

「それ、大前提に『美しい』が付くんだよ。なんだったっけ、薔薇《ばら》の花も霞《かす》むような美しい王子様？　ああいうのが人気なんだよ」

女性向けの恋愛本のほとんどは、装飾過多な表現で埋め尽くされている。男性に対する描写とは思えないほどの美辞麗句《びじれいく》が続くのだ。それはそれで面白いが、読者層は若い少女だ。つまり、大人の女性が好むとは思えない。

「別に好かれたいから大きくなりたいわけじゃないんだけどね。ただ、男性の包容力を示すのに手っ取り早いのが体の大きさだから。相手に安心感を与えるようだし」

「お前が一体どこを目指しているのか、分からなくなってきたな」

「キリクみたいになれたらいいなと思っただけだよ。安心できる、父親みたいな存在？」

言いながら、疑問調になってしまった。シウは俯《うつむ》いて作業をしていたのを一度止め、返事がないキリクを見上げた。すると、そこに珍しいものを見た。

大の男が顔を赤くしていたのだ。珍しい姿は見ものだったが、からかってはいけない気がして、シウは黙ってまた作業に戻ったのだった。


しばらくして元に戻ったキリクが「学校内を見て回りたい」と言い出した。シウが困っ

ていたら、アマリアが助け船を出してくれた。

「お昼をご一緒にどうですか？　午後も、わたくしの受ける研究科でよろしければご案内できるかと思います」

「え、いいんですか？　助かります！」

シウが勝手に返事をしたが、キリクは苦笑するだけで反論しなかった。となれば、あとはアマリアにお願いすればいい。そう思っていたのに、何故《なぜ》かシウも行く羽目になった。てっきり二人でサロンに行ってくれるものと考えていた。しかし、年頃の女性が独身貴族の男性を連れ歩くのは良くないようだ。

「騎士や護衛に侍女もいて、二人っきりじゃないのに？」

渋々付き合いながらも、シウは往生際が悪く聞いてみた。

「貴族とはそうしたものなんだ。貴族らしくしろとは言わんが、もう少し事情を覚えてくれると助かるな」

「そんな口調のキリクでも貴族だもんね」

「まあな」

たわいない会話だったが、近くにいたオデッタはギョッとしたようだ。一応、シウもキリクも他には聞こえない音量で話している。時折、キリクに気付いて挨拶に来る者もいるが、その時は礼儀正しくしていた。きちんとできているはずだ、たぶん。

ところで、この日のキリクには誰も付いていなかった。従者も騎士もいないのは有り得ないことで、オデッタが代わりを務めるため近くにいた。そのせいで、彼女はシウたちの会話に何度も驚いていたようだ。

向かったのは貴族用のサロンだ。シウがいつも使っている食堂の二階にあるサロンではない。本校舎から続く渡り廊下の先の、特別な専用サロンだ。

この渡り廊下からしてすごい。高価な絨毯《じゅうたん》が敷かれているのだ。更にサロン棟に入ると豪華絢爛《ごうかけんらん》の一言しか出ない。シウは王立ロワル高等学院のサロンにも入ったことがあるが、それとはまた違った雰囲気だ。一歩間違えると下品に見えるのがギリギリ回避されている。ところどころに落ち着いた色合いが用いられているからだろう。白地に金銀ばかりだと目に痛いので、黒地ベースの内装にホッとする。

貴族用サロンは中央広間自体が高級カフェのようになっており、ソファやテーブルが間隔を空けて置かれている。その広間から放射状に幾つかのレストランが並んでいた。シガールームもあるらしく、完全に貴族仕様だ。

十三歳の未成年が来るには大人びた空間だった。当然ながら、サロンには成人した生徒ばかりがいる。シウのような子供の存在は場違いだった。しかし、遠目に視線を感じるものの、あからさまに噂し合うのは憚《はばか》られるようだ。小声ですら、悪口や嫌味といった類《たぐ》いは聞こえてこない。それもそのはずで、なにしろシウには大物が一緒だった。ヴィクストレム家のご令嬢と、他国の上位貴族である。

キリクが他国の貴族だと分からない人間は、この場にいないだろう。情報は矢のように速く広がるのが貴族社会だ。彼がグラキエースギガスを討伐した話は、貴族なら必ず知っているると言ってもいい。ましてやキリクは隻眼だ。眼帯を着け、立派な体軀に貴族としては多少緩いが質の良い服を纏《まと》った男である。全員が気付いただろう。

生徒たちは遠巻きにしながらも、キリクへの会釈《えしゃく》は忘れなかった。

とはいえ、ここは貴族専用サロンと言われている場所だ。本来なら同席は許されなかったのかもしれないが、キリクやアマリアがいたためシウも入店できた。支配人には一瞬でも驚かれてしまったし、その一瞬で逡巡《しゅんじゅん》しただろうことも分かったが、結果として同じ席に通してもらえた。

学校内は平等と謳《うた》われている。しかし、貴族専用サロンは例外だ。サロンは貴族の社交場である。シウのような庶民は招待されれば入れるが、同じ席には座れない。そのため、接客担当は気に入らないようだった。それでも一流の店だ。嫌がらせなど一切ない。

ちなみに、アマリアの騎士や従者は隣の席で食事を摂《と》る。柱の陰でありテーブルもワンランク下だが、同じ空間で食事を摂っても許されるそうだ。

実はこの場にはフェレスもいた。フェレスは微妙な立ち位置になる。希少獣でも、小型だと連れて入っていいからだ。しかし、彼は希少獣の中でなら中型になる。中型ならば獣舎に預けておくか、あるいはサロンの入り口で待機させるのが「普通」だ。それを、今は危険だからと事情を説明して許してもらった。

お願いしてくれたのはアマリアだ。彼女の潤んだ瞳でお願いされた支配人は、一流の店の人らしい笑顔で受け入れてくれた。


食事中は特に会話が弾むことはなかった。お邪魔虫にならないようシウが黙っていたせいでもある。あとは貴族の食事マナーを守ったつもりだった。情報収集が必要な社交場というわけでもないし、階位の隔《へだ》たりがある組み合わせの昼餐会《ちゅうさんかい》では静かに食べるものだからだ。それも食後の飲み物が来る頃に終わった。アマリアがシウに話を振ってきたのだ。それまではキリクとアマリアが、「雪がよく降りますね」「ラトリシアは多いんですよ」などと表面的な会話を続けていた。

「そう言えば来週から学校のお休みが始まりますけれど、シウ殿はどうされますの？」

「えっ？」

珈琲《コーヒー》を飲んでいたシウは、驚いて顔を上げた。

「休み、来週からでしたっけ？」

「そうですわ。……シウ殿、あなた、集会室へ毎日行ってらっしゃいませんね？」

「あっ！　はい、昨日も今日も行ってません。ロッカーを覗くのも忘れてます。木と土の日は学校にさえ来てませんでした」

「まあ。それはいけませんわ。連絡事項が溜《た》まっているはずですから、きちんと確認しなければなりませんよ。紙に番号が振られているはずですから、授業のない日でも抜けている番号があればクラス担任へ確認に参りませんと」

「あれはそういう意味だったんですね」

「お前、頭がいい割にはどこか抜けてるな」

呆れたように笑われてしまった。キリクはアマリアに、他にも情報があれば教えてやってほしいと頼んだ。

「そうですわね。毎年お休みの日程が決まっていれば良いのですけれど、新入生では大体の予想さえ付きませんものね。今年は生徒会によって日程がほぼ決定しておりますので、お教えしますわね。まず、最初のお休みが来週から来月の芽生えの月の第一週までで、二週間ですわね。今回は例年と違って一週分早まったのでご存じない方がいらっしゃるかもしれません」

思い出すかのように視線を上に向けながら、アマリアは丁寧に教えてくれた。

次の休みは朝凪《あさな》ぎの月の最終週で、一週間。夏は炎踊る月の一月全部だ。そして山粧《やまよそお》うの月の第一から第二の二週間。最後に山眠るの月で、一学年が終了し休みに入る。これは第三週から、翌月の年新たの月の第二週までの一月だ。新入生以外は新しい学年の始まりが第三の週からとなる。もっとも、課題の多い学生もいるため、学校は常に開いているそうだ。補講もあり、研究科は常に開いているらしい。

「そうだわ、研究科に在籍していらっしゃるのでしたら、合宿があるかもしれませんよ」

「ありがとうございます。あ、生産科はないですよね？」

「ええ。ただ、論文や途中の研究でも資料は提出するようにと指示されますね。レグロ先生は個別指導される方ですから、シウ殿も同じ内容かは分かりませんけれど」

「そういえば最初お会いした時に、レグロ先生がアマリアさんに話してましたね」

「まあ、覚えてらっしゃいましたの？　先生ったら、長の休みで腕が鈍らないよう課題を申し付けたのだと仰《おつしや》ってましたわ」

アマリアは貴族の子女であるため、年末年始に里帰りをしていたらパーティー三昧《ざんまい》で勉強が疎《おろそ》かになると思ったのだろう。たぶん、彼女の為に敢《あ》えて課題を出したのだ。

「それにしても休暇の日程を忘れるとは、健全な学生とは思えんな」

キリクが呆れた様子で笑う。健全な学生は勉強するのだと思うが、シウは違うことを口にした。

「いつかあるんだろうなと思ってたけど、誰も休みの話はしてなかったし」

「子供ならもっと遊ぶことを考えるものだが」

大体、勤勉すぎるのだと叱《しか》り口調になってきた。シウは慌ててアマリアに話を振った。

「アマリアさんもお休みは遊ぶんですか？」

「わたくしたちは社交界への参加もございますから、遊んではいられません。そう、だからこそお休みについては情報が早く伝わって参りますわね。でないとパーティーの招待状が送れませんもの。そういえば、わたくし、生徒会から直に伺いましたわ」

「お休みが多いのは貴族仕様なのかもしれませんね。その分、僕はやりたいことがやれて助かりますけど」

シウが返すと、アマリアは楽しそうに笑った。もちろん口元は隠して。

「まあ。シウ殿はいつも面白いことをされておりますから、わたくし、楽しみですの。研究について相談できるお友達ができたことがとても嬉《うれ》しくて、生産の授業が毎回待ち遠しいのよ。お休みが明けましたら、やりたいことの成果を伺ってもよろしいかしら」

「はい。アマリアさんも」

「ええ。そのためにもなるべく、パーティー参加は控えたいものですわ」

その時だけ、彼女は溜息《ためいき》を漏らしていた。どうやらパーティーはお好きでないらしい。それでも貴族の子女として参加はしないといけないのだろう。シウは「大変ですね」と、心からの言葉を伝えた。


レストランを出ると中央広間の空いているソファに座って休んだ。昼休憩が残っていたため、時間潰しのようなものだ。主に、キリクが魔法学校での授業について聞いてくる。まだ初年度生のシウでは答えられないものもあり、代わりにアマリアが説明してくれた。シウも一緒になって話を聞く。知らない授業の話は意外と面白く、真面目《まじめ》に聞いた。

ふと、脳内マップのセンサーに面倒な存在が引っかかった。シウがヒヤッとした時にはもう向かって来ていて隠れようがない。そもそも、シウの前に座る二人は有名人だ。隠れようがなかった。

シウが大きなソファに埋もれていると、その相手が高らかに声を上げた。

「まあ、オスカリウス辺境伯ではございませんか？」

幸いなことに彼女からはシウが見えなかったらしい。さもありなん、シウの背後から声が降り注いでいる。大きなソファで良かった。シウが小さいからではない、はずだ。

ところで、キリクはシウの向かいに座っていた。少し離れているが、その横にアマリアも座っている。しかし、名指しされたのはキリクだけだった。だからだろうか、キリクが眉を顰《ひそ》めた。

「失礼だが、あなたは？」

「わたくし、ヒルデガルド＝カサンドラと申します。カサンドラ公爵《こうしゃく》の第一子で十七歳でございます。以前、我が家のパーティーでお会いしたことがございましてよ？」

お忘れなの？　と、声が甘い。《視覚転移》でつい視《み》てみると、表情もどこか大人びて見えた。ロワルにいた頃と違って、女性らしい仕草が板についている。

シウは気恥ずかしい思いになって《視覚転移》を切った。知り合いの女の子が、急にお化粧をしだして背伸びしているところを見てしまったような心地だ。ヒルデガルドの印象が「真面目で厳しい人」だったから余計に。

そんなシウに気付くことなく、キリクが素っ気ない様子でヒルデガルドに返す。

「さて、小さき子らであれば目にしたが」

「まあ！　レディーの存在を忘れるなんて、立派な紳士のなさることではございません」

「それは失礼。今度は忘れないよう、この目に刻み付けておきましょう」

眼帯を着けていない方の目を指差して笑う。優男がやると完全に反感を買うような仕草だが、キリクには似合った。なんだかんだで彼は男らしい容姿だ。事実、周囲の女性たちはハッと息を呑んで、ぽうっと頬を染めている。ヒルデガルドの頬もほんのり赤い。シウの視界に入るぐらいだ、前のめりになっているのだろう。

しかし、彼女を守るかのように前へ出たカミラという騎士が、目を吊《つ》り上《あ》げていた。以前もきつい態度を取る女性だったが、今も変わらずのようだ。

シウは彼女に睨まれていたため、嫌われているのは知っていた。できれば気付かれたくない。幸い、まだ気付かれていないようだと、そのまま静かにソファと一体化する。

「驚きましたわ。シーカーのサロンへいらっしゃるなど、どうされたのですか？」

「なに、この国へ来たついでに観光気分で立ち寄っただけだ。こちらのアマリア嬢に案内をしてもらっている」

そこでようやくヒルデガルドがアマリアを見た。

「……ごきげんよう、アマリア様」

「ごきげんよう、ヒルデガルド様」

にっこりとアマリアは笑っているが、内心は緊張しているのだろう。表情は穏やかなのに、ローブをぎゅっと握る手が少し震えている。アマリアとヒルデガルドの間で以前、何かあったのだろうかと心配になった。

少なくとも、アマリアの方が気後れしているというのは分かる。ヒルデガルドも、

「アマリア様が、我が国の英雄とお知り合いでしたなんて存じ上げませんでしたわ」

と、シウでも分かるような牽制《けんせい》めいた口調で言う。

そして、キリクが段々機嫌が悪くなっていくのも分かった。表情が明らかに変化している。そもそもキリクは、ヒルデガルドに対してきちんとした挨拶を返さなかった。その時点で相手が「今は声を掛けてはいけない歓談中だ」と察してくれたら良かったのだが、それに気付いていない。もしくは気にしていないのかもしれない。

確かに、ヒルデガルドは他人の様子に頓着《とんちゃく》しない人だった。親しく話し込んでいる輪の中へ、構わずに入り込んでくるところがある。彼女に悪気はない。誰かに邪魔されることなく、思うままに育った人の中には、そういう人もいるだろう。そんな姿が懐かしい気もして、シウは思わず苦笑した。

そのせいで気配に気付いたらしい。カミラがギョッとした様子でシウを見た。

「あっ！」

カミラの声でヒルデガルドも気付いた。体ごとシウに向け、目を見開く。

「まあ！　あなた、さっきから話を盗み聞きしてらしたの？」

それはない。そう思ったが、ヒルデガルドが動いたことで彼女の背後の人影も見えた。

その中に、死にそうな顔のクレールを見付けてしまい、シウは返事に詰まった。

「ここは貴族専用のサロンなのよ？　シウ、あなたがいくらキリク様に可愛がられているとはいえ、遠慮しなければならないわ。慎み深くありなさい。大恩あるお方に失礼をしてはいけないわ」

それに異を唱えたのはキリクだった。

「ヒルデガルド嬢、おかしなことを仰る。シウ＝アクィラは、わたしにとって『大恩ある方』の子であり、我が子同然の存在だ。遠慮など有り得ん」

「まあ」

ヒルデガルドは扇で口元を隠し、心底驚いたといった表情でキリクを見つめた。それからシウを見下ろして眉を顰める。

「キリク様にそのようなことを言わせるだなんて……。甘えるのもいい加減になさい。あなたの方から身を引かなくてどうするの？　そのようなことも分からないの？」

本心で語っているのが分かる。彼女は本当に悪気はないのだ。ただ、カミラの方は違う。シウを、まるで利権に群がる悪人を見るがごとくに、睨み付けている。

そこまで睨まれるようなことだろうか。シウが唖然《あぜん》としていたら、キリクが本気で怒り始めた。

「あなたこそ、分かっていないようだな」

肘置きを指でトントンと叩きながら、半眼になって言う。

「我が子同然と言ったが？　養子に迎えたいと思っているほどだ。このことは広く知られているものと思っていたがな。知らずとも、先ほどの言葉で理解できるはず。では、慎み深くあらねばならぬのは一体どちらだ？　先ほどから他人の会話に勝手に入り込み、居座っている。カサンドラ公爵はあなたに淑女教育を受けさせていないのか？　だとしたら、わたしからご意見申し上げておくが、いかがか」

「ま、まあ！　なんという」

わなわなと震え、扇をパチンと閉じて顔を歪《ゆが》ませる。その姿が以前とは違っていて、シウは心配になった。余裕がなく焦っているようにも見える。元々正義感の強い人で、突っ走る傾向はあった。けれど、問題を起こした後に会った時は落ち着いていた。

シーカーへ来てから何かあったのだろうか。そのせいかどうか、カミラの方は怒りで顔が真っ赤になっていた。大事な主を侮辱されたのが許せないと、その顔に書いてある。

そこに第三者の声が入った。

「また君か。ヒルデガルド嬢、お客人への無礼な振る舞いはいけないよ」

ハッとして、ヒルデガルドは声の主の方を向いた。

「わたくし、無礼な振る舞いなど致しておりませんわ。ですが、齟齬《そご》が生じているのも事実です。お客人を立てるためにも、わたくしが引きましょう」

ヒルデガルドは自分を立て直し、なんとかそこまで言い切ると、くるっと踵《きびす》を返した。彼女はシウをチラとも見なかったが、カミラは最後に睨み付けていった。

唖然としている間に、救世主である青年がソファの横に立った。

「オスカリウス辺境伯様、生徒の無礼をお許しください」

「手を焼いているようだな。同じ国の者として申し訳ない気分だ」

「そう仰っていただけると、これまでのあれこれが報われます」

どれだけ迷惑を被っているんだと、内心で驚いた。そんなシウに青年が微笑んだ。

「やあ、シウ＝アクィラ君。もう少し違う形で会ってみたいと思っていたんだけど」

大変だったねと、労《ねぎら》ってくれる。それから、キリクとシウに向かって挨拶してくれた。

「ティベリオ＝エストバルです。侯爵《こうしやく》の第二子で、二十歳です。不甲斐《ふがい》ないため名乗るのも恥ずかしいのですが、生徒会長をやっております」

「アンヘル殿のご子息であったか。わたしはキリク＝オスカリウスだ。よろしく」

相手が知っているだろうと踏まえて、挨拶を簡略化したようだ。こういうところはキリクらしい。イェルドが傍にいたら怒られるところだが、幸いにしてティベリオは気にしなかった。キリクの挨拶に笑顔で応じている。

「お会いできて光栄です。このような形で本当に申し訳ございません。彼女はどうも、突っ走る傾向にありまして、あちこちで問題を起こしているのです」

「今も見張っていて、駆け付けてくれたというわけか」

「キリク様、言葉遣いが悪いですよ？」

「イェルドみたいなこと言うなよ。大丈夫、この青年ならな」

な？　と相手に向かってウインクだ。ティベリオは一瞬驚いて目を見開いたものの、すぐに破顔した。

「お噂は当てになりませんね。安心しました」

「おや、どういった噂でしょうかな。この国ではいろいろ言われているようですが」

茶化すような話し方だったため、ティベリオも冗談だと思って笑っていた。

ティベリオは、キリクが言葉ほどに怒っていないと知ってホッとしたようだ。それから、ヒルデガルドの問題の数々を説明してくれた。

「アマリア嬢も以前、揉め事《もごと》に巻き込まれていたね。あの時は申し訳なかった」

「いいえ。生徒会の方が駆け付けてくださいましたし、助かりましたもの。それに最終的には勘違いだということを理解してくださいましたから」

困ったように笑い、それから事情を知らないシウたちへ簡単に話してくれた。

「わたくしがゴーレムを作っていることを、他の方々に少しからかわれていたのです。ただ、悪意というよりは心配なさってのことだったの。そうしたお話はよくあるので黙って伺うようにしているのですが……」

「聞き流してたんだね」

「ええ。ですが、ヒルデガルド様が聞いていらしたようで、相手の方にその……」

「食って掛かったんだ？」

「そうとも、言えますでしょうか」

困ったように頬に手をやり、首を傾げた。

「どちらもわたくしを心配してくださってのことですから、なんといって間に入れば良いのか分からなくて……。困っていたところに生徒会の方が来てくださって、事情を話してくださいましたの」

アマリアに対して直接口を出すのだから彼女の親戚筋だろうと思えば、やはりそうだった。生徒会の人もそれを知っていて、親しさ故の口出しだからだとヒルデガルドを宥《なだ》めたらしい。しかし、騒ぐのは止めたものの、ヒルデガルドは納得していなかったようだ。

「彼女らしいなあ」

「まあ、そうなのですか？」

というのは、こうした揉め事をシュタイバーンでも起こしていたのか、といった疑問だ。シウはキリクを見て、思案しながら答えた。

「正義感が間違った方向に突っ走るタイプなんです。自分のやってることが正しいと思ってるだけに、変に行動力がある分、周りが大変なんですよね」

「ああ、そのものだね」

ティベリオが苦笑する。それを見て、シウは心配だった件を聞いた。

「あの、一緒にいたクレール先輩なんですが」

「ああ、クレール＝レトリア殿だね。彼が何か？」

「さっき見たところ、精神的にかなり参っているようでした。先生から、同じ初年度生であることと出身が同じという理由で『面倒を見てあげるように』と言われたらしいんです。でも、その後もずっと従者のように扱われてるみたいで、同郷の皆も心配してます」

「え、じゃあ、自分の意思じゃなかったのかい？」

「彼はどちらかと言うと彼女とは合わないですよ。だけど面倒見が良くて、ロワル魔法学院では生徒会長の経験もあるから、頼まれて断れなかったんだと思います」

「そうだったのか。てっきり取り巻きなのだとばかり思っていたよ」

アマリアも頷く。一緒にいたため、同じ括《くく》りにされていたようだ。ティベリオは心配そうな表情で続けた。

「だったら、ちょっと離れさせた方がいいかもしれないね。彼自身のためにもならないだろう。今、彼女たちは孤立気味になっているんだ。巻き込まれては可哀想《かわいそう》だ」

シウはお願いしますと頭を下げた。

「いや、いいよ。それこそ生徒会の出る幕だ。彼の顔色が悪いのも気になっていたのに、ついつい彼女の側の問題だろうと無意識に区別していたようだ。気を付けておくよ」

「同郷の人にも僕から声を掛けておきます。かなり上の先輩になるので、僕だとやせ我慢されるかもしれないから」

「ああ、それはそうだね。うん、君は気遣いのできる子だね。えらいえらい」

何故か頭を撫《な》でられてしまった。

「あ、ごめんね。つい。弟たちのことを思い出してしまって」

爽やかに笑って謝られた。その後、ティベリオはアマリアと一言二言話して、キリクに挨拶してから去っていった。

ちょうど鐘も鳴り、シウはそこで二人と別れた。

◇◆◇◆◇

二度目の本チャイムが鳴る前に、シウはなんとかギリギリで教室に滑り込んだ。すぐに授業が始まったので、トリスタンへの報告は四時限目が終わった後になった。彼は「無事、学校に残ることができて良かった」と喜んでくれた。

五時限目はいつものように自由討論の時間だ。シウが四時限目の授業内容や遮蔽《しゃへい》についてクラスメイト数人と話していたら、アロンドラがやってきた。また何か言うのではないかとオルセウスは警戒していたが、彼女は謝りに来たのだった。

アロンドラは前回の授業で、シウの後ろ盾だと話したキリクについて「血塗《ちまみ》れ戦士」や「鬼の血を引いている」といった、良くない言葉で表した。ラトリシアの貴族たちがそんな噂《うわさ》話《ばなし》をしていたのだろう。大人の話を鵜呑《うの》みにし、悪気なく口にした。

「ごめんなさい。あの、とても叱られました。父上に『本来ならばお屋敷に出向いて謝罪しなくてはならないところを、あえて、相手のご迷惑になるから行かないのだ』と言われました。何度も何度も念を押されて……」

それを説明してしまうところはダメだと思うが、アロンドラは素直に悪かったと謝った。元より、シウは怒ってなどいない。笑って「もういいよ」と返した。アロンドラは安堵したのか肩の力を抜きかけ、途中でハッとなった。

「あの、辺境伯様は怒っていらっしゃいますか？」

「え、どうして？」

「だって、ひどいことを言ったもの。わたし、『自分に置き換えて考えなさい』と言われて、それでようやく気付いて……」

「アロンドラさんは『血塗れ』って言われても関係ないから分からないと思うけど」

「ううん。わたし、昔から『考えなし』だとか『本の魔虫』って言われていたの。兄上にそう言われるととても嫌な気がしたわ。でも父上は、『お前が言ったのは、それ以上にひどい言葉だ』と仰ってたの。だから、きっともっとつらい言葉なんだわ」

「アロンドラさんの世界は本で埋め尽くされていたんだね」

言葉が記号のようになっているのかもしれないと思った。アロンドラにとって世界は全て同じ。本のページと同じように現実も平坦《へいたん》に見えたのだろう。現実の方にはもっと多くの情報が重なっている。彼女は特に一番大事な情報に気付かなかった。

「人には感情があるからね。あなたの心はそのまま他人に当てはまらない。同じものを見ても、違って見えるんだよ。色さえ違うこともあるんだ」

「そう、なの？」

「そうだよ。それに受け止め方も違う。たとえば、あなたは人から綺麗《きれい》だねと言われたらどう思う？」

「え、それは……。そうね、恥ずかしいわ。そんなことないって否定したり、でも少し嬉しくなったり。でも、最後にはそんなの嘘《うそ》だわって思う」

「それはあなたが慎み深く、客観的に自分を見ることができて、傲慢《ごうまん》な考えに陥っていないからだよ。僕はアロンドラさんは可愛いと思うけどね」

「あ、ありがとう」

頬を赤くしてお礼を言う。シウは話を続けた。シウたちの会話を聞いていたオルセウスに向かって。

「オルセウス、君は綺麗だね」

「えっ？」

オルセウスがびっくりしてシウを見返した。まじまじと見て、それから真意に気付いたのだろう、笑い出した。

「どう思った？」

「いや、びっくりした。それで、一番最初に『男に綺麗だと言われても嬉しくもなんともない』と思ったな。あとはそうだな、『シウは綺麗って言葉の意味を間違えてるのかな』とも。なにしろ、僕も、客観的に自分を見ることができるからね。自慢ではないが、僕は綺麗なんてお世辞にも言えない容姿だ」

「そうかな？　誰かの目には綺麗に映ってる場合もあるよ。たとえば、ご両親だ」

「あ、そうか！」

「人によって受け止め方も、見方も違うよね」

シウは、オルセウスからアロンドラに視線を変えた。彼女は真剣な表情で話を聞いていたようだ。シウの視線を受けて静かに頷いた。

「兄上に考えなしだって言われて腹が立っていたけれど、それは本当のことだからだわ。思ったことをすぐ口にしてしまうし、言われた人の気持ちを考えたこともなかった。ユリにもひどい言い方をしたわ。父上に叱られて気付いたの」

「お父さん、そんなに怒ったんだ？」

「この際だから全部まとめて聞きなさいって。でないと本は全部処分すると言われたの」

これまで右から左へ聞き流していたのだろう。本を人質に取られてようやく頭の中に入ったというわけだ。アロンドラの傍にいた従者のユリは苦笑している。

「ユリにもいっぱい謝って許してもらったけれど、その時も、今もとっても怖かった。もし許してもらえなかったらって思ったら、お腹がスッと冷たくなったの」

「それに気付いたならいいんじゃないのかな。これからは本の外の世界についても学んだらいいよ」

アロンドラはチラッとユリの手にある本を見て、一瞬悩んだようだ。でも「はい」と、頷いた。頷いたものの、チラチラと本を見ている。どうやら道のりは長いようだった。

五時限目が終わると、アマリアがキリクを連れて教室へやってきた。早めに連れてきてくれたらしい。ちょうどいいと思ったシウは、アロンドラにキリクを見せてあげることにした。現実を見れば、先ほどの意味も理解しやすいだろうと考えてだ。

シウは、おいでおいでとアロンドラを呼んだ。そして、「怖くないでしょ？」と笑ったのだが――。

アロンドラは泣きそうな顔でシウとキリクに何度も「ごめんなさい」と謝った。事情を知らないキリクは頻《しき》りに首を傾げていた。

もちろん、シウは嫌味でもなんでもなく、ただ「少し強面《こわもて》なだけの普通のオジサン」だと教えたかっただけだ。しかし、やりすぎてしまったらしい。オルセウスたちクラスメイトに呆れられてしまった。慌てて、今度はシウがアロンドラに許しを請うのだった。

◇◆◇◆◇

翌日は課題のみで授業に出る必要がなく、シウは屋敷で作業することにした。

料理を作り置きしたり、飛行板の冒険者仕様を大量に作ったり。薬草も自分用にと採取したものが溜まっていたため、下処理を施す。半分は素材を商品として売れる状態にまで進め、残り半分は水洗い程度に済ませた。新鮮なまま使いたい場合もあるからだ。

素材だけではなく薬も作った。たとえば二日酔《ふつかよ》い用のポーションは高く売れるし、需要もある。魔法を使えば手早く作れるから苦ではない。むしろ、在庫が溜まると楽しい。シウはせっせと作り続けた。

ポーション用のガラス瓶も大量に作った。冒険者ギルドに卸した際もそうだが、使用後に返却するよう頼んでも戻ってこないのだ。家庭内で再利用しているのならまだいいが、捨てられている場合が多い。浄化魔法を使えば再利用ができるのだから、もう少しリサイクルについての考え方が広まるといい。

そうした作業を、リュカが興味深そうに見ていた。

リュカは魔力量が二十五だ。ラトリシアなら魔法学校へ通える量である。スキルは風属性がレベル2で、シーカーのような大学校は無理でも一般の魔法学校でなら学べる。それに、彼は獣人族だから人族と違って魔力が増える可能性もあった。人族の血も引いているリュカだから将来どうなるかは不明だけれど、シウが考えた節約術を覚えて訓練すればスキルも上がるのではないかと考えている。

ただし、今は子供らしく遊ぶのが一番だ。もちろん「勉強する」という姿勢も大事だ。今は家庭教師のミルトたちが常識や文字について教えている。魔法についてはシウが折に触れ、少しずつ教えてあげていた。あとは、リュカが気になったことをなるべくさせる。

「そうそう、葉っぱを綺麗にしてね。その後、天日干しするんだよ。乾いたら乳鉢を使って細かくするんだ。粉になったら配合、混ぜ合わせるんだよ」

「うん、分かった」

一生懸命ノートに書き込んでいる。薬草の絵もちゃんと描けており、覚えたての文字が躍っていた。

「上手になったね、文字」

「ほんと？　僕、毎日お勉強してるよ。シウが学校に行ってる間、いっぱい書いてるの」

「うん。偉いね」

褒められて、嬉しそうに笑う。よしよしと頭を撫でていたら、キリクがやってきた。

「よう」

開けっ放しのドアを叩いて、中に入る。

空気を読むリュカはノートを閉じて、ちょこんとソファの端に寄った。

「勉強してたのか。悪いな、邪魔して」

「……ううん。僕、お部屋を出ていく？」

「いや、大した話じゃない。そのまま座ってろ」

リュカはこくんと頷き、端に座ったままノートを開いた。薬草の配合について復習するようだ。それを見て、キリクが溜息を漏らした。

「こんな小さい子でも状況を判断できるのになぁ……」

「何が？」

「ヒルデガルド嬢だよ。ありゃあ面倒くさい」

「スタンピードの時、押し付けてきたくせに」

「あれな。悪い。俺には無理だわ」

それでなくとも貴族の女性は苦手なのにと、愚痴を零《こぼ》す。シウは苦笑した。

「ちゃんと話ができてて、僕からしたらすごいのに。あれで苦手なんだね」

「苦手だな。大体、女の話す内容がよく分からん。ドレスの形がどうの、流行の帽子や靴の話、それに香水だ。まったくもって理解できん」

きっぱりと言い切って、うんざりした顔をする。

「付き合いだからと頷いているが、心底分からん。お茶会での会話だと、男よりどぎついこともあって耳にするものじゃないな」

「そうなんだ」

「お前も、興味があっても盗聴はやめておけよ。子供に聞かせられないような内容も多いからな。お茶会に誘われても行くなよ？　特に既婚者は危険だ。ベッドに引きずり込まれる可能性もある。あー、こわ」

きっと興味をもって聞き耳でも立てていたのだろう。若い頃の話かもしれない。今のキリクを誘うような強者がいるとは思えないからだ。

「キリク、いろいろあったんだね……」

シウが同情を込めて返すと、キリクは酸っぱいものでも食べたかのような顔になった。

「お前にそんな風に言われると返事に困るんだが。ああ、そうだ、本題を忘れるところだったな。アマリア嬢が言っていただろ、来週から学校が休みだと」

「うん。そうらしいね」

キリクは背もたれから身を起こし、前のめりになって話し始めた。

「シリルやイェルドたちから早く帰ってこいと催促されているし、どうせならお前も一緒に里帰りしないか？　スタンや友達とも会いたいだろう？」

そう言われると良い案だと思えた。事実、シウはホームシックになって、こっそり転移してスタン爺さんに会ったほどだ。今度はリグドールたちにも会いたい。

それに、アリスからも召喚についての返事が届いていた。ぜひ、コルと会いたいとのことだった。今なら、立ち会えるかもしれない。

「そうだね、いいかも」

答えてから、リュカが見ていることに気付いた。シウがリュカの方を向くと慌てて俯く。その横顔が不安そうだった。

「リュカ、最近お外もよく歩くようになったんだよね？」

「うん……」

シウが何を言おうとしているのか、その意味が分からずに不安なのだろう。リュカは、捨てられる子犬のような目で見てくる。それが可愛いやら可哀想やらで、シウはすぐに質問した理由を口にした。

「一緒にシュタイバーンに行く?」

「……いいの?」

パッと明るい顔になったものの、言葉は疑問調だ。どこかで信じきれない不安な気持ちが残っているのだろう。シウはキリクを見た。彼もまた苦笑しつつ、柔らかい視線でリュカに頷いてみせた。

「体力が戻っているのなら、構わん。一緒に行くか」

「行きたい、です」

「よしよし。お前は可愛いな。楽しみにしていろよ。飛竜に乗れるぞ」

「ひりゅう……?」

よく分からなかったようなので、キリクがいそいそとリュカの横まで行って、教え始めた。キリクも子供好きだ。だからリュカが可愛いのだろう。どうやら、前から構いたいと思っていたらしい。リュカを観察していたのが分かるような、たとえば犬の獣人族に関する話題を織り交ぜながら飛竜について語っている。

シウは二人のやりとりを眺めながら、脳内でスケジュールを立て始めた。

◇◆◇◆◇

週の最後の授業となる日、シウは忘れずにロッカーとミーティングルームに寄った。ミーティングルームには連絡事項が貼られており、読むと来週からの休みについて書かれていた。ロッカーには課題の指示書しか入っていない。

今のところ、研究科で合宿があるという話はないが、なにしろ休みについて気付いていなかったシウだ。また、課題ばかりで授業に出ていない科目もある。聞き逃しがないかどうかも含めて、各教科担当に確認しようと考えた。


戦術戦士科では授業が始まる前、皆に報告を済ませた。

しかし、チコ＝フェルマーとの件が無事に落着したと話せば喜んでくれたが、それについては早々に流された。他の教科のクラスメイトたちだと、晩餐会《ばんさんかい》や魔物の生態について聞きたがった。ところが戦術戦士科は違う。戦い方を知りたがったのだ。

「つまり、貴族の件は落ち着いたということだな？　よし。じゃあ、グラキエースギガスとの戦いを詳しく教えてもらおうか。詳しくだぞ？」

教師のレイナルドからしてこれだ。他にも、

「宮廷魔術師に囲まれた時の戦い方も教えてほしいな。魔法の使い方が生徒より遥かに優れてるんだろ？」

「聖獣から逃げ回れた秘訣《ひけつ》も詳しく知りたい」

と、ある意味この授業を受けている者ならではの発言だ。シウに起きた事件も授業に生かすという貪欲さは、さすが戦術戦士科である。

「前回は大まかだったからな。よし、今日の授業はシウを中心に行うぞ」

レイナルドの宣言通り、乱取りは急遽《きゆうきよ》取りやめになった。円座になって話を始め、どうかすると白板を持ち出して書き込む。時々、熱い議論にもなった。話すだけではなく、実際にどう動いたのかを再現もする。皆、この授業が好きすぎる。

ただ、話している内容が、

「炎撃魔法のレベル4持ちを相手に、よくも止められたもんだ」

「俺なら殺してるな。咄嗟《とつさ》には逃げられん」

「先生、詠唱を止めるだけなら喉を焼けばいいのでは？」

というような、怖い内容ばかりだったのだけれど。

授業が終わると、シウはレイナルドに課題や合宿がないかどうかを確認した。

「俺のクラスでは課題なんてないぞ。合宿もない。秋頃にやってもいいかとは思っているが、足並みが揃《そろ》わんからなー。今年も無理かもしれん」

「貴族出身者が多いですもんね」

「ま、休み明けは体が鈍っていないか、テストするだけのことだ。お前さんに限ってはないだろうが、手を抜かないようにな」

「はい」

話が終わると、待っていてくれたエドガールと共に食堂へ向かった。

昼には少し早いが、ディーノたちが来るまで話をしていれば時間は潰れる。

「えっ？　君、休暇時期を知らなかったのかい？」

「うん。集会室に行くのを忘れてて」

「ああ、そうか。シウは授業のない日があるんだったね」

エドガールは必須科目があるため、土の日までみっちりと授業が入っているそうだ。しきりに座学がつらいと零していた。本気で困っている様子なのを見て、シウは「良かったら分からないところを教えようか」と提案した。エドガールは喜んで、うんうんと頷く。

それがリグドールの仕草に似ていて、懐かしい。彼もこんな感じだった。だから、ついつい、親しみを感じて教えるのにも力が入ったようだ。

食堂で勉強していたら、いつの間にかディーノたちも来ていて一緒に勉強会が始まった。皆、シーカーに入学するぐらいだから優秀だ。とはいえ、人間には好みがある。苦手な授業は手を抜きがちで、一度躓《つまず》くと挽回《ばんかい》するのが難しい。それを補い合うように、互いに教え合っている。そのうちに楽しくなるのだろう、勉強は熱心に進んだ。

そのせいで、誰かのお腹が鳴ってから、昼休憩が残り少ないことを知った。皆、慌てて昼ご飯を食べた。そうした慌ただしさもどこか面白く、シウは学生らしいことをしている自分を不思議に感じたのだった。


ところで、昼ご飯を掻き込みながらも忘れないうちにと、シウは先日のヒルデガルドとの件を話した。生徒会長のティベリオから聞いた話もだ。クレールのことを頼んだからとも伝える。

「同郷の人に相談しておくって言っちゃったんだ。僕は寮住みじゃないし、クレールよりずっと年下だからディーノの方がいいかなと思って。気にしてくれると助かるんだけど、いいかな？」

ディーノは頬を膨らませた状態で何度も頷いた。中身を飲み込んでから、言葉にもした。

「ああ、分かった。帰りが遅いから声を掛けづらかったんだが、そういうことなら多少マシになるだろ。僕たちも気を付けておくよ」

「うん。ありがと」

話が終わると、食べ終わったエドガールがふうと溜息を吐《つ》いた。

「どこでも、問題ってあるものだね」

「ほんとだよね」

「来週からの休みで、少しは骨休めできるといいんだが」

「お互い、命の洗濯だね」

「せんたく？　命を？　相変わらず面白い言い回しをするなぁ、シウは」

ディーノが笑う。感心したような、それでいて変人を見るような視線だ。エドガールにも通じていなかったようだが、昼休憩終了の鐘の音が鳴った。皆、挨拶もそこそこに急いで解散となった。

この日のシウには午後の授業はない。そのため、各教科の教授の執務室へ寄って休みについての確認をした。もっとも、教授の半数は不在だ。授業があるのだから当然である。しかし、秘書や事務担当はいる。シウの質問にも彼等が答えてくれた。

結局、特別な課題や合宿はないとの返答がほとんどだった。中に、一応「教授に確認したい」という秘書もいて、何かあれば屋敷まで連絡をくれるということになった。

古代遺跡研究科担当のアルベリクは研究室の隣の部屋にいて、直接話ができた一人だ。秘書や護衛よりも暇だったらしい。彼等はアルベリクそっちのけで片付けをしている。

「合宿はないよ。フロランが勝手に書類を出していたけど、却下したしね」

「え、そうなんですか？」

「だって遅いもの。やりたいならもっと早くに計画を立てないと。長い休みを使うなら特にね。他の生徒だって予定というものがあるのだから仕方ないよ」

「それは確かに」

「あ、だけど、休み明けに行くかもしれない。週末あたりに近場で、二日かけて行う小規模なものだね。それは覚えておいて。君は初めてだもんね。他の子たちは知ってるから、教えるの忘れてたよ」

とまあ、呑気《のんき》なものである。もしシウが、休み明けに何らかの事情で授業を休んでいたら気付けなかった。そもそもシウは毎日フルで授業を詰めていない。だから大事な情報が抜けてしまうのだ。改めて、ロッカーやミーティングルームの確認を怠らないようにしようと肝に銘じた。

◇◆◇◆◇

翌日の土の日は、朝から冒険者ギルドで仕事を受け、夕方早めに戻って支度をした。キリクが王族に別れの挨拶をするというから、そのついでにシウも飛行板を献上しに行く。一人で行くよりずっといいので合わせた。

王宮に入ると、予め連絡を入れていたおかげで、すんなりとヴィンセントの執務室まで通された。どうやら外国の貴族との挨拶やシウの面談は、第一王子のヴィンセントが担当しているらしい。

道中、それとなくキリクから聞かされた話によると、ラトリシアの王は大きな国事に専念しているという。もちろんヴィンセントも国事に参加しているし、第二王子や第三王子も仕事を受け持っているというから、勤勉な一家である。

シュタイバーンでは、政治は貴族院も含めた全員参加のイメージが強い。デルフ国だと貴族の力が強すぎて王族の力は弱いとか。どこも一長一短で、一概にどこがいいとは言えない。

ただ、仕事のしすぎでヴィンセントが疲れているのは分かった。彼は目元を強く揉んでから立ち上がり、手でソファを示した。

「よくいらしてくれた。どうぞ、座りたまえ」

誰の目もないせいか、初めて会った時よりはくだけた雰囲気だ。

ヴィンセントはシウにも視線を向けていた。だったら座った方がいい。シウは、キリクがソファに座ってから隣に腰掛けた。部屋の端で立っている近衛兵《このえへい》がチラッと見るが、態度には出さない。本来ならシウは立ったままが正しいのだろう。でも主が認めている。だから彼等は何も言わない。

「退去の挨拶と聞いたが、ルシエラ観光は数日で見て回れるものではないと思うが？」

キリクは苦笑し、両手を見せて肩を竦《すく》めた。テレビで観た欧米人の身振りのようで面白い。さながら、キリクは映画俳優のようだ。シウではとても真似《まね》できない。

「いつまで遊んでいるのか、早く戻ってこいと、部下から矢の催促でございます」

「ふん。どこも同じだな。どちらが偉いのか分からん」

ヴィンセントはチラリと秘書官を見た。秘書官は澄まし顔で素知らぬ風を装った。

「殿下でも同じことを感じられるとは、僭越《せんえつ》ながら身近に感じてしまいますな」

にやりと笑って、キリクは出された香茶を飲んだ。それからシウを見て話を続けた。

「さて。ちょうどいい具合に、シーカーも春休みに入るとか。こいつも懐かしかろうと思って一緒に連れ戻るつもりです」

「まだ三ヶ月ほどで郷愁に駆られるというものでもないだろうが。残念だな」

「おや」

それはどういう意味なのだと、キリクがヴィンセントを見る。ヴィンセントはほんの少し、能面のような冷たい顔を緩めた。

「弟妹や、我が子が興味を持っていたのでな。休みの間に城へ上がらせようと考えていた」

「それはまた……。身に余る光栄な話ですな」

内心で「えー、やだなー」と考えていたら、キリクだけでなくヴィンセントも苦笑してシウを見た。

「光栄とは思わぬ人間も、この世にはいるようだ」

「失礼。この子は正直すぎるのです」

そうであろうな、と納得してヴィンセントが頷く。どうやら、先ほどの話は冗談だったらしい。いや、半分は本気かもしれないが。

「その代わりと言ってはなんですが、シウから殿下に献上したいものがあるとか。こうした場では失礼になるかもしれないが」

「いや、構わん。先日、飛行板の話をしたからな。それだろう」

さあ出せと言わんばかりの視線を向けられ、シウは背負っていた魔法袋から中身を取り出した。一瞬、近衛騎士たちが顔を強張《こわば》らせた。確かに、魔法袋から無造作に何かを取り出すという所作は良くなかったかもしれない。幸い、動こうとした近衛騎士を、秘書官がスッと手で止めてくれる。シウは彼等に軽く会釈してから、ヴィンセントに飛行板を差し出した。

「売り出されるまでには、もう少しかかりそうなので、先に献上させていただきます」

「これが、そうか」

表と裏をじっくり眺めた後、ペン回しのように何度も飛行板をくるりとひっくり返す。気に入ったのだろうか。あるいは重さを確かめているのかもしれない。シウはヴィンセントが手を止めるのを待ってから、説明書も渡した。

「取り扱い説明書です。それとこの飛行板は冒険者仕様ではありません。ですから、風属性がないと使えません。……実演した方がよろしいですか？」

シウが使えないと言った瞬間、ギロッと視線が飛んできたので慌てて「実演を」と付け足した。そしてそれは正解だったらしい。ヴィンセントが鷹揚《おうよう》に頷いた。

「そうだな。一度、見せてもらった方がいいだろう。ベルナルド、お前は確か風属性を持っていたな？」

「はっ」

「シウに学べ。習得したら、わたしにも教えるんだ。良いな？」

「はっ」

自分でも使う気なのかと、シウは驚いてしまった。しかし本気らしい。ベルナルドと呼ばれた近衛騎士がものすごく力を込めてシウを見てきたからだ。

それから、「話はもう終わりだ。帰っていい」と言われてしまう前に、慌てて魔法袋からもうひとつの献上品を取り出した。

「どうした？」

「こちらも、献上したいのですが」

「……それは」

ガラスの灯器具《ランプ》だ。ガラスの側面がスズランの花を模して盛り上がっている。茎と葉に当たる部分だけ薄い緑の色を入れた、可愛らしいデザインだ。台座と持ち手部分は、銅と軽金属を使ってスズランの意匠を象っている。全体的に柔らかい印象だ。また、壊れないようにと強化魔法を施《ほどこ》している。

「コンバラリヤマヤリスの灯器具です。素人《しろうと》の作ったものだから見た目は悪いですが」

シウは敢えてスズランとは言わず、先日ヴィンセントが告げた古い言葉「コンバラリヤマヤリス」を使った。喩《たと》えとして使われたヴィンセントの言葉が詩的であり、その古い言葉を、シウは美しいと感じた。そして、ヴィンセントの言う「コンバラリヤマヤリスの明かり」に創作意欲をかき立てられた。とはいえ、センスに自信があるわけではない。シウが参考にしたのは、古い言葉が使われていた古代帝国時代の書物だ。その中にあった灯器具を元に作った。形も奇抜ではないから献上しても大丈夫だろうと持参した。

「庭に置いても問題ありません。むしろ雨ざらしにあって、風合いが良くなるかもしれません。夜道の明かり取りに、どうでしょうか」

「……面白いことをする」

「お前、何を作っているのかと思っていたら、そんなものを作っていたのか」

「ガラス細工は楽しい作業のひとつなんです」

「なるほど。その楽しい時間を使って、わたしに作ってくれたというわけか。礼を用意しなくてはな」

「献上品にお礼なんて――」

「前回の礼もまだ済んでおらぬしな？」

そう言うと、ヴィンセントは立ち上がった。

「会わせてやろう、ポエニクスに」

待つ気はないらしく、さっさと歩きだしてしまう。シウとキリクは顔を見合わせ、慌てて後を追った。


ポエニクスは不死鳥とも呼ばれる聖獣だ。同じ時代に二つと存在しない、と言われていた。現れたら王族、中でも至高の存在が持つと決まっている。現在は国王だ。聖獣の中でもポエニクスはもっとも長寿で、そのため何代かに渡って主が変わっていく。だから「現在は」国王が主になる。次のヴィンセントで三代目となる予定らしい。

ところで、国王はヴィルヘルム＝エルヴェスタム＝ラトリシアという名だそうだ。ヴィルヘルムというのは貴族によく使われる名で、実にありふれている。そうと分かっていても、シウの父の名前が同じだと知って以来、国王の名を耳にすると妙に気になるのだった。

ともかく、現在のポエニクスの主が国王だと判明した今、素直に面会に行ってもいいのか悩むところだ。キリクも気になったのだろう。遠回しに確認してくれた。それに対して、

「そろそろ、わたしに主替えをという話も上がっている。気にするな」

と、ヴィンセントが一蹴する。振り返りもしない彼に、キリクは「ならば安心ですな」と返した。その間もヴィンセントはスタスタと先を急ぎ、とある部屋の前で立ち止まった。

「ここだ。……わたしだ、入るぞ」

ヴィンセントは一応、ノックした。しかし、相手の返事を待たずに部屋へ入ってしまった。部屋の外で立ち番をしていた騎士たちは人形のようだ。何も言わない。貴人の部屋だから当然、開けてもすぐに私室というわけではないが、少々傍若無人《ぼうじゃくぶじん》すぎやしないだろうか。物語で見る「王子様」そのもので、シウは驚いた。

部屋の中に聖獣はいなかった。ヴィンセントが腰に手を置いて見回す。

「どこへ隠れた？　来ることは伝えていたはずだぞ」

「申し訳ございません。お部屋からは出ていらっしゃらないと思うのですが」

メイドが頭を下げる。ヴィンセントに付き従ってきた近衛騎士らが、応接室から繋がる別の部屋に入ろうと扉に手を掛けた。シウはそこで、とうとう口出しした。嫌な気持ちになったのだ。

「あの、突然のことですし、ご迷惑でしょうから後日で結構です」

「会いたくないのか？」

「それは、お目にかかれたら嬉しいですけど。ただ、こういうのはちょっと——」

「『こういうの』とは、なんだ」

空気も言葉の裏も読んでくれないヴィンセントに問《と》い質《ただ》され、シウは「嫌な気持ちになった」理由を口にした。

「聖獣だからというわけではなく、誰に対してもですが……。突然押し掛けられたり、部屋の中を勝手に捜されたりするのは、気持ちのいい話ではないです」

ましてや、この聖獣には「人」の部屋が用意されている。人として暮らしているはずだ。ならば、嫌だと思うのではないだろうか。

以前シウは、リデルという聖獣スレイプニルと話をしたことがある。彼女は生まれた時から、主となった王女と共に人と同じ暮らし方をしていた。その主が亡くなり、時を経て貴族に下げ渡された時、情報がきちんと伝わらずに厩舎《きゅうしゃ》へ入れられた。そのせいで、リデルは獣の姿のまま過ごすことになった。それまでドレス姿で過ごし、王族にマナーを教えるほどだった聖獣がだ。リデルはショックを受け、調教師たちと会話することを拒んだ。それだけ腹が立ったのだ。もちろん、本来は獣の姿が本性だ。だから本気で嫌だったわけではない。ただ、慣れ親しんだ暮らし方からかけ離れた生活に納得できなかった。

騎獣であるフェレスとて同じだ。第三者が突然、何も言わずにフェレスのお気に入りの寝床に入ってきたら腹が立つだろう。そんな人は今までいなかったけれど、フェレスがぶんむくれになることは簡単に想像できた。

ましてや、人よりも賢いと言われる聖獣に対して、この態度はいただけない。

シウの《全方位探索》で、聖獣が近くにいるのは分かっている。だとしても強引に捜したいとは思わなかった。本人がかなり強力に気配を消そうとしているのだ。それはつまり、会いたくないということなのだから。


とにかく、会わなくてもいいからとシウは訴えた。ヴィンセントは不満そうな顔ながら「そうか」と頷き、踵を返そうとした。が、一歩踏み出したところで足を止めた。

「シュヴィークザームのブラッシングをしているのは、お前か？」

「あ、はい。さようでございます」

メイドが頷くと、ヴィンセントは秘書官を見た。秘書官が代わりにメイドへ話しかける。

「ポエニクスの抜け毛を集めているでしょう。それを持ってきてください」

「かしこまりました」

メイドは走らない程度の速さで部屋の中に戻り、瓶を持って戻ってきた。

「こちらでございます」

秘書官が中を検《あらた》め、念のためにとヴィンセントにも見せる。彼が頷くと、秘書官は瓶ごとシウに渡してきた。

「どうぞ、こちらを」

「えっと、いいんですか？」

シウの戸惑いに答えたのはヴィンセントだ。

「最初から、そういう約束だったろう？　面会については後日、場を設けることにしよう。それでよいな？」

「あ、はい。ありがとう、ございます？」

疑問調になったものの、お礼を言ったことで話は終わった。

なんだかあっさり手に入ったがいいのだろうか。それも瓶の中には結構な量が入っている。溜めていたんじゃないのかなと、シウは心配になった。

それとなく見上げたキリクは、黙って頷いた。もらっておけ、という意味だろう。シウは素直に魔法袋の中へ放り込んだ。


ヴィンセントの執務室に戻ると、隣室の小さな食堂に晩餐の用意がされていた。キリクをもてなすためのものらしいが、シウも流れで同席することになった。

ヴィンセントは相変わらず能面のままだ。食事よりも酒が進んでいる。だからといってヤケ酒にも見えない。香りも味も楽しんでいる様子が見て取れた。ヴィンセントはお酒を飲んでも顔色が変わらないタイプらしい。それが彼らしくて面白かった。

キリクは飲むと、より豪快になる。貴族というよりは冒険者に近いタイプだ。

そんな二人だが、会話は続いている。国と国の話ではなく、主に部下に対する愚痴だ。それが気楽にさせているのだろう。程よく気を抜いた二人は、延々と愚痴を零し合っていた。キリクは元々、貴族らしい態度が苦手だ。取り繕うことなく対等に応じている。

ヴィンセントはとうとう、

「貴殿と知己《ちき》になれたのは良かったかもしれん」

などと口にしていた。秘書官がピクリと動いてヴィンセントを見るぐらいだ。珍しい態度なのだろう。しかもシウにまで、

「今度じっくり話をしよう。保護者がいなくなった時がいい」

と言い出した。今度こそ秘書官は目を丸くして驚いている。ヴィンセントは気にせず、楽しげに続けた。

「そうだ。飛行板を乗りこなせたら見てもらおうか。それがいい」

がっしりとシウの肩を摑《つか》み、決定事項のように言う。シウは「えー」と声に出して周囲をチラチラ見たのに、誰も助けてはくれなかった。ひょっとするとヴィンセントは酔っていたのかもしれない。


帰り際、近衛騎士のベルナルドから声を掛けられた。

「里帰りなさる前に、できれば早いうちに乗り方を習いたいのだが」

「明日なら大丈夫です。来ていただいて結構ですよ」

と答えた。本当は「城まで来てほしい」という意味でもあったらしいが、シウは気付か

なかった。ベルナルドが完璧に感情を押し隠して「でしたら明日伺います」と返してきたからだ。帰りの車中でキリクに「あれはこういう意味だぞ」と教えられ、びっくりしたのだった。どちらにしても、シウ一人で城に行くのは気が重い。ベルナルドには悪いが、知らなかったままで通そうと思った。

◇◆◇◆◇

翌日早朝に「本日伺います」との手紙を持った近衛の従者がやってきた。庶民相手にも丁寧だと、シウは妙なところに感心した。もっともキリクに言わせれば、

「殿下に命じられたんだぞ。飛行板に乗れないと、殿下の顔に泥を塗ることにもなる。内心はともかく、きちんと対応するだろう。教えを請う側なんだからな。そもそも、私情を挟まないのが一流の騎士というものだ」

ということらしい。騎士学校に通っていたキリクが言うのだから間違いないのだろう。からかい気味に「キリクも一流の騎士なんだもんね」と言ったら、少々ばつが悪そうに肩を竦める。どうやら、一流とは言いきれない経験があるようだった。

午後になり、近衛騎士が三人やってきた。従者も含めると十人ほどになる。教えるのは近衛騎士だけだから、残りは従者用の客室で待機となった。

彼等はまず、屋敷の主であるカスパルに挨拶した。その後すぐに訓練を望んだため、お茶も出さないまま裏庭へ直行だ。

屋敷の裏庭は少々狭いが、他に場所などない。まさか近衛騎士を冒険者ギルドの訓練場に連れていくわけにもいかず、王都外へ出るには時間がかかってしまう。それに場所がないだのと言い出したら、王城へ行こうと言われるに決まっている。シウは藪蛇《やぶへび》にならないよう「狭い」とはおくびにも出さず、素知らぬフリだ。

何故かキリクも一緒に来て、メイドに「酒を用意してくれ」と頼んでいる。優雅に観戦としゃれ込むらしい。楽しんでいるのがありありと分かった。

リュカは粗相があってはいけないと、スサが屋敷内に連れ戻した。フェレスは楽しそうに庭を走り回っているが、これはいつものことなので放っておいていい。騎獣のやることに文句は言われないだろう。

ところでシウには気になっていることがあった。

「殿下の近衛騎士が三人もいらっしゃって、大丈夫なのでしょうか」

「ははは。王子の騎士は我々だけではない。交代制になっているんだよ」

「そうなんですか。ええと、第一隊ですよね？」

「そうだ。よく知っているね」

第一隊であることを誇りに思っているような表情だ。第一隊というのはどの国でも同じらしいが、王族を守るため、常に傍に侍《はべ》る必要があった。そうしたことから、容姿も身分も近衛騎士に選ばれる大事な要素のひとつだ。

もちろん剣の腕も必要である。今も佩刀《はいとう》しており、近衛用の騎士服でスッと背筋を伸ばして立っている。さすが近衛騎士になるだけの人たちだ。


ベルナルドを始めとした全員との挨拶が終わると、シウは早速、飛行板の乗り方を説明し始めた。その際、足りない分の飛行板を貸した。献上した飛行板を持参していたが、三人同時には使えない。交互に使って練習するより、断然覚えるのが早いのだから貸すのは問題なかった。むしろ早く覚えてもらいたい。そうすればシウも研究の時間が取れるというものだ。

だからというわけではないが、少々詰め込みすぎの説明だったかもしれない。それでも必死に食らいついてくるのが騎士たちだ。

その姿を、キリクがにやにやと楽しそうに笑って見ている。そもそも酒の準備をして観察するというところからして変だった。何の魂胆があるのかと思えば、途中でその理由に気付いた。騎士たちの失敗する姿を見て楽しんでいるのだ。

実際に飛行板に乗って練習を始めると、誰だって一度はバランスを崩して落ちる。慣れないものに乗るのだから当然だ。キリクは自分も落ちたから、同じように落ちるのを待っていたのだ。呆れてしまうが、まずは騎士たちに助言する。

「皆さん、気負い過ぎです。それから、無駄に魔力を使い過ぎてます。もっと少しでいいんです」

「しかし、それだと飛ばないだろう？」

空を飛ぶのなら相応の魔力が必要だと思うのだろう。でも、違う。

「飛行板を作った本来の目的を考えてみてください。冒険者が魔獣と戦うための、これは機動力になるんです。魔力を使い過ぎて落っこちたら意味ないでしょう？　飛行板は、あくまでも補助具です。『空を飛ぶための魔道具』じゃないんです。『魔獣を倒すために使う間接的な魔道具』なんです」

全員がハッとした様子でシウを見た。

「この飛行板は、冒険者仕様の廉価版であり練習用なんです。だからこそ、極力魔力は控え目に、推進力が必要な場合も少しの量で飛べるように工夫しています」

「分かった。よく考えて乗ってみることにしよう」

納得してくれたが、それでも彼等が乗れるようになるまで時間がかかった。たぶん、今までで一番、覚えが悪い生徒だった。

それを見てキリクはにやにや楽しそうだし、最後には「俺が手本を見せてやろう」と言い出す始末だ。

「悪い酒だなあ」

と、注意しても、本人はどこ吹く風でふーらふらと飛行板を飛ばしていた。

酔っ払った、中年に近い年頃のキリクでも飛行板を易々と操る。その姿に、騎士たちが不甲斐なさを覚えるのは当然だ。彼等は慣れない動きや早く覚えなければというプレッシャーでか、どんどん顔色が悪くなった。これはダメだと、シウは少し早目の休憩を入れた。

スサが外にお茶の用意を始めると、ベルナルドはほんの少し眉を顰めた。冬に、外でお茶をするなど有り得ない、という目だ。もちろんスサが間違ったわけではない。彼女は、シウが簡単に結界を張って中を暖めることに慣れているのだ。

今回も、土属性を使って四阿《あずまや》を作り上げた。見た目にも守られている心地になるだろう。

「すごい魔法を使われるのだな」

ベルナルドは驚きながら、シウが勧める椅子に座った。スサのサーブするお茶も素直に受け取る。

「これでも、魔力は三ぐらいしか使ってません」

「たったそれだけで済むと？　そんなまさか」

「節約してるので。この飛行板だって同じですよ。一日中飛ばしても、魔力量は三から四で済みます。起動に一番使うので、そこを気を付ければいいだけです。案外、乗りこなすバランスよりも、流す魔力の加減が難しいかもしれませんね。起動だけでなく、速度を上げるのに目一杯の力を入れたらあっという間に魔力がなくなります」

ベルナルドは真面目な顔で頷いた。そこに別の一人が口を挟んだ。

「冒険者仕様の方は魔力をほぼ必要としない、そう聞いたが――」

「起動と解除ぐらいですね。推進力も魔核や魔石だけで可能です」

「では我々のように魔力の使い方が苦手な、いや、下手な者には冒険者仕様が合うのではないだろうか。そちらを使えればいいと思うのだが」

一人が言うと、残りの騎士も「そうだな」と納得しかけていた。だが、彼等は肝心なことを忘れている。

「残念ながら、冒険者にしか渡さないと決めてるんです」

「……っ！」

そうだった、と皆が顔を見合わせた。それでも一人がそろそろと口を開く。

「一般には売り出さないのかい？」

「はい」

「何故？　それほどのものだ。きっと買い手も多いだろう。高く売れるはずだ」

「そうだ。わたしも、ほんの少し乗っただけで欲しいと思った。推進力を気にしないでいいなら、絶対にそちらの方がいい」

三人が頷く。シウは首を傾げて曖昧《あいまい》に笑った。

「……別に売れなくてもいいんです」

「え？」

「お金儲《かねもう》けのために作ったわけじゃないですし」

三人がそれぞれ顔を見合わせた。動きが揃っていて面白い。シウは苦笑した。

「そうですね。この国が騎獣を一般解放してくれるなら、冒険者仕様の飛行板も一般に解放したいと思います」

元々の原因が何だったのかを、そうした言い方で伝えた。すると三人は――きっと事情を聞いていたのだろう――「あっ」と声を上げ、ばつの悪そうな顔になった。

彼等は、騎獣がいるだけで魔獣討伐がどれだけ楽になるのか、その実際を知らない。

「今はギルドが中心となってルール作りをしている最中です。たとえば代理購入など、抜け道を考える人も出てくるでしょう。冒険者が横流しする可能性もあります。あるいは貴族が接収しようとすれば、庶民は断れません。その対策として、レンタルという手も考えています」

レンタルの意味は騎士に伝わらなかったが、ニュアンス的に理解したようだ。そして恥ずかしそうな表情を隠そうとした。シウが話したうちのどれかを考えたのかもしれない。抜け道について考えるのは貴族の得意技らしいから――。

そもそも、シウが迷惑を被った相手の宮廷魔術師も、勝手な言い分でフェレスを接収しようとした。抜け道とも言えぬやり方でだ。彼等はシウが口にした「接収」という嫌味にも気付いたらしい。その後の練習では一層真面目に飛行訓練を続けた。

第二章
里帰り

He is wizard, but social withdrawal?
Chapter II

その週の最後となる光の日は依頼を受けず、挨拶回りだけで終わった。なにしろ学校の休暇を利用してシュタイバーンに里帰りするのだ。最長で二週間は戻ってこない。そうした報告を、冒険者ギルドや商人ギルドにしておく。

ククールスともギルドで会ったからついでに話した。

「おー、そうか。俺も久しぶりに里帰りしてくるよ。で、人間の友達を連れてきていいか聞いてみる」

人間のところを強調して言うので、シウは笑ってしまった。

「長に怒られないといいね」

「まあな。でも、ほら、プルウィアとクラスメイトなんだろう？　そういったことも刷りこんでおくよ。プルウィアは期待されてるからな。そのクラスメイトだったら、大事にしてもらえるかもよ」

シウは苦笑で頷《うなず》いた。

「無理しなくていいからね」

「おう。あ、メープルありがとな！　ほんとマジで美味《うま》いわ」

「どういたしまして。また今年の分ができたら、あげるよ」

「おおっ！　なんという素敵な言葉なんだ」

そのやりとりを聞いていたらしいガスパロが、ククールスの頭を叩《たた》いた。

「後輩に集《たか》るとは何事だ！」

第二章
里帰り

「いや、だって。シウがくれるって、いうから！」

「お前は〜っ！」

追いかけ始めたので、シウは二人の遊びに付き合わず離れた。

ちょうど通りがかったクラルに声を掛け、タウロスがいる買取部屋に入らせてもらった。

「おう、どうした」

「明日、里帰りでロワルに向かうんだ。前に話してた魔法袋の件だけど、僕から話を通しておこうかと思って。どうする？」

「お、おおっ！」

査定の手を止め、タウロスはダダッと走ってシウの前までやってきた。そして手を取りぶんぶん振る。

「いいのか？　頼む。ぜひぜひ、頼む！」

「あ、ああ、うん」

体ごと揺さぶられ、がくがくしてしまう。止めたのは一緒に来ていたクラルだ。おかげでタウロスは落ち着いた。以前から欲しがっていたため興奮するのは分かる。

「魔法袋は一から注文すると時間がかかるし、何より高価になっちゃうんだよね。だけど既製品なら早いし安い。タウロスはどっちがいいかなと思って」

「形にはこだわらん！　あ、いや、できればシウが持つような背負いタイプがいい。こだわりはそれぐらいだ」

「容量の希望は？」

「そうだなぁ。やっぱり大きいと高いんだろうな……」

「ええとね、ここだけの話だよ？　今いる倉庫ぐらいだとロカ金貨でこれぐらい。一軒家程度なら、こんな感じかな」

言いながら指で示す。倉庫には他にも職員や冒険者がいるため、聞かれないようにした。というのも、提示した額が低いからだ。タウロスは驚いて目を丸くした。見間違えたと思ったのだろう。数字の伝え方は冒険者がよく使う合図なので、桁違いというわけでもない。ギルド職員のタウロスも、冒険者が使う手の合図は当然知っている。だからすぐに、間違いではないと気付いたようだ。

「たった、それだけ？」

「うん。ただし、使用者権限を付けさせてもらうから、その分の費用は追加で貰《もら》います。今回は僕がやるね。付与士のレベル2ぐらいで請求するからよろしく」

「いいのか？　いや、そもそも安すぎる。大丈夫なのか」

「その代わり、誓約書にサインが要るよ」

「誓約書？」

「誓言《せいごん》魔法に近いかも。ようするに、あくどいことに使われたくないんだよ」

「あー、なるほど」

第二章

里帰り

「案外こういうのが嫌で、買わない人もいるみたい」

内容を知りたいだろうと、下書きを背負い袋から取り出して見せた。タウロスは全部読んでから首を傾《かし》げた。

「たったこれだけを守るだけでいいのか？　常識っつうか、普通にギルドの規約内容と同じレベルじゃないか」

「そうだよ」

ようするに法に触れるような真似《まね》はするな、と言っているのだ。悪行の末に得たものを運ぶのに使われたくない。

「これだけで、あの値段？」

シウが「うん」と頷けば、タウロスは天を仰いだ。

「有り得んな。どんだけ安いんだ」

「だから、ここの店の魔法袋について、あまり広められたくないんだよね。良い人ばかりじゃないでしょ。迷惑かけるかもしれないから」

タウロスはうんうんと頷いた。

「こういう誓約書を用意するぐらいだから、強い信念があるのだろうな。そんな人に迷惑はかけちゃいかん」

分かった、とタウロスは了解した。そして親指を立てる。

「後でギルドカードを受付に出しておいてくれ」

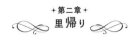

「うん。え、どうして？」

「先払いしておく。俺のカードから振り込む手続きをするのに必要だからな」

「後でいいよ。っていうか、商品を見てもらってからの方がいいかな。僕も気楽だし」

「いいのか？」

もちろん、と答えた。普通は商品を確認してからの支払いになる。彼なりに、シウの手間や商品の貴重さに気を遣ったのだろう。


次に向かった商人ギルドでは、飛行板に関する業者の選別が始まっていた。シウも面談の場を覗《のぞ》かせてもらった。といっても、後のことは全てギルドの担当者に任せている。シウの出番はなかった。

顔を出したついでに、シェイラにも挨拶をした。休暇でしばらくいなくなるため、まだ完全に完成というわけではないが印字機を渡しておく。使用感を確かめてもらいたかった。研究が途中でも構わないと言っていたので提出してみた。シェイラは喜んで受け取った。

「版画用の文字盤は手作業で組み合わせて作るから、大量に必要となるのよ。それが、こんな風に簡単にできるなんて……」

一緒に部屋に付いてきたヴェルシカも物珍しそうに印字機を眺めている。シウとしては粗探しをしてほしい。ばんばん使ってもらい、勝手の悪いところを教えてほしいと強く頼んだ。

✦第二章✦
里帰り

「これが普及すれば付属品も必要になるわ。関係先も活性化するわね」

「複写式の紙とか便利だと思うよ」

「インクも特許申請しないとダメね。あ〜、たくさん仕事が増えるわね！」

嬉《うれ》しいのか悲しいのか分からない悲鳴を上げている。ただ、シェイラの秘書は疲れた顔だ。仕事が増えると聞いてげんなりしたのかもしれない。お疲れ様の意味を込めて、シウはまた帰り際にこっそり飴《あめ》をプレゼントした。


ところで、ロワルに里帰りすることはカスパルにも話してある。もちろん彼も誘った。しかし、戻るのが面倒くさいという理由で断られた。たった二週間の休暇のうち、移動に最低でも四日間が必要となる。「そんな時間があったら本を読みたい」そうだ。

その代わりと言ってはなんだが、メイドたちの中で里帰りしたい者がいたら連れていってほしいと頼まれた。しかし、誰も手を挙げなかった。ルシエラでの生活に慣れ始めたところだから、というのが大方の理由だ。

中には飛竜に乗るのが怖いという人もいた。シュタイバーンからラトリシアに来た際は、荷物と一緒だった。だから地竜を使った長旅で、ゆっくり時間を掛けてきた。飛竜に乗った経験がない者もいるのだ。

スサだけが「リュカ君の面倒を見る者がいるでしょう」と手を挙げかけたが、その表情は青白かった。飛竜を怖がる一人だ。だから断った。

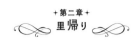

「でも、誰もお世話する者がいないと困りませんか？」

「そうですよ。シウ様もお友達とお会いになられることもあるでしょうし」

「留守番を一人でさせておくのも可哀想《かわいそう》だわ」

どうする、と皆が顔を見合わせた。すると、ロランドとリコが視線だけで話し合い、同時にソロルを見た。

「ソロル。君は以前、飛竜に乗ったことがあると言っていたね。その時は近場だったそうだが、長距離には耐えられそうかね？」

「え？　わたし、ですか？　はい、大丈夫、だと思います」

急に話を振られたソロルは、しどろもどろだ。そんな彼を微笑《ほほえ》んで見ていたリコが、提案する。

「でしたら、まだ教育途中ではありますが、彼をお世話係にするのはどうでしょうか」

提案したのはシウにである。シウは笑顔になった。

「うん。いいと思う。リュカも安心するだろうし、僕も助かる。ソロルはどうかな？　シュタイバーンに行くことになるから、嫌なら断ってもいいんだよ。強制じゃないからね」

「あ、いえ、その」

「そうでしたね。ソロルの気持ちもあります。どちらでも構わないんですよ」

ロランドが優しく伝えると、ソロルはおろおろしていたのを止めて、意を決したように声を上げた。

第二章
里帰り

「や、やります！　頑張ります！」

なんだかとても大変なことのように言う。そんなソロルを、ロランドとリコが笑顔で見ている。奴隷として生活していたソロルは、いまだ「自由」に慣れない。戸惑《とまど》いも多いようだ。ロランドたちは使用人としての教育を施《ほどこ》しながら、ソロルに「自由」を教えている。

「リュカ君が寂しがったり迷子《まいご》になったりしないよう、傍《そば》についていてくれたらいいだけです。将来、リュカ君も同じ仕事に就くかもしれないからね。先輩として仕事ぶりを見せてあげるのもいい。ただし、気負うことはないんだよ」

「は、はい」

「目を離さず一緒にいて、そして楽しんでおいで」

「え？」

びっくり顔のソロルに、メイドたちも声を掛けた。

「ロワルの街は楽しいわよ。ルシエラよりずっと明るいわ。良い人も多いの。それにもう春よ。暖かいはずだわ。頑張ってね、ソロルさん」

「ねえ、それなら、ロワルでの話を聞かせてほしいわ。わたしたちへの土産話《みやげばなし》としてね。お願いできる？」

「は、はい！」

皆に話しかけられ、ソロルは恥ずかしげに頷いた。

その話の後、ソロルにはお小遣いが渡された。まだ見習いの彼に給金は出ない。もちろん生活に掛かる費用は雇用主が持つ。おやつも出てくるブラード家は、他よりずっと条件がいいそうだ。そんなブラード家だから、見習いだろうと里帰りする際には小遣いを持たせる。

だから遠慮せず受け取りなさいと、ロランドが渡していた。ソロルは笑おうとして失敗し、涙を流した。お小遣いなど、小さい時以来だと言って。

皆、涙は見ない振りをして「良かったね」と声を掛けていた。

◇◆◇◆◇

ルシエラ王都を出る日は、早朝から慌ただしかった。リュカはまだ眠気と戦っており、ソロルが抱いて馬車に乗る。飛竜は王都の外にある竜舎に預けているため、そこまで馬車で移動するのだ。すでに飛行準備を済ませているルーナに乗ってシュタイバーンへと向かう。

飛竜に乗り慣れないソロルと、全く経験のないリュカだ。彼等のためにと、座りやすいよう貴族仕様の椅子がセットされていた。椅子といってもソファに近く、横になって寝ても痛くないタイプだ。安全帯もあり問題ない。しかし、緊張しているソロルはきっと寝られないだろうと思った。シウが思うに、彼の緊張感は飛竜がどうこうという以前に、キリクと一緒に乗れと言われたせいだ。

態度が冒険者のようで豪快なキリクだが、彼はれっきとした貴族である。付き従う騎士にもソロルは身分違いだと震えていたぐらいだ。肩の力を抜けと言っても難しい。

せめてキリクとの同乗は止めた方がいいんじゃないかと、シウは提案してみた。

結局、キリクの飛竜にはシウとリュカが、ソロルはラッザロたちの飛竜に乗った。ラッザロはフランクなタイプだから、多少マシだろう。

シウは先にソロルを落ち着かせることにした。ついでに、ラッザロの飛竜でも居心地《いごこち》良く座れるようにする。手持ちの毛皮などを使って、元々付けられていた簡易の椅子を改造したのだ。そこに、有無を言わせずソロルを座らせた。

「ゆっくりしてね。楽しんだ者勝ちだよ。それから、疲れたら同乗者に必ず言うこと。通信魔道具も渡しておくからね。こまめに休憩を取ってくれるそうだから安心して。だからといって我慢は禁止。一番良いのは、彼等を信頼することだよ」

「は、はい！」

ぽかんとしていたソロルは、シウの言葉にしっかり頷いた。


まだ雪の残る平原から、飛竜二頭が飛び立った。風属性魔法による空気の遮蔽《しゃへい》があるため、上空でも寒くはない。

最初はおっかなびっくりだったリュカも、慣れてくると周囲をきょろきょろと眺め始めた。ソロルも肩に入った力がほどよく抜けてきたようだ。なにしろフェレスが平然としている。というより彼は安全帯も付けずに飛竜の上を歩いていた。にゃんにゃんと歌う姿を見れば、力だって抜けるだろう。シウからも通信を使って気楽な会話を続けた。それに慣れてきた頃、ソロルも景色を楽しむようになった。

シウは通信魔道具をリュカに渡して、ソロルと話をさせた。二人はあっちの山はどうだこっちの山はどうだと楽しげに話している。流れる景色が面白いらしく、途中から「先に何か発見した方が勝ちね」と楽しんでいた。

二人が酔いもせず景色を楽しんでいるうちにと、キリクたちは飛竜を飛ばしまくっていた。一般人を乗せている速さではないが、後半になればなるほど疲れてくる。それを見越して、今のうちにと考えたのだろう。結局、昼休憩になるまで飛び切った。

昼休憩は、飛竜便が使う休憩用の街として有名なシベリウス領のアロエル街で取る。飛行ルートが近く、竜舎や宿泊施設も多い。

キリクたちも往路の休憩では、飛竜便に配慮のある街を使ったそうだ。強行軍だったため山中での休憩もあったようだが、今回は「普通」のルートを選んでくれている。

「時間があればエルデラ領都にも寄って観光でもと思ったが、あそこは竜舎がルシエラと同じように離れているからな。泊まり以外だと使い勝手が悪いんだ」

「ここは外壁沿いに竜舎があるから便利だよね」

✦第二章✦

里帰り

「街が小さめなのも利点だな。小さいながらも工夫している。飛竜便に関係なく、冒険者向けの宿も多い。繁盛しているから人も益々集まる、というわけだ」

その言葉通り、街は活気にあふれていた。そろそろ春がやって来る季節だ。そうなると飛竜便も増えるだろう。その準備に追われているようだった。

「ここで、飯にするか」

歩いていたキリクが立ち止まった。どう見ても普通の食堂に、慣れた様子で入っていく。どんな店に連れていかれるのだろうと緊張していたソロルは、ぽかんとして立ち止まった。その背を押して、ラッザロが中に入る。シウたちも続けて入った。フェレスは外で待機させる。待っててねと言えば「にゃ！」と賢い返事で、その場に座った。

店は普通の食事処《しょくじどころ》といった雰囲気だ。冒険者の姿が多く、がやがやと騒がしい。

ソロルはホッとした様子で、ラッザロに勧められるまま注文していた。リュカには店の女性が優しく教えてくれた。幼い子のために分かりやすく話してくれる。何故《なぜ》かシウにも親切に教えてくれた。

キリクは、さすがに竜に乗るためか酒は頼まなかった。チラッと隣のテーブルの冒険者が飲むビールを見ていたが、サナエルが睨《にら》んだので視線を逸《そ》らしていた。

ともあれ、美味しい食事を皆で楽しんだ。シュタイバーンから離れた街なのに、キリクの行動範囲の広さに驚くばかりだ。

その後、一路ロワルまで飛ばし始めたキリクが、ふとシウを振り返って「操縦するか」と聞いてきた。いや、問うたのではない。やってみろ、というニュアンスの方が強かった。

「何言って……。竜騎士じゃないと乗っちゃダメでしょ」

「別に免許が要るわけじゃないぞ。お前なら乗れるだろ。もうほとんど、こいつらの言ってることが分かってるようだし、ルーナとも仲が良いじゃないか」

「そういう問題かなあ。でもやっぱりいいよ。今、練習するのもどうかと思うし」

「何かあった時の交替要員にいいかと思ったんだが」

そう言ってウインクする。それでようやく、交替してほしかったのだと分かった。そもそも二頭の飛竜に操者が三人。疲れるはずだ。

シウは呆《あき》れつつも「分かった」と了承した。ルーナの上を歩き、キリクの立つ場所に並ぶ。キリクがルーナに「頼んだぞ」と声を掛けて、シウに簡単な操縦法を教えてくれた。

「まあ、言葉が通じるなら竜騎士用の指示は要らんと思うがな。ルーナは賢いから勝手に飛んでくれる。任せておけばいい。周囲に魔獣《まじゅう》がいないかどうか警戒しておくぐらいだ」

そう言うと手をひらひらと振ってルーナの背中まで歩いていった。リュカがうとうとしている横にどっかりと座り、撫《な》でている。

後ろに付いていたラッザロから通信が入ったので説明すると、

「あの人もとうとう体力に限界が来たのかな」

と、本人が聞いたら怒るようなことを言って笑っていた。

第二章
里帰り

ちなみに、フェレスも一緒になってルーナの肩あたりにいたが、途中で飽きてしまって椅子まで戻った。リュカの隣に座って寝る体勢だ。安全帯を付けていないから、寝相の悪いフェレスだと落ちてしまうかもしれない。そこまで考えて、シウは首を振った。そもそもフェレスは飛べるのだから、落ちたって問題ない。それに万が一シウが操縦を誤っても、その時はすぐに空間壁で守るつもりだ。彼等を落とすわけがなかった。

シウはその後も、おやつ時間の休憩まで操縦を続けた。

夜はメルネス領の街に泊まった。キリクたちだけだとオデル領か、あるいはシュタイバーンに入っている頃合いだそうだ。そう思うと、手加減してくれたのだろう。

翌朝も早くに起きたけれど、リュカの目はしっかり開いていた。慣れたらしい。

この日もシウが操縦するのだろうと思っていたら、案の定、交替要員になっていた。ラッザロもサナエルも承知しているという。サナエルが、

「大体この行程で、二頭の飛竜に三人の操者ってのが問題なんです」

と言い、続いてラッザロがにっこりと微笑んだ。

「ということで、勝手に組み込みました～。よろしく」

「昨日はキリクの体力がどうのと言っていたくせに」

「は？　覚えてないなぁ～」

そんなやりとりをして、飛竜に乗った。

昼過ぎに国境を越え、シュタイバーンに入った。国境を越えたところにクリスタ領がある。ただ、ちょうどいい区間に飛竜が降りられる街がなかったため、山中で休憩を取った。

「シウ君がいると、山中でも街と同じぐらい楽ができるから助かるなぁ」

「街よりいいんじゃないか。面倒な警戒はしないで済むし、何よりもご飯が美味しい」

そう言われると嬉しいものである。シウはせっせと料理を振る舞った。

リュカやソロルも山中での休憩に問題は全くないらしく、シウの料理を美味しそうに食べてくれた。

それからも飛行を続け、クリスタ領とミニア領の間にある小さな街に降りて泊まる。

シウたちだけなら外でも良かったが、小さい子に山中泊をさせるのは可哀想だと全員一致で決まり、宿を取った。ところが、村と呼んでも差《さ》し支《つか》えないほどの小さな街だったせいで、宿もそれなりだった。湯ももらえず、ベッドは湿気た藁《わら》が使われている。

これなら外でテントを張っていた方がマシだったかもしれない。少なくともシウの持ち物の中には快適な寝具が揃《そろ》っているのだ。披露できずに残念だった。

翌日、三日目の昼過ぎにようやくロワルに到着した。

旋回しつつオスカリウス邸に降り立ったのだが、天気の良い日であったため、リュカもソロルも上空から見える景色に興奮しきりだ。ルシエラと違って灰色の世界ではない。色

第二章

里帰り

とりどりの明るい街並み、整然と続く石畳《いしだたみ》の道路に、活気あふれる人の波。地面に近付くにつれ、馬や騎獣《きじゅう》の歩く姿も見えて、二人とも目を瞠《みは》りっぱなしだった。

竜舎に近い発着場へ降り立つと、すぐさま厩務員《きゅうむいん》が駆け寄ってきた。厩務員以外にも、近くにいた騎士や使用人が集まってくる。

飛竜から降りるための階段もさっと用意してくれ、リュカとソロルはそれぞれ自分の足で降りた。荷物は家僕たちが素早く下ろして運んでいった。その荷物は二人のものだ。

ソロルがおろおろしていたので、シウは笑って腕を叩いた。

「ここではお客様だから、やってもらったらいいよ。ソロルの今の仕事はリュカを見てることと、ロワルで楽しむことなんだから」

休暇として送り出されたのだから楽しまないとね。シウがそう続けると、ソロルは神妙な顔で頷いた。

キリクが厩務員たちに飛竜の世話に関する指示を終えると、全員で屋敷に向かう。リュカはソロルが抱いて歩いた。フェレスはふわふわと浮きながら軽やかだ。皆、キリクに挨拶しながらフェレスを見て笑っていた。

屋敷に入るとシリルが待っており、まずは帰ってきた放蕩主《ほうとうあるじ》に丁寧な挨拶をした。それだけでソロルは硬直していたけれど、落ち着いて会話の中身を聞けば嫌味だと気付いたはずだ。

イェルドも駆け付けてきた。彼は、疲れたから休むというキリクを強引に連れていってしまった。去り際に、歩きながらシウへ挨拶するという、彼にしてはマナーの悪いやり方である。よほど切羽詰まっているらしい。型破りな上司を持つと部下は大変だ。

残されたシウたちは家令《かれい》のリベルトに連れられ、客間に通された。リュカもソロルも一緒だ。従者用の続き部屋があるので、そちらを利用させてもらう。

その後は夕飯まで、まったりと過ごした。途中アンナという機関銃のように喋《しゃべ》るメイド長もやってきたが、おおむね、気楽に過ごすことができた。

◇◆◇◆◇

翌朝、アンナたちに引き留められたものの、シウにはロワルでの家がある。スタン爺さんの家の離れ家だ。それに、オスカリウス邸に泊まってもリュカたちが気を遣うだけだ。キリクは溜《た》まった仕事で暇などないだろうから、遊べるわけでもない。

お礼だけ言って屋敷を出ようとしたら、リベルトが馬車を用意してくれた。シウは遠慮なく乗って、中央地区まで向かってもらった。

最初はオスカリウス家の馬車に緊張していたリュカたちも、馬車から見える景色にはしゃぎだした。上空から見える景色とは違う。二人とも物珍しそうにきょろきょろと窓の外を眺めている。

✦第二章✦
里帰り

やがて、馬車がベリウス道具屋の前に到着した。

「ここが僕の故郷、のようなものだね。お世話になっていたんだ。今でも部屋を残してくれててね」

説明している間に、エミナが出てきた。

「シウ！　今日は外から来たのね！」

話す間に抱き着かれ、ぎゅうぎゅうにされる。

「エミナ……」

「あら、ごめんなさい」

胸で押しつぶされてしまったシウを、エミナは「ごめんねー」と明るく笑い飛ばした。

それから二人の連れを見て、にっこり笑う。

「お友達よね？　いらっしゃい。どうぞ、入って」

ソロルが「いえ、お友達ではないんです」と、もごもご話しているのに、エミナは一切聞かない。さあさあとリュカを抱っこしたままのソロルを店に押し込んだ。そのまま裏の通路まで押していき、渡り廊下のところで追い越すと母屋《おもや》に上がる。

「お爺ちゃーん、シウが戻ってきたよーっ！」

「聞こえておるわい。大きな声で叫ばんでも、まだ耳は聞こえておるんじゃぞ」

「あ、はーい。じゃ、あたしは店番があるからここでね。あ、あたしはエミナよ。よろしくね。晩ご飯の時にまたね！」

第二章

里帰り

慌ただしく戻っていってしまった。相変わらず台風みたいだと、シウは苦笑した。

「やれやれ、まったく。……シウや、よう戻って来た。お帰り」

「ただいま」

二人して笑う。つい最近会ったのでおかしな感じだ。

スタン爺さんはニコニコと優しい笑顔でリュカとソロルを見た。

「ようこそ。わしはスタン＝ベリウス、この道具屋の隠居爺じゃよ。シウの家の大家もしておるぞ。よろしくな」

「あ、あの、わたしはソロルです。ブラード家で見習い家僕をしています。よろしくお願いします！」

勢いを付けて頭を下げる。それを見てリュカも、勢いよく挨拶した。

「僕は、リュカです！　八歳です！　ぶりゃーど家でお世話になってましゅ！」

途中、噛《か》んでしまった。可愛《かわい》くてつい笑いそうになってしまう。スタン爺さんも頬を緩ませる。リュカはハッとして、

「よろしくです……」

と付け加えた。噛んだのが自分でも分かったようだ。恥ずかしそうな顔で頭を下げる。

スタン爺さんは、やっぱりニコニコ笑って二人の頭をぽんぽんと撫でた。

「ここでは堅苦しくせんでもいいんじゃよ。気楽にの。ただの庶民の家じゃから、気を遣うこともない。自分の家と思って寛《くつろ》ぎなされ」

よしよし、良い子じゃと、孫を見るような目で言う。二人は、スタン爺さんを見て緊張を解いたようだ。それから家の中の温かい空気や雰囲気に気付き、ホッとしていた。

リュカとソロルも、シウと同じく離れ家に泊まる。先に荷物を片付け、寝室の準備を済ませてから母屋へ戻った。

シウが昼食を作ろうとしたら、二人も手伝いをすると言い出した。それならフェレスと遊んでいてほしいと頼んだ。フェレスが暇そうにゴロゴロしていたのと、久しぶりなのにスタン爺さん一人で相手をしてもらうのが悪いと思ったからだ。何より、慣れない台所で、料理経験のない二人に手伝ってもらうのはちょっと怖かった。二人とも素直に頷いたので、自分が戦力にならないことは分かっていたようだ。

エミナも交えた昼食は、わいわいと賑《にぎ》やかに進んだ。午後はエミナもスタン爺さんも仕事がある。シウたちは近所を散歩しようと外に出た。

オスカリウス邸で一泊したから飛竜の疲れはもうないかもしれないが、慣れない場所ばかりで気疲れもあるだろう。リュカを抱っこし続けるのもソロルが大変だ。だから、リュカはフェレスに乗せた。街中での騎乗は基本的に禁止だが、子供を乗せてゆったり歩かせているし、手綱《たづな》も握っているので許してもらえる。

シウは歩きながら、街のことや店について二人に話して聞かせた。

第二章
里帰り

「これが紙屋さん。いろんな種類の紙が売っているんだよ」

「すごい、綺麗《きれい》ね？」

「本当に……。こんなに真っ白いんですね」

「契約書類は上質紙を使うからね。中央地区だから高級な紙も取り扱っているんだよ。西地区だと、低質紙しか売ってないみたい」

　そんなことを説明しながら街を歩いていると、ギルドの前を通った。

「あ、ここが冒険者ギルドだよ。僕もここで登録したんだ」

「大きいですね！」

「ぴかぴかしてる」

「そうだね、こうしてみると明るいよね。最初に見た時は石造りの重厚な感じが、暗く感じられたのに」

　そんなことを話していたら顔馴染《かおなじ》みの冒険者たちと擦れ違った。シウを覚えていてくれたらしく「久しぶりだな」だとか「戻って来たのか？」などと話し掛けられた。そのどれもに挨拶を返し、手を振って別れる。

　また歩きながら、ロワルでのルールのようなものを説明した。騎獣は手綱を持って歩かせることや、公園では騎獣とペットの運動する場所が分かれているなどだ。冬でも屋台が出ていると話せば、二人とも驚いた。ルシエラでは夏にようやく屋台が出るぐらいだ。それでも規模はロワルよりずっと小さい。

「あ、そうだ。面白いところがあるんだ」

騎獣屋に連れていった。カッサの店だ。行くと、リコラが気付いて駆け寄ってきた。

「もう帰って来たのか？　どうしたんだ？」

心配そうな顔をするので、シウは首を振って笑った。

「長期休暇で里帰りしただけだよ。久しぶり」

「ああ、なんだ、そうか。また事件に巻き込まれたのかと思ったぜ」

「またって……」

「ははは。あ、そうだ、アロエナとゴルエドの子供が生まれたぞ」

ドラコエクウスのことだ。アロエナは特にシウやフェレスと仲良くしてくれたため、子供が生まれたと聞いて嬉しい。そのことをリュカとソロルにも説明し、シウたちはリコラに案内してもらった。

「やっぱり、生まれたのは卵石じゃなかった。普通の竜馬だな。でも、戦闘には使えなくても人は乗せられる。立派に働けるだろうから、うちで飼うことになった」

「空は飛べないんだよね？」

「ただの竜馬だからな。だけど、馬よりはずっと賢くて力も強い。良い竜馬になるよ。お、お母ちゃんに甘えてたのか？」

到着した獣舎では、小さな竜馬がアロエナのお乳を吸っていた。リコラに気付いて「ぎゃぅ」と鳴く。言葉は通じていないようだが、確かに賢そうだと思った。

「フルウムって名付けたんだ。可愛いだろう？　アロエナもとても可愛がってる。まあ、ゴルエドの方がより可愛がっているけどな」

「あのゴルエドが？」

「な？　でも案外、父親の方がメロメロになっちまうものなんだよ」

そう話すリコラの顔もメロメロだった。

リュカも「かわいいかわいい」と連呼している。ソロルは初めて間近に見る竜馬に驚いていたが、リュカと同じく相好を崩していることに気付いていないようだった。

いつまでも眺めていたい気分だったが、さすがにリコラも仕事がある。シウがお礼を言って去ろうとしたら、

「また遊びに来いよ。そっちのお友達もな。騎獣に乗せてやるよ」

と、リュカたちにも声を掛けてくれた。


次に向かったのはステルラだ。

久しぶりだったが、店員たちはシウを覚えていた。しかも、連れがいることを考慮してか、一番眺めのいいテーブルに案内してくれる。たまたま空いていたそうだが、有り難い。

ただ、一番いいテーブルということは、一番豪華に見える席だ。

「ここは庶民の人が来る喫茶店だから、そんなに緊張しなくてもいいんだよ」

「そ、そうですか。……これが庶民の？　シュタイバーンはすごいです」

「きれい！　とってもきれいだね！」

二人とも店内をきょろきょろ見て、目を丸くしたり喜んだりと忙《せわ》しない。ウェイトレスが持ってきてくれたメニューを見ても驚く。メニューに精密な絵が描かれているからだ。おかげで字が読めなくても内容が分かるようになっている。

「新しいメニューもあるんだね、美味しそう」

シウが呟《つぶや》くと、ウェイトレスが微笑んだ。

「はい。何度も試食を繰り返したんですよ。おかげで、皆、太ってしまって」

「え、でも、前と変わらないよ？」

「ええ。ですから、減量のために冬の間は運動を頑張りました」

むんっ、と腕を振る。彼女の気さくな態度に、ソロルもリュカも笑った。それから、店のおすすめを教えてくれた。リュカやソロルにも分かるよう丁寧に。

散々悩んで選んだものが、五分ほどして目の前に届いた。ウェイトレスは、リュカ、ソロルという順番で持ってきてくれた。小さい子から先にサーブするのは、しょんぼりした顔をさせないためだ。ウェイトレスは二人の輝く笑顔を見て微笑んでいた。

シウが選んだかぼちゃ餡《あん》のパイは、中がしっとりしているのに皮がパリッとして、食感も良く美味しかった。リュカは生クリームたっぷりのプリンアラモード、ソロルはバタークリームのケーキを選んでいた。どちらも頬が蕩《とろ》けるといった様子で、大満足らしかった。

第二章
里帰り

それからも街を案内しながら散歩を続けた。

シウが話していた公園に着くと、その広さに驚く。屋台も並んでいるからビックリ顔だ。聞くと見るでは違う。二人とも「すごい」と声を上げた。

おやつを食べたばかりなので歩き食いはしなかったが、飲み物は買って飲んだ。

公園で休憩しながらあれこれ話をしていたら、リュカが眠そうに目を擦り始めた。シウがフェレスに乗せようとする前にソロルが抱き上げる。彼が揺すっていると、リュカはすぐに寝てしまった。

眠ったリュカを抱え、帰路に就く。

「ごめんね、あちこち歩かせて。疲れたね」

「いいえ。とても楽しかった、です。こんなに色々なところを見られるなんて思わなかった。ロワルはとても良いところです」

「そうだよね。僕は山奥育ちだから、ロワルに来た時はびっくりしたよ」

「そうなんですか？　ずっと、王都育ちなのだと思ってました」

「全然。王都に出てきた頃なんて服装がださいとか、田舎者《いなかもの》だって言われてたもん」

「ええ、そうなんだ……。そう言えば皆さんの格好が派手ですね。色がすごい」

確かに色とりどりだ。今思うと、シウは猟師丸出しの格好だった。ロワルでは洗練された格好をしている人が多い。庶民は古着を着回すけれど、王都ということで種類が豊富にある。布の質も良く、重ね着しないで済むから体に合った服を着られるのだ。そのためスッキリとして見え、結果的にオシャレに見える。

冬が厳しいルシエラは、とにかく暖かいことが一番だ。庶民は出歩かないからオシャレもあまりしない。どんより天気のせいか冬の服装は暗い色が多かった。

そんな服の話をしながら、スタン爺さんの家に帰り着いた。

◇◆◇◆◇

翌日もロワルの街を歩き回った。二人とも特に行きたいところはないというから、シウの行きたい場所へ連れ歩くことにしたのだ。

まずは市場に行き、買い出しをする。そこで仲買人のアナと偶然会えた。彼女は仕入れで度々シャイターン国に行くし、シウも今はラトリシア国で暮らしている。顔を合わせるのは久しぶりだ。いつもは欲しい品を頼んでおいて、溜まれば引き取るようにしていた。

今回もシャイターンで仕入れたものの話を聞いて思い付き、調味料や向こうの素材を手に入れてくれるよう頼んだ。アナにとってシウは上得意らしく、喜んで引き受けてくれた。

その次に向かったのは、ベルヘルトとエドラの家だ。二人共元気で幸せそうだった。何か手伝うことはあるか聞いたが、新しく入った執事見習いやメイドがしっかり働いてくれるから何もないらしい。

ベルヘルトは以前、杖《つえ》をどんどん鳴らして大声で話していたが、今はとても落ち着いて年相応の風格が漂っている。結婚すると男は大人になると聞く。シウは妙に感動してしまった。

昼はドランの店に行った。方向は逆になるが、リュカとソロルに食べてもらいたかったのだ。二人とも「お米が美味しい」とニコニコだ。忙しい時間帯だったので長居はできなかったが、ドランたちもシウと同じく再会を喜んでくれた。


まだ疲れていないという二人を連れ、冒険者ギルドにも寄った。窓口を見るとクロエがいる。昼過ぎで暇な時間帯だから大丈夫だろうと、シウは彼女に声を掛けた。

「こんにちは、お久しぶりです」

「まあ！　シウ君じゃないの。ええっ、帰ってきたの？」

「長期休暇だったのと、たまたま飛竜便があって乗せてきてもらったんだ。懐かしくて寄っちゃった」

「嬉しいわ。そう、それに伝えたいこともあったの。ちょうどいいわ」

クロエは隣の女性に声を掛けて席を外した。そして、シウたちをギルド内の応接室へと連れていく。途中、通りすがりの職員たちがシウに気付いて声を掛けてくれた。

部屋に入るとお茶とお菓子も出てくる。お菓子があるのは小さなリュカのためだろう。

「お友達と一緒なのね。ごめんなさい、時間は大丈夫かしら」

「長くなるのかな。どうしようか。リュカは疲れてない？」

「うん。僕、おとなしく待ってられるよ！」

「あの、お邪魔でしたら、リュカ君と一緒に外で待ってます」

リュカとソロルの言葉に、クロエは慌てて手を振った。

「いいえ、違うのよ。お二人が大丈夫ならいいの。お茶とお菓子を食べていて。ね？」

彼女は優しく笑う。ソロルはホッとして「はい」と礼儀正しく頷き、リュカにお菓子を取ってあげた。二人とも「いただきます」と小さく口にして食べる。

その様子を眺めながら、クロエが目を細めた。それからシウを見る。

「先に個人的なことなのだけど、わたし、妊娠したの」

「わあ、そうなんですね。おめでとうございます！」

頬を染め、恥ずかしそうにクロエは報告した。

「結婚を祝ってくれた方にはお伝えしようと思って、でも私事だから迷惑かしらと思っていたのよ。ごめんなさいね、来てくれたついでに、なんて」

「ううん。教えてくれて嬉しい。良かったね。ザフィロも喜んでるでしょう」

「ええ。とっても。びっくりして踊っていたわ」

ひとしきり近況を聞いていたが、途中でクロエの表情が変わった。

「実はもうひとつあるの。悪い方の話になるのだけれど」

暗い表情のまま、彼女は声を潜めた。

「国から指名手配の依頼が来たのよ。この依頼は問答無用の、どの冒険者でも見付けたら

第二章

里帰り

捕まえないといけない強制依頼の一種になるわ。シウ君は講習を受けていたから知っているわね？」

「はい」

「相手の能力が高いと強制依頼の免除もあるのだけれど、今回はないわ」

要点を先延ばしにしているような気がして、シウはズバリ聞いてみた。

「もしかして僕に関係のある人？」

「ええ。ソフィア＝オベリオという少女を覚えているかしら」

一瞬、誰だっけと首を傾げかけ、アッと声を上げた。

「え？　だって、魔法省で軟禁されてるって――」

言いかけて止まる。考えれば、ソフィアの事件から随分経つ。彼女が釈放されていてもおかしくはなかった。ただ、それがどうして指名手配なんだろうと首を傾げる。

「魔法省で長い間、聴取を受けていたらしいの。最終的には完全に浄化されたらしいけれど、他にも問題がいろいろ出てきて、元の生活には戻せないと決まったそうよ。結局、話し合った末に修道院へ預けることになって護送したそうなの。その途中で逃亡してしまって……」

「逃亡って、誰かの手助けが？」

「たぶん、家族だろうという話よ。オベリオ家は悪行が幾《いく》つも出てきて、商人資格を剝奪されただけでは収まらなかったの。財産が没収されて、迷惑を被った人々への再分配に使われたそうよ。当主はそれに納得いかなかったのね。問題を起こして、新聞にも載っていたわ。そのせいで一族郎党、ロワルにいられなくなったの」

ほぅっと溜息《ためいき》を吐《つ》いて頬に手をやる。

「それでも温情のある沙汰《さた》だったそうなのよ。なのに……。護送していた兵のほとんどが亡くなったと聞いて……」

シウは絶句した。クロエも痛ましそうな表情で小さく頭を振った。

「ごろつきでも雇ったのだろうと言われているわ」

「隠し財産があったんだね」

「そうなの。見落としがあったことも問題視されているわ。それに、やり口が随分と非道だから、関係者に逆恨みする気持ちが強いと考えているの。シウ君にも、何かするかもしれない。ただ、あなたは今、ラトリシアにいるでしょう？　それに、彼女を見付けてしまえば問題ないわ。だから急ぎで伝える必要はないと判断したの。指名手配だけしてね」

ところが、まだ見付かっていない。いつの話かと聞けば、七日ほど前だと言う。

「王都内の被害者たちには国からすぐに連絡が入ったそうよ。ただ、シウ君の場合は国外だったから連絡は後回しにされたみたいなの。ごめんなさいね」

「ううん」

きっと情報が錯綜《さくそう》したのだろう。関わりのある部署は国側だけでも二つある。悪魔憑《あくまつ》きだったソフィアを視《み》た宮廷魔術師《きゅうていまじゅつし》と、処分を下す魔法省。ギルドも商人ギルドと冒険者

第二章
里帰り

ギルドの二つが関わった。混乱しただろうと想像できた。

クロエはまた悩ましそうに溜息を吐く。シウは大丈夫だと安心させるために笑顔を見せた。

「お腹《なか》に子供がいるんだから、そんな顔になってちゃダメだよ。僕は気にしてないから」

「ありがとう、シウ君。そうね、そうよね」

少し冷めてしまったお茶を飲み、彼女は無理に笑顔を作った。


落ち着くと、クロエは話題を変えるように修道院の話を始めた。

「嫌がる気持ちは分からないでもないの。年頃の女性が聞けば震え上がる場所だから。もちろん、逃げ出すのは良くないわ。それに、わたしは彼女が護送兵に手を下したとは思っていないの。だからこそ逃げなければ良かったのにと思ってるわ。ただ、本当に恐ろしい場所だから」

「でも、軽犯罪者を送る場所なんだよね？」

「犯罪者か、俗世間から隔絶したいか、ね。崇高《すうこう》な思いを抱いて神に全てを捧《ささ》げる人しか耐えられないと言われる場所よ」

そこはアドリアナ国にある修道院だという。奥深い山中の「聖なる泉」や「奇跡の泉」と呼ばれる場所を守っているそうだ。併設されている神殿も有名で、神官にとっては聖地になるとか。アドリアナは最も北に位置しており、夏がないとも言われる国だ。暮らしは相当過酷になるのだろう。ましてや修道院は厳格だと聞く。

はたして、クロエが声を潜めて教えてくれた。

「ヴィルゴーカルケルというのよ。有名だから聞いたことがあるかもしれないわね」

それは古代語だった。直訳すると「処女の牢獄《ろうごく》」という意味だ。考えると、恐ろしい名前である。よくもそんな呼び名を付けたものだと思う。

「聞いたことはあるけど、怖い名称だよね」

「乙女《おとめ》の砦《とりで》という意味よね。修道院には女性ばかり集められているから名付けられたそうよ。とても厳しく辛い生活らしいわ」

シウは黙って頷いた。現在の意味では「乙女の砦」となっているらしい。古代語なので、意味も変遷《へんせん》していったのだろう。言葉の意味が違うものに変わることは多い。特に古代語だと変化は大きくなる。直訳の方を口にしなくて正解だった。シウは何も言わず、クロエの話を聞き続けた。たとえば、修道院では化粧が禁止されており、服も簡素なのだそうだ。また、真冬以外は素足で過ごすらしい。若い女性が嫌がるのも分かる気がした。

クロエには他にもロワルの話題を教えてもらった。

最後に、お祝いに何が欲しいか聞いたら、生まれた赤子の頭を撫でてほしいと頼まれた。シュタイバーンでも中央近辺の土地で行われる風習らしい。将来こんな風に育ってくれたらと思う人たちに赤子の頭を撫でてもらうそうだ。長寿の人や賢い人、美しい女性に元気な少年。そうすると、赤子の将来にたくさんの道が開かれるという。

「僕でいいなら、ぜひ。生まれたら教えてね」

そう言って話を終えた。

ギルドを出ると、ソロルがそわそわと心配そうに辺りを見回している。話が耳に入って、不安に思ったのだろう。警戒するソロルに、シウは大丈夫だと声を掛けた。

「もう王都にはいないと思うよ。怖い話を聞かせちゃったね」

「いえ、俺、わたしは全然！　それよりシウ様が心配です。だって完全に相手が悪いのに、逆恨みなんて、ひどい」

ソロルはシウを知っているから、シウの立場になって考えてくれたのだろう。優しい青年だ。苦労したはずなのに腐らず、頑張って生きてきた。

「彼女はね、甘やかされて育ったみたいなんだ。恵まれた生活をしていたのに、もっともっとと欲しがった。どこかで気付いて修正できていたら、違っただろうに」

「シウ様は、優しいですね」

「優しい、のかなあ？　僕も結構、我《わ》が儘《まま》だけどね。ただ、他人を押しのけてまで欲しがったりはしない」

「……わたしも、心に決めていることがあります」

ソロルは顔を上げて前を向き、シウに決意を語ってくれた。

「絶対に暴力は振るわない。理不尽なことで怒ったりしない」

シウが「うん」と相槌《あいづち》を打つと、ソロルは少しだけ声を落とした。

「あの、必要な時もあると思うんです」

「そうだね」

「リュカ君を守りたいし、間違ったことをしたら怒らないといけないです。でも」

言葉に詰まったソロルに、シウは自分の言葉を重ねた。

「必要な力は持っててもいいんだと思う。使うところを間違えちゃダメなんだよね。僕もいつも考えてる。今ここで僕の力は使っていいのかな、って」

「シウ様でも？」

「それはもちろん。だって、そこを間違えると、ただの暴力になるんだもの」

「……ただの、暴力」

「怖いよね。力を持つのは怖い。でも、持ってないのは、もっと怖い」

ただ、一方的に略取されていくだけの人生。奴隷だったソロルには痛いほど分かったようだ。

「相手に暴力を使わせないための力もあるんだよね。だから勉強するのかなあ」

ぽつんと呟いたら、ソロルが横で頷いてくれた。

「俺も、リュカ君と自分ぐらいは助けられるように頑張ります」

「うん」

普段の口調が出ていて、だからこそ彼の決意が窺《うかが》えた。きっとソロルは良い人生を歩むだろう。シウはそんな気がした。

◇◆◇◆◇

風の日は、前もって約束していたリグドールたちと会うため、シウはフェレスを連れて出掛けた。

ソロルたちは別行動だ。シウがせっかく友人と会うのだからと遠慮し、当初は留守番の予定だった。「ゆっくりしたいから」というのがシウに対する下手な言い訳なのは分かっていた。申し訳ないと思っていたシウに、スタン爺さんが救世主となった。二人をロワル観光に連れていってくれるというのだ。

スタン爺さんにはアキエラも付いて行ってくれる。アキエラがいれば若い子が好む店も知っているだろう。スタン爺さんとも仲が良いため、ソロルやリュカといった初めての相手がいても問題ない。よろしくお願いしますと頼んで、シウが先に家を出た。

待ち合わせの公園に行くと、リグドールとレオン、ヴィヴィがもう来ていた。

「久しぶり、みんな元気だった？」

「こっちの台詞《せりふ》だっての。シウの方が遠い異国の地に行ったんだからな」

「あ、そうか。僕は元気だよ」

「あんま変わってないなぁ。ちょっとは大人びたりさ、魔法使いっぽくなっているのかと思ったけど」

リグドールがからかいながらシウの肩に手を回した。

「おお、懐かしい感触。ちょうどいい手の置き場所！」

「リグ、お前ちょっと、いつもと違ってないか」

「いいじゃない、レオン。リグは甘えたいのよ。ね、リグ」

「……ちぇ」

本音を暴露され、リグドールは少々ばつが悪そうに顔を背けた。耳が赤いので照れているのだろう。シウも笑うと、からかうなとばかりに肩から手を外されてしまった。

街をぶらぶら歩きながら、シウがいなかった間の学校についてや王都の話題を、三人が代わる代わるに話してくれる。それぞれ視点が違うから、同じ話でも違って聞こえて面白い。伝えたい内容も微妙に違う。

リグドールは学校での授業が大変になってきたことや、新しく覚えた魔法についてを報告してくる。騎獣に乗る訓練も本格的に始めているそうだ。

レオンは冒険者として仕事が軌道に乗ってきたこと、そして王都外の森をかなり制覇したのだと自慢げだった。

ヴィヴィは、下町ならではの情報を教えてくれる。王都内のちょっとしたスキャンダル

は下町の方が詳しく伝わっているようだ。事実、彼女はソフィアが脱走した事件も知っていた。国やギルド関係者が捜査のために聞き込みをしたようで、話を聞かれた人たちが情報を交換し合っているのだとか。

「あ、そうだ。付与のレベルが上がったわよ。父さんの仕事も手伝ってるし、このまま学校を卒業したら即戦力で働けるわ」

「すごいね」

「父さんったら、最初は魔法学校へ行くのを渋っていたくせに、最近はあちこちに自慢してるの。それが難点ね」

「父親だったら自慢したくなるもんだろ」

「あら。あなたのところの神官さん、父親じゃないのに、レオンのことを自慢しまくってるわよ」

「くそ、あいつ」

そのやりとりにも笑ってしまった。ヴィヴィはレオンの事情をしっかり把握しているようだ。リグドールもからかっていたし、ヴィヴィは強い。

シウたちは特に行き先を決めずにぶらぶらと歩きながら話を続けた。途中で飲み物を買って、また歩く。慣れ親しんだ景色と会話に、シウはすっかり里帰りを満喫していた。

面白いのはフェレスで、彼も時々会話に参加して（いるつもりで）楽しんでいた。

✦第二章✦

里帰り

昼食を済ませると、午後はアリスの家に向かった。リグドールたちも一緒だ。シウの里帰りに合わせて一日空けてくれたらしい。とはいえレオンは独立資金を貯《た》めたいからと、常に働いていたはずだ。

「ギルドの仕事があったんじゃないの？」

「友達と会う日ぐらいは休む。その代わり明日は休まず仕事するけどな」

「ありがと」

「……ああ、まあ」

「あら、照れてる。ねえ、シウ。レオンったらね、最近クラスメイトとも話をよくするのよ。勉強会にも出て他の子に教えているんだから」

「へー、そうなんだ？」

「ヴィヴィ、お前な」

冗談で拳《こぶし》を上げたのだろうが、ヴィヴィはキャーキャー叫んで走っていってしまった。

そうこうしているうちにアリスの屋敷に着いた。すぐに門番が中に入れてくれる。執事も出てきた。何度か訪ねたことがあるため、執事とは顔見知りだ。シウは会釈《えしゃく》してお邪魔した。

部屋に通されると、懐かしいアリスの他にダニエルとミハエルがいた。ミハエルはアリスの兄の一人だ。

「やあ、久しぶり。元気だったかい？」

はいと答える前に、アリスが「シウ君！」と声を上げて駆け寄ってきた。その勢いのままシウの手を取る。

「良かった、元気そうです」

「うん、ありがとう。ダニエルさんも、皆さんも元気そうで良かったです」

そう挨拶したのだが、ダニエルの目がチラッとアリスとシウの組んだ手に注がれる。その視線がシウの後ろへスッと向かったため、気のせいだろうと流した。

それにダニエルを押しやるようにミハエルが前に出てきた。

「手紙をアリスに送ってくれるだろう？　楽しい出来事が書いてあるからって、僕たちも一緒に読ませてもらってるんだ。勝手に悪いね」

「あ、いいです。でもルシエラの街のこととか、どうでもいい話が多いから面白くないでしょう？」

ミハエルと話をしていたら、すすすとリグドールが寄ってきた。

「手紙、アリスさんにも送ってるんだ？」

「うん。リグほどじゃないけど」

「えっ、俺に一番送ってくれてるの？」

「うん。あ、スタン爺さんと同じぐらいかな？」

「……ふうん」

嬉しそうな顔をしたので喜んでいるのだと思うが、くねくねするのでおかしかった。アリスもくすくす笑っているし、ヴィヴィやミハエルも微笑ましそうに見ているのでそろそろ止めた方がいい。

「ところで、今日は何か実験をすると聞いたのだが」

そこにダニエルの声が降ってきた。子供たちの騒ぎを気にすることもなく、落ち着いた声だ。

「召喚と聞いたので、わたしも一緒にと思ったのだが。いいかな？」

「はい。その方がお互い安心でしょうし、ぜひ」

「そうか。それは良かった」

と言いつつ、さっきシウの手を見た時のような視線を、今度はシウの隣にいるリグドールに向けた。不思議な、形容しがたい視線だった。表情が笑顔なだけに気になったけれど、ダニエルは貴族としては付き合いやすく、紳士だ。ベルヘルト付きの護衛をしていたこともあって、忍耐強い。もしや悩みでもあるのだろうかと、シウは声を掛けた。

「どうかしました？　何か問題でも？」

「あ、いや。では、始めようか。それとも少し休んでからがいいかな？」

「いえ。じゃあ、早速始めましょう。お庭をお借りしますね」

「どうぞ」

紳士らしい振る舞いで庭を示す。優雅な態度はいつものダニエルだ。シウは首を傾げつつ、皆で庭に向かった。

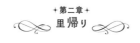

アリスは召喚魔法がレベル3まで上がったので、現在、特殊科の召喚クラスを受けている。本来は三年生にならないと受講できない特殊科だが、必須科目の飛び級が進んでいたため許可された。

飛び級と言えばレオンもかなり進んでいるそうだ。アルゲオとどちらが早く卒業できるか競争しているらしい。その話になるとレオンが負けん気の強い男の顔になって、シウは笑ってしまった。ヴィヴィに言わせると「笑いごとじゃない」そうだ。なんでも、ライバル同士がクラスメイトにいると大変らしい。庶民のヴィヴィがいつもレオンを宥《なだ》める役に駆り出されるのだとぼやいていた。

さて、アリスが今からやるのは召喚だ。魔法陣を描いて、召喚のための詠唱を始める。シウは念のため、補助役として傍にいた。周囲に結界を張り、想定外の被害が起きないようにする。フェレスには静かにしているように言い渡していた。屋敷に来てからおとなしくしていたため、そろそろ尻尾《しっぽ》が動き始めている。念のため「ダメ」と視線で伝えて、アリスに集中だ。

長い詠唱が続いた後、アリスが杖を魔法陣の中央に振り下ろす。同時に最後の詠唱を口にした。

「《力強き者たちよ、我にその力を貸し与えたまえ、召喚》」

◆第二章◆

里帰り

魔法陣が光り、アリスの呼びかけに応じて中央に獣が現れる。異界の幻獣《げんじゅう》や精霊などとは違って獣ならば魔力量もそれほど必要とはしない。が、そこはまだ慣れない半人前だ。アリスは魔力を消費し過ぎて、ドッと疲れたようだ。少しふらつく。さりげなく彼女を支えたシウは、魔法陣に目を向けた。アリスもなんとか両足を踏ん張って立ち直り、魔法陣の中央を見据える。

「カァ、カァカァカァカァ」

わしを呼んだのはお前か、と言っている。コルだ。シウが相談し、話し合った通りに、彼はアリスの呼びかけに応じてくれた。

コルはチラリとシウを見たものの、呼び出した相手、アリスに視線を向けた。召喚者であるアリスには、呼び出した相手の言葉が通じている。彼女はにこりと微笑んだ。

「わたくし、アリス＝ベッソールと申します。呼びかけに応じてくださってありがとう。未熟者ですが精進しますので、どうかわたしの召喚獣となってくださいませんか？」

「……カァ。カァカァカァ、カァカァカァカァ」

コルは偉そうに答えた。うむ、おぬしなら礼儀正しいので応じてやらんでもない、と。もっとも、ほんの少し嬉しそうな気配も見えた。シウの勘違いでなければ。

「カァカァカァ、カァカァカァカァ」

コルは続けて「わしには養っている幻獣がいる。それも一緒で構わんか？」と、聞いた。威厳を保ちつつもどこか不安そうだ。シウよりもずっと的確にアリスには伝わっただろう。

彼女は相手を安堵《あんど》させるような優しい笑みで答えた。

「もちろんです。お友達もぜひ一緒に。もう一度、召喚しなおした方がよろしいでしょうか」

「カァ。カァカァ、カァカァカァカァ」

「まあ、そうですか。拝見しますね。あ……。え？　いえ、はい、分かりました」

混乱と衝撃を乗り越えたらしいアリスは、幻獣――幻虫とも言うそれ――も引き受けた。一応、シウもアリスには伝えていたのだ。コルが大事にしている幻獣について。しかし、芋虫《いもむし》タイプと聞いていても実際に見ないと分からない。彼女は貴族の娘としてはかなり頑張った方だと思う。

事情を知らないリグドールたちは顔を見合わせていたが、邪魔はしなかった。黙って見ている。

アリスは落ち着くと、コルにきちんと言葉でも伝えた。「問題ありません。一緒に」。そこでお互いに納得したため契約がなされた。

「《契約は受諾なり、解約は互いの血をもって成すべし、これより後は召喚術にて我を現世主とし力を貸し与えたまえ》」

「カァ（《諾》）」

また光り輝いた。やがて光が収まると魔法陣は消える。その場にはコルと、その羽に埋《うず》もれたエルが残っていた。

◇◆◇◆◇

召喚術で契約してしまえば次からは長い詠唱句が必要なくなる。最後の一文だけ唱えればいいため楽だ。覚えるのに苦労したであろう詠唱句はしばらく使わない。

実は詠唱しなくても魔法陣がきちんと描けるのなら問題ないのだが、ミスを避けるためにセットで覚えるようになっているらしい。

ともかく、目の前で成功した契約に、皆がワーッと歓声を上げた。

「やったな、成功した！」

「もしかしたら戦闘になるかと思っていたから安心したー」

「良かったわね、アリス」

喜んで手を取り合う。事前に、希少獣のコルニクスを召喚すると話していても、どうなるか不安だったのだろう。アリスもホッとしている。彼女は改めて、コルに対してお礼を口にした。

「ありがとうございます。わたしのような未熟な者の呼びかけに応えてくれて」

「……カァ。カァカァカァカァ。カァカァカァカァ、カァカァカァカァ」

未熟ではない、礼儀正しく素晴らしい淑女《しゅくじょ》である。そう言ったコルは、まるで好々爺《こうこうや》だ。どうやらアリスを大変気に入ったらしい。それは短い付き合いのアリスにも伝わったらしく、ふふふとコルの言葉に笑っている。

「お爺ちゃんなのかしら。わし、って言ってるわ」

「そんな喋り方をしているのか。俺にはカーカーと鴉《からす》の鳴く声にしか聞こえないけどな」

「俺も。でも鴉よりずっと大きくて賢そうだ」

皆で取り囲むと、コルは若干身を固くした。しかしすぐに堂々と胸を張った。それから、背中に隠していたエルを見せるように体を捻《ひね》った。言葉が通じないであろう皆には、シウが紹介するしかない。

「この子がエールーカのエルだよ」

と説明したら、皆から非難囂々《ひなんごうごう》だ。

「安易すぎる！　もしかして、こっちの子の名前も――」

「コル、だけど」

「信じられない！」

「ひどいだろ」

「フェレスの名付けで思い知ったんじゃなかったのか。ある意味すごいな～」

「……」

「あの、そろそろお部屋に戻りましょう？」

ひとしきり、名付けに関する安易さを責められたシウは、アリスに助けられた。

戻る途中で、シウはダニエルに呼び止められて振り返った。

「君にもそういうところがあって、安心したよ」

謎の言葉にどういう意味なんだと思ったシウだが、名付けに関しては反論できない。黙って皆の責めを受け入れた。


芋虫幻獣のエルには新鮮な葉を与え、コルには皆と同じおやつを出してお茶の時間になった。フェレスはようやく動いてもいいと言われて、コルに挨拶を始めた。「遊ぼう」という挨拶だが。

ともかく、希少獣同士で話もあるだろう。休んでもらうためにも、コルたちとは少し離れて、人間組も話を始めた。

シウがラトリシアでのことを話して聞かせると、皆、呆れたように笑う。

「巻き込まれ体質って聞くけど、そういうの本当にあるのね……」

「それにしても、主替えを無理やり行うなんてひどい話だな」

「騎獣を持てないのがそんなに影響するだなんて知りませんでした」

「で、魔道具を作っちゃうあたりが、シウだよな」

リグドールが言えば、皆が一斉に頷いた。

その後も長々と皆で語り合った。もちろんダニエルの許しを得て、滞在している。

皆、飛行板が気になるらしく、その話もした。今いるメンバーではレオン以外、風属性を持っていないから通常の飛行板には乗れない。それでも飛んでみたいと、うっとりしている。特にリグドールは少年らしい憧れがあるようだ。騎獣に乗る訓練もしているというから、元々飛行が好きなのだろう。

リグドールはいろいろなものに挑戦して、将来進む道を模索しているようだ。

「俺、教養の中級も飛び級したんだ。春から上級へ進むんだぜ」

「えっ、すごいね！　僕はもうこりごりなんだけど」

「アルゲオに教えてもらってるんだ」

「アルゲオが？」

「ほら、シウがやってくれてた補講、まだ続けてるからさ」

皆で決めた補講の時間帯には誰も授業を入れず、その代わりそれぞれが教え合うということを続けているらしい。てっきりアルゲオは止めるかと思っていたが、復習になると知って習慣になっているようだ。

「教え合ううちに楽しくなってきてさ。貴族と庶民で、お互いの考え方を知ることができるし、面白いよ」

「すごいね」

「レオンも、あれだけ嫌がっていたくせに、王宮へ伺候《しこう》する際のマナーとか必死で覚えてるんだぜ」

シウがレオンを見ると、彼は目を逸らした。それでも、ぼそぼそと口の中で答える。

「冒険者なら、いつか王宮へ上がることがあるかも、しれないだろ」

「それだけの上級者になれるって思ってるのが、レオンらしいわね」

「目標は高く持った方がいいだろ。うるさいな」

「あら、あたしはレオンは上級者になると思ってるわよ。自分で思っていられるっていうのが大事なんじゃない？」

ヴィヴィの言葉に、ダニエルが深く頷いた。

「そう、目標は高く持たねばならん。男ならね」

何故かリグドールをチラリと見る。見られたリグドールは慌てて姿勢を正した。と言っても元々きちんとしていたが。

そう、リグドールは随分と大人びて、とてもしっかりしていた。シウからすれば、急に大人になったような、そんな気さえしたぐらいだ。特にアリスの屋敷へ来てからはそう感じていた。

そんなリグドールに、ダニエルはまだ話を続ける。

「将来の道を広げるために、いろいろなことを吸収するのは良いことだ。だが散漫にならないよう気を付けることだね」

「は、はい」

返事をしたのはもちろんリグドールのみ。なにしろダニエルの視線は彼だけに向いている。アリスは困惑した様子で、レオンとヴィヴィが笑いを堪《こら》えた表情だ。

そこでようやく気付いた。ダニエルのおかしな行動に。

「あ、そうなんだ」

「うん、なんだい？」

「いえ。えーと、お日柄もよく」

「……うん？　そうだね。今日は天気が良かった。おっと、そろそろ夕方だ。淑女の家に夕方まで滞在するなどもってのほかだ。さあ、もう帰りなさい。それとヴィヴィさんを送っていって差し上げるようにね」

にこにこと紳士的に振る舞ってはいるが、ようは「年頃の娘の家に長く居座るな」と注意しているわけだ。

そして、先ほどからの言動も「牽制《けんせい》」で、アリスの周りにいる男性に対して警戒していたのだろう。警戒というと言葉はきついだろうか。なにしろシウには全くその気がないし、それはダニエルも分かっているはずだ。

それでも、警戒しなくてはならなかった。何故なら。

「はい。長らくお邪魔しました。アリスさん、また学校でね」

「あ、はい。リグ君も、みんなも今日は来てくれてありがとう。また学校でお会いしましょう」

アリスはリグドールを意識している。名前を呼んだのがリグドールだけだったからだ。

屋敷を出てしばらく、シウは歩きながら思わず噴き出した。

「な、なんだよ、急に」

「だって、ダニエルさんが。ふふふ」

「……言うなよな。俺も、いろいろとあるんだ。ほんと、視線が痛くてさ」

「あれ？　じゃあさ、あれって、娘に近付く野郎の見張りをしてたのか？」

レオンは自分も数のうちに入っていると思って、そんなことを聞く。それに対してヴィヴィが鼻で笑った。しかし、口にしたのはリグドールへの応援だ。

「とにかく、アリスはまだまだ恋愛事には疎《うと》いから、頑張らないとね」

「お、おう」

「まずはお父さんの心証を良くすること。第一段階は突破したから、次も頑張るわよ！いいわね！」

「はいっ！」

なんだかヴィヴィが強いと、シウは笑った。

◇◆◇◆◇

夜はヴルスト食堂に集合した。すでにスタン爺さんたちが揃っており、シウを待っていたようだ。

リュカはロワル観光がとても楽しかったらしく、どこへ行ったとか何を食べたとか、詳しく教えてくれた。スタン爺さんとアキエラは、子供が喜ぶような下町のお菓子屋さんや玩具屋、それから子供の多い公園などへ連れていってくれたらしい。

　カッサの店にも寄り、小さな兎馬《ロバ》に乗せてもらって騎乗の練習もしたという。ソロルも兎馬で練習してから馬にも乗ったと、嬉しげに語った。

「今度は、ルフスケルウスに乗っても大丈夫だろうって言われました！」

「騎獣に？　てことは、ソロルは物覚えがいいんだね」

「え、そ、そうかな」

　照れ臭そうに頭を掻《か》く。横ではリュカが、一生懸命にソロルを褒めていた。

「ソロルお兄ちゃん、すごいの！　おっきいお馬さんに乗って、かぽかぽ歩いて、最後は走ってたよ！　ね、ね？」

「うん。リュカ君も、兎馬に乗れてたね」

「そうなの。楽しかった！」

「良かったね」

「うん！　お爺ちゃんと、アキお姉ちゃんがいっぱいいっぱい遊んでくれたよ！」

　尻尾をふりふりさせてリュカは報告を続けた。

「あのね、あと、ソロルお兄ちゃんとお土産も買ったんだよ」

「あの、お小遣いをいただいていたので、皆さんにお土産をと思って」

「二人とも、自分のお土産を買わないんだもの。せっかくのお小遣い、あたしだったら欲しいものを買うんだけどなぁ」

「こら、アキ！」

アキエラは母親にコツンと拳骨を貰っていた。

「いい話じゃないの。偉いわぁ。まずはみんなへのお土産を買うんだもの。素敵！」

にっこり笑って追加のウィンナー炒めを出しながら、二人を見る。

「今度はじっくりと自分へのお土産を探してごらんなさい。もっと楽しいわよ」

「は、はい」

「うん！」

元気よく答え、二人ともウィンナーに手を伸ばした。

第三章
休暇の日々

He is wizard, but social withdrawal?
Chapter III

雪解けの月の最後の日は、朝から馬車に乗ってシルラル湖畔まで出かけた。アレストロがシウたちを別荘に招待してくれたのだ。しかも、シウに同伴者がいることを知って、わざわざ別の馬車を回してくれた。アレストロたちと合流したのは湖畔に到着してからだ。やはり別の馬車で、リグドールとアントニーも先に来て待っていた。

「久しぶり。シウ、元気そうだね」

「うん。トニーも元気そうで良かった。皆、学校での勉強も順調みたいだね」

「そうか、シウは昨日リグたちと会ったんだったね。勉強は大変だけど、なんとかやってるよ」

アレストロが別荘内に招いてくれる。ソロルがおそるおそる付いてくるので、シウは「大丈夫だよ」と言って背を押した。リュカはフェレスの上だ。乗り慣れているフェレスと一緒だからか、ソロルほど緊張していない。景色や別荘に見入っている。

「やあ。君たちも気にしないでいいからね。自分の家だと思って寛《くつろ》いでいいんだよ」

「あ、は、はい」

緊張気味に答えたソロルへ、アレストロが微笑《ほほえ》んだ。

「君たちと遊びたいというシウを誘ったのは僕の方だ。一緒に楽しんでほしいな。リグたちも庶民だけど普通にしてるよ。ほら、シウだって。だから気楽にしておいで」

部屋に入ると暖かく、暖炉《だんろ》に火が入っていた。もうすぐ春とはいえ、まだまだ寒い。特に湖畔の近くは底冷えする。ラトリシアと違って雪は積もっていないが、乾いた空気が寒さを感じさせた。

「お腹《なか》が空いただろう？　今、使用人たちが用意しているからね」

「やった。腹減ってきたんだよなー」

「昨日のリグと全然違うなあ」

「シウ、バラすなよ！」

「なになに？　昨日、何かあったの？」

アントニーも会話に交ざりながら、皆が思い思いの席に座る。ソロルもメイドに促されてコートを渡すと、ソファにそうっと座った。フェレスもその横に行ってどっかり座る。

「にゃ」

「あ、はい」

「にゃにゃにゃ」

「はい……」

よく分かっていないようなのに、ソロルはちゃんと相手をしている。最近フェレスは彼に愚痴を零《こぼ》しているようだった。愚痴といっても魔獣《まじゅう》の内臓を最近食べていないだとか、今度はスピード競争で勝つのだとか、そんな感じだ。今日は、子分をもっと増やすにはどうしたらいいか悩んでいる、と語っていた。ソロルが律儀に返事をしていて面白い。おかげで、徐々に緊張が解《ほぐ》れているようだった。

リュカは屋敷内に入った時にシウがフェレスから降ろしている。彼はシウの隣に座って、鼻をくんくんさせていた。良い匂いが漂ってきているのは、食堂が隣の部屋だからだ。それを見た少年たちも、途端にお腹を押さえていた。

食後、皆で暖かい格好をしてから外に出た。アレストロのおすすめは船遊びだ。おだやかな日だったので船に乗って湖上を楽しむ。船遊びとは貴族らしいが、美しい景色を湖上から眺めるのは確かに素晴らしかった。

ソロルは「こんな幻想的な景色は初めて見ました」と感動していた。リュカは「絵本の世界みたい」と、どこか夢心地《ゆめごこち》だ。リグドールやアントニーも景色を楽しんでいる。

「別荘地も白壁や青い屋根が続いていて素敵だけど、崖が続く山々も壮麗だね」

「そうなんだ。この地を訪れた画家は、よくこの景色を描いているよ。早朝だと靄《もや》がかかって、それは幻想的なんだ」

皆が「へえ」だとか「ほう」と、相槌《あいづち》を打つ。景色に夢中で半分ぐらい聞いていない。

「夕日を浴びた湖も素敵だよ。帰りに見てみよう」

アレストロの提案に、皆が喜んだ。

船は湾内の対岸まで進み、そこで降りた。天候に問題がなければ、別荘地から湾内の対岸までは船を使うそうだ。地続きなので遠回りすれば馬車でも行ける。ただ。

「馬車より早いし、船は楽しいからね」

湾内は浅いため船は小型のものばかりだ。湾内を抜けると大海原《おおうなばら》と言っていいほどの広

✦第三章✦
休暇の日々

さがある。それだけシルラル湖は広大だ。当然だが、航行は大型船でないと難しい。中には超大型船と呼ばれる、大勢の旅行客を乗せる船もあるそうだ。

大型船は、シウたちが到着した対岸の街の港から発着する。ハルプクライスブフトという街だ。この大型の港を持つ街には多くの人が住んでおり、賑《にぎ》わっている。

船着き場では流しの馬車が乗車する人を待っており、シウたちも乗り込んだ。

「王都とは違った雰囲気だね」

「船乗りが多いからね。漁師町でもあるんだよ。新鮮な魚が市場の方で売り買いされているんだ。見ていて楽しいよ」

市場は朝が面白いらしいので、今日は街中を観光するそうだ。アレストロとヴィクトルがあれこれと説明してくれるので、楽しい車中だった。


馬車は評判のカフェで止まった。そこでお茶を飲んで休憩してから、そぞろ歩きだ。護衛を引き連れて街並みを楽しむ。お土産屋《みやげや》も多く、覗《のぞ》いて回るだけでも話が弾んだ。

途中、見覚えのある熊の置物を売っている店を見付けてしまった。リグドールとアントニーが顔を見合わせる。以前、アレストロにお土産としてもらったものだ。彼の奇妙なセンスが発揮されると困るので、全員でヴィクトルに目配せした。気付いたヴィクトルがアレストロの意識を逸《そ》らし、無事素通りさせることに成功する。リグドールとアントニーが達成感で笑い合っていた。

土産物屋には宝石を扱う店も多かった。シウが「どうしてだろう」と思っていたら、アレストロが「湾内の一部で真珠を採っているそうだよ」と教えてくれた。外湾では川から流れ込む河口付近で宝石も見付かるらしい。そのため、自然と加工所や宝石店が集まった。

どんなものがあるのかと覗いてみたら、意外とリーズナブルだ。シウは立ち止まって店の前に並ぶ品を眺めた。同じようにリュカとソロルが覗き込む。

「きれーね」

「思ったほど高くないのですね」

語る二人の後ろから「そのあたりのは三級品だよ」とアレストロが声を掛ける。気を利かせたヴィクトルがアレストロを連れ出す。せっかくリュカたちがうっとりと眺めているのだ。無粋な発言は聞かせたくない。シウは素知らぬフリで、二人に聞いた。

「どういうのが好き？　僕は、これかなあ」

指差したのは黄みがかった真珠だ。リュカは尻尾《しっぽ》を振りながら、

「僕、これー」

一粒だけの真珠に、紐《ひも》が付いたものを指差した。ストラップのようなものだろう。腰帯などにオシャレで付ける。

「あ、可愛《かわい》いですね。リュカ君なら、ピンク色も合いそう」

「ソロルお兄ちゃんは、これー」

「紐が革なんだね。青い真珠だとこういうのも合うんだ。うん、似合いそう」

「そうですか？」

恥ずかしそうに笑う。そして、今度はシウに似合うのを探してくれた。

「シウ様は、このオレンジがかった色が合いそうです」

ベージュっぽい色を指差した。ほんのり温かそうに見える良い色だ。真珠の価値としては良くないのだろうが、可愛い。細工は銀で、これも腰帯に付けられる形だ。

「じゃあ、記念にこれにしよっか」

店の人を呼んで、三つを指差して包んでもらった。二人がぽかんとしているうちに、お金を払う。

「はい、どうぞ」

「え、え、ですが」

「旅行の記念。自分へのお土産だよ」

「……いいの？」

おずおずとリュカが問う。貨幣価値を理解してきたので心配なのだろう。ソロルは更に不安そうだ。

「三人の旅行の記念だから。お揃《そろ》いがいいなと思ったんだけど、嫌だった？」

「いいえ、とんでもないです！」

「嫌じゃないの！」

二人が同時に叫んで、それから顔を見合わせて、どちらからともなくほんわりと笑った。

互いに包みを受け取ると、そっと手で大事そうに包む。

　シウはさっさと取り出して腰帯に付けた。すると、表で待っていたフェレスが拗《す》ね始《はじ》めた。

「にゃ、にゃにゃ、にゃにゃにゃにゃにゃ」

「あー、ごめんごめん。分かった、同じのにする？」

「にゃぅ、にゃにゃにゃ」

「えっ、全部が欲しいの？」

「にゃ」

「ああ、三人とのお揃い、ね。はいはい」

　リュカやソロルも、これぐらい清々しくおねだりしてもいいのにと思って笑う。唖然《あぜん》としている二人の前で同じものを三つ買い、その場でフェレスの首輪に付けてあげた。

「落としたり壊れたりしないよう、後で『不壊《ふえ》』の付与をかけなきゃね」

「にゃ」

　ありがと、と返事をし、フェレスは店を飛び出した。別の店から出てきたリグドールたちに自慢しに行く。シウは、まだ唖然としている二人にフェレスの言葉を教えた。

「三人とお揃いにしたかったんだって。ちゃっかりしてるね、フェレスは」

「はあ、そうなんですか……」

「ふぇれちゃんは、すごいね」

店の外では、リグドールたちに「いいなー」「可愛いなー」と褒められ、フェレスは満更でもなさそうな顔で髭《ひげ》をぴくぴくさせていた。

ところで、シウたちがお揃いで真珠を付けていると知ったアレストロが、自分たちも記念に「何かお揃いの物を買おうよ」と言い出した。しかし、出てくる案が、おかしなものばかりで、皆に却下される。そのうち拗ねたのか、護衛に「お揃いのお土産にしよう」と言い出した。彼が選んだのは、シルラル湖で獲れる小エビの彫り物ストラップだった。

スタンやロドリゲスといった顔馴染《かおなじ》みの護衛たち全員が、酸っぱい物でも食べたような変な顔で受け取っていた。この日一番笑った出来事だった。


夕方、別荘まで戻る船からの景色に、シウたちは言葉をなくした。

港と湖が太陽に照らされ、きらきらと輝いて見える。その光は石造りの街を幻想的な姿に変えた。跳ね橋がゆっくりと上がっていく中、待っていた小舟が順に進んでゆく。川縁にはそろそろ咲こうかと小さな花たちが準備中だ。

まるでおとぎ話の中の世界で、夢を見ているようだった。

「きれいね……」

「すごい、です」

リュカとソロルがぼんやりと口にした。リグドールも口を開けたまま、夕日とそれに照らされる景色を眺めている。見慣れたアレストロとヴィクトル、そしてアントニーも、静かに見ていた。

幸福な景色だと、思った。今ここで感じていることすべてが幸福なのだと。

シウの人生の中に彩りがまたひとつ増えた。そんな気持ちになる美しい景色だった。

◇◆◇◆◇

芽生えの月、一番最初の日は朝早くからバタバタと騒がしかった。

リグドールとアントニーは学校があるので早起きしなくてはならなかったが、夜更かししたせいで寝坊したのだ。しっかりしているアントニーまで一緒になって寝過ごしたものだから、大慌てだった。

一応、メイドも起こしに行ったらしい。しかし、部屋の中まで入るのは失礼だろうと遠慮した。そのせいでギリギリになったようだ。もっとも、主《あるじ》のアレストロがゆっくり起きると話していたため、そちらに予定を合わせていたのかもしれないが。

ともかく、二人は朝食も食べられずに出ていった。せめてもと、料理人がサンドイッチを持たせていた。

シウが起きたのは、ちょうどその頃だ。シウもちょっぴり寝過ごした。友人たちと話し込んだせいで興奮していたらしい。申し訳ない気持ちで二人を見送った。

アレストロとヴィクトルも授業のある日だが、「午前中なら休める」と残っている。というのも、市場を案内してくれるからだ。シウが喜ぶだろうと調整してくれた。

シウたちはまた船に乗り、ハルプクライスブフトの街で降りて市場に向かった。

「小さい頃に遊びに来て以来だよ。厨房《ちゅうぼう》にいるセバスと一緒に来てね。面白かったよ」

「料理人と？　アレストロでもそういうことをしてたんだね」

「六番目ともなればね。あまり厳しいことは言われなくなるよ。別荘地だと特に自由に過ごさせてもらってる」

「おかげで、俺は人捜しが上手《じょうず》になりましたよ」

ヴィクトルがぼやく。この二人も、カスパルとダンのように幼い頃からの仲良しだ。主従関係ではあるが雰囲気は柔らかい。本人を前にしてぼやくのも、関係が良好だからだ。

「おっと、そろそろ店が集中する場所だ。シウ、僕は市場の監督官に挨拶してから行くからね。好きなように見ておいで」

「うん。あ、待ち合わせしないで大丈夫かな？」

「君の場合、僕よりずっと簡単に見付けられると思うよ」

「俺も捜すのがシウなら良かったよ」

アレストロとヴィクトルが互いに笑う。その視線の先にフェレスがいて、ようやくシウも「ああ」と気付いた。

「そだね。じゃあ、フェレスを目印にね」

ばいばいと軽く手を振って別れた。シウにはソロルとリュカが一緒だ。二人は市場自体初めてだというので楽しみにしていた。もらったお小遣いを使おうか、共に悩んでいるのが可愛らしかった。

大型の港がある街だけあって、市場は新鮮な魚介類で溢《あふ》れていた。目につくものすべてが美味《おい》しそうだ。シウは、味見をさせてもらって美味しかったら大量に買うというつもの悪い癖を発揮していた。

そうすると他所の店でも待ち構えており、味見を用意してくれる。ソロルとリュカにも「お付きかい？　あんたたちも食べな」と渡してくるので、二人とも味見だけでお腹いっぱいだと笑っていた。

ただ、フェレスに食べさせようとする者はいなかった。騎獣《きじゅう》に勝手に触れる者がいないのは、騎獣の持ち主のほとんどが騎士か裕福な者だからだ。下手に関わってはいけないと庶民は分かっている。しかし、自分だけ食べられないと気付けばフェレスも拗ねるだろう。彼には買ったものをその場で食べさせた。

「あ、貝も美味しそうだね」

「うちのは小粒だけど、その分旨味《うまみ》が凝縮されていて美味しいよ！」

串を刺して差し出してくる。味見をするとシジミのようだった。《鑑定》でもシジミと出た。他に牡蠣《かき》もあって嬉《うれ》しくなる。リュカやソロルは牡蠣の見た目が気持ち悪いのか、試食《ししょく》を断った。シウはちゅるちゅるっと生牡蠣をいただく。念のため《鑑定》し、寄生虫がいないと分かっていたからだが――。

「美味しい！　淡水なのに牡蠣がいるんだね」

「おや、生食がいけるとは通だね。それに詳しいじゃないか。これはハルハサン大河が流れ込む場所でのみ採れる牡蠣だよ。あのへんは塩っ気が強くてね、まるで海のようだという漁師もいたもんさ。これも全て恵みゆたかなハルハサンのおかげさね」

「じゃあ、貴重なんだろうね」

「そうとも。特にこの冬の寒い時期が美味しいんだ。芽生えの月の終わりには数も減ってくるから、買うんだったら今だよ」

商売上手な女将《おかみ》に唆《そそのか》され、シウは牡蠣を全部購入した。びっくりされたが、魔法袋に入れるのを見て苦笑する。

「アイテムボックスをそんな使い方するなんてね。初めて見たよ。あんた、まだ欲しいんだったら知り合いの店に頼んでやるけど、どうする？」

「それは嬉しいんだけど、一人で大量に買ってたら他の人に迷惑じゃない？」

「毎日採れるんだ、大丈夫だよ。見たところ旅行者だろ？　今日一日の分を買い占めたって誰も文句は言わないよ」

豪快に笑い飛ばされてしまった。結局、女将が声を掛けた店の牡蠣はほぼシウが買い占めることになった。他にもシジミなどたくさん買ったので大変喜ばれた。女将には、鮭《さけ》やエビの美味しい店も教えてもらった。

シウたちが干物売りのところで味見していると、アレストロがやってきた。

「噂《うわさ》になってたよ？　どこかのお忍びの若様が市場でものすごい買い方してるって」

「シウは普段質素なくせに、やるとなったら派手だよな」

アレストロとヴィクトルに呆《あき》れられてしまう。シウは頭を掻《か》いた。

「いや、だって。滅多に来られない港の市場だよ？　だからつい」

自分でもやりすぎた気がした。恥ずかしいところを見られたと、顔が赤くなる。その横で、フェレスが口を開けて待っていた。炙《あぶ》った干物をもらって味見しようとしていたのだ。

「に」

「あ、ごめんごめん」

慌ててフェレスに食べさせる。リュカとソロルは「もう無理」と首を横に振った。

「アレストロとヴィクトルも食べる？　はい」

あーんと口の前に持っていったら、アレストロは条件反射なのかパッと口を開けた。放り込んだらもぐもぐ食べる。護衛の数人はアッと声を上げていたものの、溜息《ためいき》を吐《つ》いて諦めたようだ。ヴィクトルは唖然として口を開けていたのだが、慌てて閉じた。

「ばっ、ばかか。こんな外でそんな、はしたない」

「え？　そんな、乙女《おとめ》みたいな」

思わずそう口にしたら、アレストロがもぐもぐ食べながら大笑いした。

「おっ、おと、乙女！　あは、あはは！」

「アレストロ様っ？」

「いや、だってね。あはは」

お腹を抱えている。ツボに入ったらしい。その間ヴィクトルは、不満そうに口を尖《とが》らせていた。

その干物は、新鮮な魚を一夜干しにしており大変美味しかった。湖で獲れたものだが塩気もあって旨味がある。湖産は淡泊かと思えばそうでもなく、《鑑定》で視《み》ても栄養があった。シルラル湖は、水深がもっとも深い中心に魔物の魚や水棲《すいせい》系の魔獣がいるという。それらも味は良いそうだ。ただし、中心にいるような魔物や魔獣は大型のため、倒すのが難しい。また、船に持ち上げるのも大変だ。そのため、滅多に手に入らないとか。

「魔物の魚がいたら、大型船とはいえ航行に支障が出ないのかな」

シウが誰にともなく呟《つぶや》くと、アレストロが「大丈夫だよ」と答えた。

「貴族用の船には護衛船も付くんだ。船自体にも攻撃用の魔道具があるからね」

「船専用の護衛や魔法使いも乗っているから、それほど怖くないらしいぞ」

「そうなんだね。じゃ、馬車旅と同じぐらいの遭遇率なのかな」

「遭遇率？　あ、数学の話か。うーん」

ヴィクトルが頭を悩ませ始めたので、シウは笑って手を振った。

第三章
休暇の日々

「ごめんごめん。馬車旅で魔獣とかち合うのと同じぐらいかなって思っただけなんだ」

するといいと、店主がおずおずと手を挙げた。

「南下するなら、船旅の方がずっと安全だと聞いたことがありますで」

「そうなんですか？」

「へい。東側は王領がありますもんで。まあ、山も深いですし無理がありますでな。湖の西側は逆に土地は広いんだけども、ハルハサン大河が交互にこう流れておりやすからね。恵み豊かな分、魔獣も盗賊も多いんでさ」

「確か、湿地も多いんだよね」

「へえ、湿地と言いますと、こう泥水になってるとこですかいね？」

「そうそう。こーんな葦《あし》が生えてたりしませんか？」

「ああ！　へい、見たことありやす。船が嵐に遭いましてね。あのへんに着いた時にゃあ、帰ってくるのにえろう難儀しましたです」

今では漁師を辞めたらしい店主がいろいろと教えてくれた。面白くてついつい話し込んでいると、アレストロがシウを止めた。

「シウ。僕等《ぼくら》、この先のお店で休憩してるから。リュカとソロルも連れていくよ」

「あ、ごめん、えっと」

店を出ようとするシウを押《お》し留《とど》め、アレストロは苦笑した。

「いいよいいよ。ゆっくりしておいで。リュカとソロルは僕と一緒に行こう。ここで待つより店で待つ方がシウもゆっくりできるよ。君らも立ちっぱなしで疲れたろう？」

ほらほらと、戸惑《とまど》う二人を連れていった。フェレスは残ったが、明らかに「つまんない」といった顔で大あくびだ。

「……ええと、すみません。僕、営業妨害してますよね」

「いやぁ、面白い話で学者さんみたいでさ。坊ちゃんはすごいもんだぁ」

「その土地に根差した人の話の方がすごいです」

「そうかい？　そんなもんかねぇ」

「で、さっきのハルハサンの大河が氾濫《はんらん》する話は――」

話を元に戻す。結局心置きなく店の主と話をした。だからというわけではないが、彼の息子が採ってきたらしい湖の底に生える薬草を全部買い取った。珍しいものが多く、コルディス湖では見かけないものばかりだ。食用にもなるというので調理の方法などを聞いて、店を出た。


待ち合わせの店に入ると、リュカが冒険者と思しき獣人族の男に遊んでもらっていた。その横にはソロルと護衛のロドリゲスもいる。とはいえ、気になってシウは急いだ。そんなシウに気付いたリュカは、肩車の上から手を振った。ソロルもパッと笑顔になる。やはり不安だったのだろう。悪いことをしてしまったと、シウは謝った。

「ごめんね、遅くなって。リュカは遊んでもらってたの？」

「うん、そうなの。ソロルお兄ちゃんも高い高いしてもらったらいいのに」

「ええっ？　いや、でも俺はもう大人ですから」

「がはは！　そりゃ人族なら大人だろうがな。俺からすればまだ子供みたいなもんだ」

獣人族の男が笑うと店の床が揺れているように感じられた。それぐらい腹の底から響く大きな声だ。でも不思議と不快ではない。

「初めまして。リュカと遊んでくれてありがとうございます。僕はシウ＝アクィラ、冒険者で魔法使いです」

「お、そうなのか！　妖精族《ノーム》かドワーフ族か？　小さいのにちゃんと挨拶できて偉いな！　俺はグラウィス＝ペルラ＝サントスだ。見ての通りの獣人族の冒険者だ。よろしくな！」

ぴこぴこと熊のような丸い耳が動く。髪の毛は茶色だが耳は黒だ。耳は可愛いが、見た目が厳つい大男なのでギャップが面白い。それよりも、シウは言いたいことがある。

「シウ、君ってドワーフ族だったの？」

先にアレストロが口にしたけれど。もちろん、違う。

「ううん。鑑定でも人族だよ」

そうだよねぇ、と言いながらアレストロは冒険者の男を見上げていた。どうやら彼もサントスという冒険者に驚いているようだ。

落ち着いて聞いてみると、ここでお茶を飲んで待っていたら、いきなりサントスが入ってきたらしい。そして、リュカを「めんこい！」と言って抱き上げたとか。驚いた護衛らが剣に手を掛けたところで、サントスがすぐに謝ったらしい。「こんなところで獣人族に会えると思わなかったから」と。

リュカも最初こそ目を丸くしていたようだが、相手が同じ獣人族だからか、もしくはサントスが子供の扱いに慣れていたのだろう。高い高いと持ち上げられて喜んだ。

サントスはリュカを下ろすと、今度はシウに「お前もやるか？」と聞いてきた。シウは丁重に断った。それから呼び方について確認する。

「お名前はサントスさんでいいんですよね？」

「おー、お前さんは物知りだな。そうだ、俺たちの名前は最後にくるんだ」

「ということはフェデラル国出身なんですね」

「おう、そうだけど、よく分かるな？　俺の格好、おかしいかな？」

自分の服を見下ろして言う。シウは種明かしをした。

「ううん。同じ獣人族でも名乗りの順によって、出身地が変わると聞いたんだ。サントスさんは三つに区切って名乗ったでしょう？　それで最後が名前だったら、フェデラルやその周辺国なんだろうなと」

「ほほう。そうなのか。よその国だと違うんだな」

「ラトリシア国の狼系《おおかみけい》だと、出身地の後に名前がくるね」

話をしているとサントスの腹が鳴った。ぐぐぐぅっとかなり大きな音だ。皆、思わずサントスのお腹を凝視してしまった。

✦第三章✦

休暇の日々

「すまん！　腹が減って店に入ったのを忘れていたぞ。おう、姉ちゃん、飯くれ、飯！」

サントスは豪快な冒険者そのものといった態度で、テーブルに着くより前に注文した。

その流れで、シウたちも彼の隣のテーブルに座った。少し早いがシウたちも昼ご飯を食べようと注文する。この店は庶民向けの店になっているが、観光地でもあるため貴族も訪れるようだ。店員は、アレストロが相手でも委縮することなく対応していた。

「この店は評判らしいよ。スタンが調べてくれたんだ」

護衛もアレストロの座る席を取り囲むように座って注文した。すると隣のサントスが、

「あんたら、変わった集団だな。変な組み合わせっつうか」

と話し掛けてきた。これにはシウが答えた。

「友達なんだよ。サントスさんは一人なの？」

「サントスでいいぞ。俺は仲間と逸《はぐ》れてな。捜すのが面倒だから市場に来てみたんだ。腹が減ったし、美味しい物を食べたかったら市場近くの店を覗くのが一番だしな！」

随分マイペースな人だ。シウが苦笑していると、アレストロも話に参加した。

「フェデラル国から来たのだね。仕事かい？」

「護衛でな。素《す》っ頓狂《とんきょう》な雇い主のせいで、陸地を馬車で来たもんだから大変だったよ。飛竜や地竜、船もあるってのに」

答えている時に食事がやってきて、サントスはすぐに掻き込み始めた。まるで数日、断

食でもしていたのかというほどの勢いだ。早食いは冒険者に多い。その食べっぷりに呆れていると、アレストロの席にも定食が届き始めた。

シウたちは市場で味見をしていたからお腹は減ってない。落ち着いていただく。もちろん、アレストロたちは貴族やその関係者だから食べ方はゆったりと洗練されている。

リュカは少々おぼつかないものの、スサに仕込まれているので上手に食べることができていた。ソロルもリコから猛特訓を受けていたのできちんとしている。

つまり、この付近に座る客の中でサントスだけが、ひどい食べ方だった。それも冒険者ならそんなものだろうと、皆は笑って見ていた。


食べ終わると、サントスはリュカの頭を豪快に撫《な》でてから「じゃあな!」と、店を出ていった。嵐のような男だった。その後ろ姿を見ながら、ソロルが言う。

「あの方、リュカ君に人族の血が入っていると分かっているみたいでした。なのに全然気にしてなくて『めんこいなぁ』って。とても優しい目で見ていて、まるで自分の子供みたいだった。リュカ君もすぐ懐いていたので、きっといい人なんだなと思ったんです」

「うん。豪快な人だったね」

「これが、普通なんですね……」

ソロルが言いたいのはラトリシアでの扱いとの差だ。ラトリシアでは種族の違う者同士から生まれた者に対して冷たいところがある。サントスはフェデラル国の出身だと言った。

「ロワルでも、特に何もなかったでしょ？」

「はい。誰も何にも言いません。それどころか、アキエラさんは『可愛い可愛い』と」

アキエラがどんな風だったのか、シウは想像できた。

「わたしが元奴隷だと言ったのに、エミナさんは『それがどうしたの』って笑い飛ばしたんです」

「彼女なら言いそう」

「『頑張って抜け出せたんだから逆にすごくない？』って、肩を叩《たた》かれました」

「痛かったでしょ。エミナ、力が強いんだよね」

「でも、嬉しかったです」

リュカがようやく食べ終わった。最初から最後まで介助してもらわずに一人で食べたため、時間はかかった。けれど、嬉しそうだ。シウとソロルに向かって「食べたよ！」と嬉しそうに報告する。二人で褒めてあげると、照れて耳をピピピと動かした。それを見て、ソロルが小さな声で言った。

「サントスさんやこの国の人みたいな人間になれるよう、わたしも頑張ります」

シウは「偉いね」とソロルの頭を撫でた。ちょうど食べ終わって立ち上がったところだったから届いたのだが、アレストロとヴィクトルに吹き出されてしまった。子供が大人にするような格好でおかしかったのだろう。確かに今のシウは子供だ。けれど、ソロルは恥ずかしそうにしたものの、嬉しそうだった。

問題はフェレスだ。ずっと静かに伏せていたのに、ガバッと立ち上がってシウの前に来た。

「に」

「え？」

「にっ。にっ！」

頭を撫でろということらしい。仕方ないので撫でてあげたら、アレストロが声に出して笑った。それから「シウ、フェレスに甘くない？」と注意された。その後ろでスタンが「猫相手では仕方ありません」と言っている。スタンは去年から猫を飼い始めたそうだ。しみじみと続ける。

「猫は、自分が一番なんです。一番可愛がってもらわないと、ふてちゃうんです。そういう生き物なんですよ」

とても力を込めて言うものだから、聞いていた皆で大いに笑ったのだった。


店を出ると、また船に乗って別荘地まで戻る。

アレストロたちとは別行動だ。彼等は学校があるため馬車に乗って帰っていった。シウたちは別荘で少し休ませてもらったあと、ゆっくりと馬車で帰る予定だ。

午前中は歩き疲れもあってリュカは昼寝、ソロルも湖を眺めて穏やかに過ごした。シウは厨房を借りてケーキを作り、おやつの時間に振る舞った。使用人にもだ。丁寧に世話をしてもらったお礼でもある。その後、馬車で帰路についた。

帰宅すると早速、リュカはスタン爺さんに一生懸命シルラル湖の美しさを説明した。ソロルもエミナとドミトルに港街の話をする。

「そうかそうか。そんなに綺麗《きれい》じゃったか。三人とも、そりゃあ楽しかったろう」

「忘れられない思い出になりました」

うむうむと頷《うなず》き、スタン爺さんは二人にプレゼントだと言って紙の包みを渡した。

「日記じゃ。上半分が空白でな、下半分に線が引いてある。上には絵を、下には文字を書きこむのじゃよ」

言われて、二人はそろそろと綺麗な包み紙を剝《は》がす。宝物を開ける時の、わくわくとした顔だ。二人とも目をキラキラさせて日記帳を取り出した。外側は地味ながらも丁寧な装《そう》丁《てい》になっている。紙は上質紙とまではいかないものの白く、書き心地が良さそうだ。ペンが引っかかることもないだろう。

「文字の練習にもなるぞ。それにな。歳を取ってから見返すと、昔感じた感動をもう一度味わうことができるのじゃ。日記とは自分を書き写すもの、歴史となるのじゃよ」

「歴史……」

ソロルは日記を胸に抱いて、そっと呟いた。リュカは分かっていないようだったが、とても綺麗な紙をもらったことは理解していて、少し戸惑っている。シウはいいんだよと肩を撫でてあげた。二人とも我に返ると、お互いに顔を見てから「ありがとうございます」

とスタン爺さんに深く頭を下げた。

◇◆◇◆◇

翌日は朝からキリクに呼ばれて、シウだけオスカリウス邸に出かけた。リュカとソロルは疲れているだろうと置いてきたが「スタン爺さんのお手伝いをする」と、張り切っていた。

シウはいつも通り貴族街を抜けてオスカリウス邸に向かったのだが、道中、出会う人々から心配された。門番や警邏《けいら》の人だ。「気を付けてくださいね」だとか「一人歩きは危険ですよ」などなど。それぞれに対して頷き返したが意味が分からない。その答えはキリクによって判明した。

「ソフィア＝オベリオが脱獄したぞ」

「あ、それか！　でも、脱獄じゃなくて脱走でしょう？」

「似たようなもんだ。というか、もう知っていたのか」

「冒険者ギルドに寄ったら教えてくれました」

「ああ、そういや、ギルドでも指名手配をかけてたな」

国から各領に話を通しているそうだ。

「厄介なことに、裏の組織と繋《つな》がっている」

と言われて、シウはやくざのようなものだろうかと考えた。どの世界にもいるらしい。

「魔人も入ってきているようだし、頭の痛い話だぜ」

「彼女、一度は悪魔憑《つ》きでおかしくなったんだよね。もう元に戻れないのかな？」

「さて。本人の心構えの問題なんだがな。悪魔祓《ばら》いをしたのに、本人が元から悪念を抱いていたらどうしようもない」

クロエが「ソフィアは浄化された」と話していたが、そもそも根本にある悪念は、聖なる場所にいたところで治らないのかもしれない。性格だとて簡単には変えられないのだ。シウもまだ努力の途中である。

「特権意識が強い奴だと聞いている。それが修道院行きだ。我慢ならなかったんだろう」

「特権？　でも、彼女は庶民だよね。大商家の子だったけど」

「どこぞの貴族の家と婚約が決まりかけていたそうだ。それも伯爵位《はくしやくい》だったそうだから、大層な出世だ」

庶民の娘が伯爵家の正妻になる、というのはほぼ有り得ない。

「まるで女の子が好む小説みたいだね」

「そうだな。夢見がちな少女が好きそうな話だぜ。貴族の嫁なんて大変だろうにな。好き好んで貴族になりたがるなんざ、俺からすれば『どうかしてる』だ」

そう言うのなら、シウに養子縁組の話をしないでほしいのだが。じとっと見ると、キリクは目を逸らした。

「とにかく、ああいう女が次にやることといえば大抵は復讐《ふくしゅう》だ。逆恨みもいいところだが気を付けろよ」

シウは素直に「はい」と返事した。

それからキリクは話題を変えた。表情も楽しげなものになる。というのも、今日のうちに領地へ戻るから一緒に行こうというお誘いだったからだ。どうも、シウがいると仕事がサボれると思っているらしい。

ちなみに、休暇が終わって帰る際にはまた、飛竜で送ってもらえる約束だった。位置的に、ロワルから出発しようとオスカリウス領から出ようとかかる時間は同じである。

「夕方頃、あっちに転移する予定だ。それまでに来いよ」

シウが迷っていると、キリクはにやりと笑って続けた。

「ラーシュに会いたくないか？　あいつ、元気に頑張ってるぞ？」

良い釣り餌《つりえ》である。シウは半眼になりつつも食い付いた。

「分かった。じゃあ、リュカとソロルにも話をしてから決める」

答えると、シウは急いで部屋を出た。キリクの後ろでイェルドが次の仕事を抱えていたからではない。ただ、廊下に出たところで、シリルがワゴンに書類を乗せて歩いてきたのは見た。キリクはシウを連れ帰ったところで、仕事はサボれないだろうと思った。

家に戻ると、母屋《おもや》から楽しそうな声が聞こえてきた。

「お、帰ってきたの。どうじゃった。キリク様の御用は終わったのか」

「うん。まー、いろいろと問題があったりなかったり」

シウが部屋の中を見ると料理が並べられていた。ソロルがいい笑顔だ。

「が、頑張りました！」

「僕も！」

リュカも一緒に、スタン爺さんの指示の下、料理を作ったようだ。台所はまだ汚れているが、作った料理は綺麗に盛り付けられていた。

「すごい！　これ、全部二人で作ったの？」

ソロルは「はい」と恥ずかしげに答えた。リュカは、

「そうなの！　あ、僕はお手伝いだけなんだぁ。ソロルお兄ちゃんがいっぱい作ったよ」

と自己申告し、ふにゃっと眉をハの字に寄せる。手伝いだけだったから「作った」とは言えないと思ったのだろう。ソロルが「そんなことないよ」とリュカの頭を撫でた。

「二人で頑張ったんだね。すごいね。お手伝いって、これだったんだ」

「皆さんに、してもらってばかりで……。だからその、お返しをと思ったんです」

「偉いねえ」

ほんわかしてそう言ったのだが、スタン爺さんに笑われた。

「シウや。お前さんは相変わらず、自分が子供じゃという自覚がないのう」

「あ、そうだね。僕、まだ子供だった」

「なんとのう、お前さんは時折子供になるが、元来が大人びておるからの。そう早く大人にならんでもいいんじゃぞ」

「うん。そだね」

照れ臭くなり、頭を掻きつつ椅子に座った。テーブルの上には幾《いく》つもの料理が並んでいる。どれもラトリシアの料理だ。ブラード家で出たものもあれば、学校の食堂で見ただけのものもある。ソロルが恥ずかしそうに言う。

「記憶を頼りに、スタンおじいさんに教えてもらって作りました。わたしが作ったので美味しくないかもしれませんが……」

「ううん。美味しそうだよ。それに、作ってくれたのが嬉しい」

「そうじゃそうじゃ。さ、後片付けをしてから、エミナを呼んで昼ご飯としよう」

リュカが「はーい」と手を挙げ、台所に走った。ソロルも後を追う。温かい光景に、シウも一緒に交ざりたくて後を追った。

昼食の時、シウはキリクから聞かされた話をした。呼ばれた理由をエミナに聞かれたからだ。流れでソフィアの件を告げると、エミナが一番怒る。それから、オスカリウス領に行くのを「迷っている」と言えば「行った方がいい」と強く勧められた。

「彼女、オスカリウス領には怖くて行かないいんじゃないかしらね。後ろ盾がキリク様だって知っているでしょうし」

「確かにそうじゃのう。それにあそこは警備もしっかりしておる。王都だと人が多い分、危険も多いしの」

「うん。ただ、せっかく休暇って言ってあったのに、僕の個人的な理由で連れ回してるからさ。リュカとソロルが疲れてるんじゃないかと思って」

「僕、大丈夫！　分かんないけど一緒に行く！」

「わたしも一緒に行きます。楽しみでもあります。王都もたくさん見て回りましたから」

「他に行きたいところ、ない？」

「いっぱい行ったよ」

「はい。いろいろ見て、楽しかったです」

遠慮してる風でもない。元々、二人はロワルについて詳しくない。本当にシウにくっついて来ただけなのだ。ならば、行きたい場所なんて思い当たらないだろう。

「じゃあ、夕方まで近所を散歩して過ごす？」

リュカは「うん！」と元気よく答え、ソロルは少し戸惑った様子だ。シウが「何かある？」と聞けば、恥ずかしそうに答えた。

「あの、もう一度、馬に乗れたらと思って……」

初めて出るソロルの希望に、シウは笑顔になった。

「よし、行こう！　今度は騎獣に乗れるかもしれないよ」

楽しみな予定と、二人の作った素朴ながらも美味しい料理のおかげで、昼食は賑やかに進んだ。

カッサの店に行くと、ソロルはすぐに馬に乗せてもらえた。覚えがいいらしい。リコラが「もう一人で乗っても大丈夫だろう」と太鼓判を押す。ただし、早駆けはまだ無理だ。少しずつ練習するようにと念押しされる。

騎獣の場合は彼等自身が賢いため、基本的な乗り方ならば問題ない。ふわふわっと飛んだ時はソロルが珍しくはしゃいでいた。これが外に出るとなると、もっと訓練が必要になる。実際、リュカはフェレスに乗り慣れているが、自分で操縦とはいかない。その第一歩として、リコラが小さめの兎馬《ロバ》を引き出してきて、リュカを乗せてくれる。

二人が練習している間、シウは久々に厩舎内《きゆうしやない》の掃除をした。騎獣や馬たちのお世話は楽しい。一心不乱にやっていると、アロエナが子供を連れてきた。子供を見ながらシウのブラッシングを待つ。気持ちよさそうな彼女の姿を見るのも懐かしい。

子供のフルウムはまだ小さくて、足元もおぼつかないような感じだ。にも拘《かかわ》らず、すでにやんちゃの兆しを見せている。フェレスの近くに来ては、怖い物知らずで尻尾を食べようとするし、初めて顔を合わすらしい厩舎内のティグリスに走っていく。

ティグリスももう大人なので落ち着いていたが、機嫌が悪いと尻尾で振り払われる可能性もある。小さな子なら転んでしまうだろう。アロエナは慌てて子供を引き寄せた。ゴルエドも子供を守ろうと間に入る。

「がるる……」

ティグリス自身は「俺なにもやってないのに」と愚痴を零していた。

◇◆◇◆◇

木の日は朝からオスカリウスの領都で観光と決まった。

いきなりオスカリウス領に着いて、リュカはともかくソロルは訳が分からないだろうから「内緒ね」と言い含めてある。転移については本当に内緒だ。機密事項である。ソロルは必死になって頷いた。昨夜も転移門を通ったのだが、二人には目隠しがされた。見えていなければ、誰に何を聞かれても「分からない」で済む。二人を守るための処置である。

リュカにとっては「寝て起きたら違う街にいた」だ。それでいい。

というわけで、夜が明け、デジレと共に領都観光だ。リュカもソロルも王都とは違う領都の様子にはしゃいだ声を上げた。

「うわあ！」

「可愛らしい街なのですね」

王都ロワルと違って、領都テオドールは昔からある。元は小さな街から興されたそうだ。そのため都市計画がなっていない。継ぎ足されて造られた街なので狭い路地もある分、味があった。屋根はカラフルな色で塗られ、建物の多くに木が使われている。全体的に柔らかい印象だ。

オスカリウス領にある迷宮都市アクリダと違い、ゆったりとした雰囲気だ。それでも領都としては充分に発展していて住民の表情も明るい。

「色ガラスもたくさん使われていて、目がチカチカしそうです」

「ちかちか！」

リュカが真似《まね》をして笑う。デジレが言うには、領都の近くに良い砂の採れる場所があって、ガラス産業が発展しているそうだ。

オスカリウス領には主要な街道が三つも通っている。おかげで街道沿いには人が多く住み、街も潤っていた。その代わり、北西に黒の森を有しているオスカリウス領は、延々と長い砦《とりで》を築いて警戒する必要があった。国軍も常駐させねばならず、その対応や兵站《へいたん》関係で苦慮しているそうだ。観光しながらの合間にデジレが教えてくれる。

こんな領だから、気楽な領主生活というのはできそうにない。ストレスも多いようだ。

キリクは度々執務を放り投げ、逃げているとか。この日も「観光に行くなら俺が案内してやろう」とウキウキしていたが、イェルドに問答無用で連行されていった。

キリクに子供がいれば仕事を分担させることも可能だし、彼の年齢的にも早めの引退はできただろう。しかし、残念ながら彼には直系の後継者がいない。きょうだいの子が複数いるため一応、後継ぎとしているらしいが、本人たちは消極的だとか。

貴族家に生まれたら、後を継げるというのは有り難いことだと聞く。ましてや辺境伯《へんきょうはく》だ。普通なら嬉しい話のところだが、跡継ぎ候補たちには荷が重いようだった。

それもそのはずで、オスカリウス領に接する黒の森には魔獣が住み、最低でも年に一度は魔獣スタンピードがある。更に大きな地下迷宮を二つも抱えているのだ。誰が好き好んで統治したいだろうか。

そのせいで、後継者問題は何度も議題に上り、最近キリクには見合いの話が数多く持ち上がっているそうだ。デジレの話を、シウは「大変だなー」と他人事として聞いた。当然、養子になるつもりはさらさらないのだから、他人事である。


午後は飛竜に乗ってアクリダの街に向かった。アクリダには以前、行ったことがある。宿で米や納豆といった料理が出てきて、シウはすっかり気に入ってしまった。それが懐かしく、デジレに頼んだのだった。キリクは勝手にしていいと言っていたし、リリアナが用事のついでに乗せてくれるというのでお願いした。

デジレはシウが滞在の間はずっと一緒にいてくれるというから、甘えさせてもらった。

街に降りると、早速見て回る。

「すごい活気ですね。初めてです」

ソロルがきょろきょろと眺めては目を丸くしている。リュカは興味津々で耳がピコピコ動いていた。

「ルシエラとは正反対の街みたいだね。ここは湿気がなくて乾いた街だし、冒険者も騎獣も多い。建物も煉瓦《れんが》や木組みが多い」

「はい。異国の地そのものです」

ラトリシアは雨や雪が多くて、街並みは石造りがほとんどだ。ソロルからすれば、アクリダは異国になる。リュカも一緒になって不思議そうに街を見ていた。

迷宮の入り口前にある宿は以前のままだった。ここで、少し遅めの昼食にする。午前中は食べ歩きもしていたので皆、お腹が空いていなかったから、ちょうどいい。

そして前回同様、シウだけ納豆を食べた。皆はシャイターン風の料理だ。相変わらず美味しく、むしろ上回っていることにシウは喜んだ。独自にアレンジするのもいい。シウももっとシャイターンの料理を研究しようと思った。

それから賑やかなアクリダの街をまた歩いて回った。冒険者が多いだけあって、武器屋や魔道具屋などの店が相当数ある。飲食店も乱立しており、見て回るだけでも一苦労だ。

土産物屋も充実していて、アクリダ迷宮から出てきた品も多かった。魔獣の素材で作られた面白商品や、なんちゃって防具など、デジレもじっくり見たことがなかったらしく楽しんでいた。

夕方、暗くなる前に飛竜乗り場へ戻り、用事を済ませて待っていたリリアナに領都まで送ってもらった。日帰り強行軍だったが、迷宮に潜るわけでもなかったので案外気楽な観光旅行となった。

◇◆◇◆◇

翌日の金の日は休暇の最終日となる。この日はシウだけ別行動だ。というのも、ラーシュに会いたかったからだ。彼は現在アルウスにいる。飛竜で会いに行くことにした。

アルウスは地下迷宮のレベルが上級者向けになるため、周辺の街も観光地化されていない。それに連日の飛竜での移動だ。リュカとソロルには領都で待っていてもらう。幸い、デジレが残って「引き続き案内をする」と申し出てくれたので任せることにした。二人の意向を聞き、やりたいことに付き合ってくれるそうだ。

アルウスには蜂《はち》の巣《す》という意味がある。この迷宮ができた当初は、蜂など飛行タイプの魔虫や魔獣が多かったそうだ。超大型迷宮へ育ってからも、浅い階層では魔虫が多いままらしい。潜るのは厄介だと言われている。

その代わり蜂蜜が採れる。迷宮を囲むようにできた街には加工場も多い。蜂以外の、虫の甲殻を利用した魔道具や装備品も数多く作られている。「頑丈な鎧《よろい》を作りたいならアルウスだ」とは、シウも冒険者仲間から聞いていた。

さて、マカレナに送ってもらったシウは、オスカリウス家専用の兵舎に向かった。マカレナが引き続き連れていってくれるので、通行証代わりになってすいすいと入れた。

「ラーシュが来てから新人の逃亡率が減ったのよ。それに、新人の魔獣討伐《とうばつ》の精度が上がったらしいわ」

敷地内を歩きながらマカレナが言う。ラーシュが活躍していると聞いてシウは嬉しくなった。頑張って強くなると決心した彼だから、努力したのだろう。

「最初は新人相手に舐《な》められていたんだけどね～」

新兵といっても、ほとんどが大柄の男ばかりだ。ラーシュは若い上に線も細かった。きっと舐められただろうと思う。

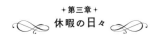

「うちは騎士だろうが何だろうが、とにかく全員、教練所に放り込まれるからね」

「竜騎士も？」

「そうよう。で、初期訓練のあと、迷宮に連れてかれるの」

「すごいね」

「その代わり、度胸は半端なくつくわね。これを経験していないと魔獣スタンピードの対応なんてできないし、生き残ることさえできないわ」

「そのための教練所ってわけかあ」

「そう。で、彼のおかげで負傷者が減っているわけよ」

言いながら、懐かしそうな顔をして建物に入った。

授業の始まる前だとマカレナは知っていたようで、真っ直ぐに教員室へ向かう。その戸口からマカレナが「ラーシュ！」と名前を呼ぶ。

「はい！　あ、マカレナさん。あっ！」

ラーシュが、マカレナの隣にいたシウに気付いた。すぐに駆け寄ってくるが「シウさん！」と、敬称付きだ。元に戻ったのか、今の仕事のせいかもしれない。シウは、

「オスカリウス領へ遊びに来たので、こっちにも寄ったんだ。元気そうで良かった」

と声を掛けた。ラーシュは満面の笑みだ。

「はい！　体力も戻りました。以前よりも少しだけ強くなったんですよ」

「少しだけって、ラーシュは謙虚ねぇ」

「事実ですから。僕は皆さんのように基礎体力がないですし、まだまだです」

本人の言う通り、ラーシュは筋肉が付きにくいタイプのようだ。それに童顔なので「新兵が舐めてかかる」というのも分かる気がした。それでもシウは、マカレナの言葉の方を信じる。

「すごく頑張ってるみたいだけど？」

「あ、えっと。はい、なんとか」

恥ずかしそうに頭を掻き、ラーシュは小さく頷いた。

「最初、塊射機隊《かいしゃきたい》を任せてもらったんです。そこで指導をしていたら、いつの間にか教練所の仕事も引き受けることになって」

上がラーシュの仕事ぶりを見て、彼が塊射機隊で動くよりも、塊射機を使える人間を育

てた方がいいと判断したようだ。ラーシュにとっても良かったらしい。教練所勤務の場合、空き時間がある。その時間を使って訓練を続けていたら、レベルも上がったという。

「シウさんに言われた通り、節約しながら付与の練習をしていたらレベルが3にまで上がったんです。一度に付与できる数も増えました」

　ラーシュは無と金と土属性持ちだった。複数持っているが、レベルは1しかなかった。魔力量も二十五と、それほど多くない。しかし、塊射機を扱うならちょうど良かった。付与をしようと思えば無と金属性がレベル1ずつあればいい。塊射機に使用者権限を付与するには最低でもレベル2が必要になる。レベルは訓練を続ければ上がるものだ。それに弾は土属性がないと作れない。頑張ったのだろう、シウが《鑑定》すると、レベルが上がっているのが分かった。

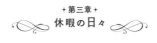

「おかげで、王都の職人に頼らなくても賄えるようになりました」

「えっ、弾を全部一人で？」

「はい。あ、手伝ってくれる子もいるんです。まだ形になりませんが、教えながら作ってます。僕も勉強しているところです」

「頑張ってるんだね」

　ラーシュはまた頭を掻いた。それから、給料も上がったと報告する。国の兵士であった頃より増えたため「故郷の家族にも仕送りを増やせた」と嬉しそうだ。

　話をしているうちに予鈴が鳴った。授業があるというから、せっかくなのでマカレナと一緒に見学させてもらうことにした。

授業では、瞬時に塊射機をセットする方法や弾倉の入れ替えといった、初歩段階をやっていた。ラーシュなりに試行錯誤したのだろう。彼が分からなくて詰まった箇所は、他の人も同じだと考えたのが窺《うかが》える。自分自身の経験を例にして、誰にでも分かるよう丁寧な説明を心がけていた。

丁寧だからこそ、実際に撃つ訓練まではいかないのかと思ったが、試射の時間も取っている。生徒たちを飽きさせないためだ。試射なので、威力を抑えた弾を使う。

ラーシュは口酸っぱく「人に向けてはいけない」と話した。その際、以前の出来事を引き合いに出していた。調子に乗って銃口をラーシュに向けた者がいたようだ。彼は敢《あ》えて回避せず、撃たれてみせたという。もちろん死にはしないが、ひどい痣《あざ》となった。その若者は「へえ、本当に人は死なないのか」と嘯《うそぶ》いたそうだが、教練所の所長から厳しく叱責された。結局、反省の色が見えなかったという理由から懲罰部隊《ちょうばつぶたい》に送られたそうだ。

マカレナによると、懲罰部隊とは正式にはガルデア砦駐留隊のことらしい。新兵が送られるような部隊ではないとのことだ。とにかく大変な場所として有名で、配属を告げられた若者は泣いて許しを請うてきたそうだ。しかし、規則違反を平気で犯すような兵は「放り出すよりも矯正《きょうせい》すべき」との考えから拒否された。

実際、殺人未遂として捕まってもいい案件だ。人に対して武器を向けたのだから。捕まえなかったのは、塊射機が「人は殺せない魔道具」として存在しているからだった。それ以来、愚か者は出ていないそうだ。

授業が終わると、ラーシュと一緒に移動を始めた。

「このクラスもそのうち迷宮へ入って実射訓練を行います。そこで兵士になったって実感する人が多いです」

「ラーシュも潜るの？」

「はい。毎日行ってます。でないと腕が鈍るし、教える僕が下手だったら誰も話を聞きませんよね」

「偉いねえ」

「ほんとにね。あたし、あの低層階、大っ嫌い」

「好きな人はいないんじゃないの？」

シウの言葉に二人が同時に笑った。歩きながら、教員室へ戻る。

当初、ラーシュを舐めていた生徒はすぐに考えを翻したそうだ。迷宮内での活躍を見れば当然だと、マカレナが言う。ここでの訓練は一ヶ月ほどだから、巣立った生徒も多い。もちろんまだ学んでいる生徒もいる。ラーシュと一緒に昼食を外で摂《と》ろうと歩いていたら、声を掛けてくる兵が多かった。

「ラーシュ先生、新入りですか？　ちょっと小さすぎやしませんか」

「あれ、もしかして竜騎士のマカレナさんですか？」

「ラーシュ先生、すごい人と知り合いなんですね！」

などと、大きな体の男たちに囲まれていた。ちょっと面白い光景で、シウは笑った。

◇◆◇◆◇

ラーシュは訓練を兼ねて、午後は大抵アルウス迷宮に潜るという。それならと、シウも同行したいと頼んだ。マカレナはアルウス迷宮は苦手らしいから、待っていてもらった。

「迷宮に入るには、ギルドで申請しないといけないんだよね？」

「あ、そうですね。僕は教練所教官なので専用のカードがあるんですけど、シウさんは窓口で冒険者ギルドカードの提出が必要です」

地下迷宮の入り口横が冒険者ギルドだ。シウは言われた通りに申請のため中に入った。

ところが、受付の女性が困惑顔でカードを何度も見返し、受付の処理をしてくれない。

「……年齢制限のために十級、ですか」

裏書きを見て、不審そうだ。ギルドカードの偽造は難しい。ほぼできないと言ってもいい。ただ例外もあるそうだから、シウは黙って彼女の審査が終わるのを待った。すると、ラーシュが来て口添えしてくれた。

「この方は領主様のお客人です。魔法学校演習事件の功労者でもあるんです。冒険者としての力は僕が保証しますから」

そう言ってシウに申し訳なさそうな顔で会釈《えしゃく》した。どこか恥ずかしそうなのは「僕が保証する」と言ったからだろうか。謙虚な性格なので有り得ると思った。

「まあ、ラーシュさんが言うほどなの？　だったら、許可を出しますね」

「あ、いえ。僕よりも領主様の方が担保になりますよ」

「領主様のお客人だって言われても信用はできませんよ。わたし、領主様を存じ上げないんだから。でも、ラーシュさんなら信じられます」

きっぱりと宣言する。シウは「信頼されてるんだね！」と思わず口にしていた。

「……あの、恥ずかしいので。もう、そのへんで」

ラーシュは真っ赤になってしまった。その姿を見て、受付の女性が微笑ましそうに笑う。

「慣れませんね、ラーシュさん。低層階の救世主って言われているぐらいなのに」

「え、それは何ですか？」

シウが気になって前のめりになると、女性も身を乗り出した。

「あら、ご存じないのね。実はですね――」

と、説明を始めたというのに、ラーシュが慌てて止める。彼にしては珍しく、強い口調で申請を急かし、更にシウの手を引っ張ってギルドを出た。

迷宮に降りて少し落ち着くと、シウは先ほどの女性の言葉について問い詰めた。ラーシュは照れながら「低層階の救世主」と呼ばれるに至った理由を語ってくれたのだが――。

迷宮内で死にかけている冒険者や訓練兵を何度も助けたことがあるらしい。塊射機で援護しているうちに、そんな呼ばれ方をするようになったという。塊射機が万能の攻撃方法に見えたそうだ。ましてや、何の縁もないのに無償で助け続けた。

「恥ずかしいのでやめてくださいって言っているのに……」

「でも、いいことじゃないの？」

「シウさんは、救世主って言われて嬉しいですか？」

じとっと見つめられたので、シウは少し考え、ゆっくりと首を横に振った。

「嫌だね」

「ですよね？」

「分かった。もう言わない」

話しているうちに蜂系の魔虫が出てきた。

「アルウスは低層でも毒を持っている魔虫が多いです。それもあって、上級者向けの迷宮になっているそうです」

「中層階だとそうでもないの？」

「人によっては中層の方が楽だっていう人もいるみたいですね。でも、魔獣と魔虫の両方が出てくるし安心はできません。ここは飛行系の魔虫が多く、全方位から攻撃してきます。何より数が多くて。全方位型の攻撃ができる魔法使いがいないと大変かもしれません」

「ラーシュは一人だよね？」

「低層で訓練をする時はそうですね。ただし、致死毒対策をしてますし、転移石は常に起動できるよう用意しています」

「準備万端なんだ」

「教官が死んだらダメですから」

話しながらも、ラーシュは塊射機を使って蜂の群れを攻撃している。毒赤蜂《どくあかばち》という名の致死毒を持つ魔虫だ。彼は万が一を想定し、煙幕などの魔道具も用意しているそうだ。煙幕を結界代わりにし、一瞬の間を作って転移するというわけだ。迷宮内で見付かる転移石を使えば、入り口にまで戻れる。

アルウスは迷宮としてすでに確立しているため、ありとあらゆる対策グッズが売られている。兵士の訓練でも必ず煙幕や転移石を携帯させているとか。

「オスカリウス領って、そのへんはすごくしっかりしてるよね」

「はい。国軍とは全然違います」

兵に対する厳しさも違う。だから、教練所で新兵たちに舐められても全く気にならなかったらしい。ラーシュはしみじみと語った。

「あれぐらい、虐待が酷《ひど》かった国軍兵の時と比べたら屁《へ》でもないです」

ラーシュの口から「屁」なんて言葉が出てびっくりした。良くも悪くもオスカリウス領の空気に馴染んだのだろう。シウは逞《たくま》しくなったラーシュに微笑んだ。すると。

「あ、死蜂《しばち》です。近くに魔獣が死んでいるのかも。急いでいいですか？」

シウが「うん」と返事をするのと同時に、ラーシュは走り出した。もし魔獣ではなく冒険者が亡くなっていたら、その遺品をなるべく取り返したいのだと言う。地下迷宮で死ぬと、魔獣だろうと人間だろうと装備品も含めて、そのうち飲み込まれてしまうそうだ。

「死蜂は死肉食いで、そのままだと大した威力にならないんですけど数が多いんです。それに黒い靄を出して方向感覚を失わせるから、迷った新人冒険者が餓死してしまうこともあって」

「その肉を食べるんだね」

「はい。あ、同じ蜂相手でした」

現場に辿《たど》り着《つ》くと、ホッと安心したように息を吐く。シウも安堵《あんど》した。

「でも低層階なのに珍しいです。これ、巨大黄蜂《きょだいきばち》だ。まだ小型ですけど」

これぐらいかなと手で示す。その大きさは五十センチメートルぐらいだった。死蜂も五十センチメートルある。蜂とは一体なんだろうと、シウは薄目になった。

「巨大黄蜂は大きいものだと一・五メートルにもなるんです。普段は十層より下にいるのに、どうしたんだろう」

「珍しいんだね?」

「このあたりの二、三階層には現れません。でも、まるっきり出ないということもないし、突然別の階層と繋がることもあります。ただ、低層と繋がるのは滅多になくて」

「気になるね」

「ちょっと、見回りをしていいですか？」

「うん。いざとなったら結界を張るし、転移もできるよ」

シウも転移石を見せた。もちろん、そんなものがなくてもシウは自前で転移できる。それこそ「いざとなったら」使う、とっておきの魔法だ。

「フェレスも大丈夫だから」

フェレスも蜂を相手に応戦していた。爪でひょいひょいと一匹ずつ狩らねばならず、相手が飛ぶから面倒そうだ。それでも毒にはやられていない。ラーシュは安心して、

「じゃあ、もう少しだけ見回ります」

そう言って階層を進んだ。


進めば進むほど、その階層に見合わない魔獣や魔虫が現れる。それらを、ラーシュは塊射機を使い、シウは魔法で片付けていった。目に付いた冒険者には一度転移石で戻るよう促すのも忘れない。低層階にいるのは、まだこの迷宮に慣れない者ばかりだ。教官の証を持つラーシュの言葉にほとんどが従った。中にはレベルの高い冒険者もいて、一緒についてきてくれる。たぶん、シウとラーシュの見た目があまりに若すぎて、心配だったのだろう。おかげで援護してもらえるから進むのが早く、状況も把握しやすくなった。

「蜘蛛蜂《くもばち》までいます。完全に中層の魔獣だ」

ラーシュの声は少し焦っていた。シウももちろん大変なのは分かっているが、なにしろ

蜘蛛蜂は貴重な魔獣だ。倒すついでに、ひょいひょいと魔法袋に詰めていった。そのせいで同行していた冒険者に呆れられてしまった。

途中でラーシュは、通信魔道具でギルドに状況を報告した。地下迷宮の管理はギルドが行っている。手に負えない場合のみ兵の出動があるのだ。つまり基本的にはギルドが主体で動くことになるため、情報はギルドへと集める必要があった。

数分後、専用の冒険者部隊を中層に送り込むとの連絡が入った。シウたちは中層手前まで進んでいたが「疲れているだろうから戻るように」との指示を受け、迷宮の入り口まで転移石で戻った。

一緒に来ていた冒険者たちはホッとしたようだ。中層近くまで走り続けて疲れたらしい。そんな中、フェレスだけならともかく、ラーシュとシウが平然としていたのは驚きだったようだ。後に噂されることになったが、もちろんこの時は知る由などなかった。

◇◆◇◆◇

低層階の異常は、中層にいた強い個体が流れ込んできたために起こったと判明した。玉突きのごとく順番に追いやられてきた。魔獣が階層を移動するというのは滅多にない。階層ごとに緩い結界のような、もしくは縄張りかもしれないが、それらが作用しているからだ。強い個体の発生でスタンピードが起こると突破される場合もある。

第三章

休暇の日々

今回は、冒険者が虫追いの煙玉を誤って使用したことが原因だ。迷宮に来て日の浅い冒険者がやったことだった。彼等には重いペナルティが与えられる。

「一歩間違えると迷宮内でスタンピードが起こっていたから、仕方ないよね」

ギルド職員に現状を確認したラーシュが、迷宮の説明も兼ねて教えてくれた。

強い個体が階層を跨《また》いで進出してくれば、弱い魔獣たちは逃げ惑う。いわゆるスタンピードの始まりだ。その切っ掛けを作ったかもしれない冒険者たちは、人為的にスタンピードを発生させたと疑われても仕方ない。厳しい尋問も行われるようだった。

そもそも、強力な虫追いの煙玉を使ったこと自体が褒められた行為ではないそうだ。その上、使い道を誤った。階層から逃げ出さないよう、専用の魔道具で逃げ道を塞いでいなかったからだ。たぶん、高価なので惜しんだのだろうと職員たちは話しているらしい。

それにしても危険な話だ。

「アルウスが上級者向けの危険な地下迷宮だっていうのがよく分かったよ」

「僕も最初はびくびくしていたよ。慣れて緊張感がなくなるのは良くないから、毎回気を引き締めてるんだけどね」

「慣れって怖いよね。僕も気を付けようっと」

「シウは大丈夫だと思うんだけど」

ふふふと笑った。ラーシュは「実はね」と続ける。

「ここのギルドには、強力な結界を張れる魔法使いが常駐しているんだ。今まで何度かあったスタンピードも、手前の階層で止めることができたみたいだよ」

「結界専門の人？」

「そう。結界師って言うんだって。軍から交替で派遣されて常駐してる。前に領主様が『結界魔法の使い手を集めるのに苦労した』って、愚痴を零してたよ」

シウは想像ができて、笑った。

「きっと、あの手この手で集めたんだよ。キリクはやることが、ぶっ飛んでるからね」

空間魔法の持ち主であるスヴェンを手に入れるため、キリクが何をやったのかシウは知っている。可愛くて若い女性を侍女として付けたのだ。女性の方に無理やり頼んだわけではなさそうだから良かったものの、よくやるなあというのがシウの本心だ。

「そ、そんなこと、領主様に対して言っていいの？」

シウは「いいんだよ」と答えつつ、ラーシュが普段通りに話してくれたことが嬉しい。指摘すると元に戻りそうだから、黙っていよう。シウはニコニコ笑った。


夕方にラーシュと別れ、マカレナにまた領都へ送ってもらう。道中、マカレナが、

「低層階の救世主が、低層階の管理者って呼ばれるようになったみたいよ」

と言い出した。ラーシュのことだ。シウは思わず笑った。しかし――。

「それと、騎獣を連れた一発必中の凄腕《すごうで》少年がいた、とも聞いたわ」

途端に真顔になったシウだ。思わず「そのまんまだね」と返す。マカレナは笑顔だ。

「他に、少年の皮を被ったドワーフの上級冒険者じゃないか、とも言ってたわね」

「……あ、あの人たちか」

迷宮の途中で出会った冒険者たちだ。シウが低い声で言ったせいか、マカレナが騎乗位置から振り返って注意する。「やり返しちゃダメよ?」と。

シウは「しません」と、ぷんとそっぽを向いた。

◇◆◇◆◇

領都にあるオスカリウス家の屋敷に到着すると、シウは待っていてくれたリュカたちと遅い夕飯を摂った。リュカとソロルは午前中、ガラス工房に行って見学させてもらったそうだ。それから、体験入門でガラス細工を作ってきた。

食後は二人が作ったものの発表会だ。シウの分もあると渡される。小さなガラスの容器と、色とりどりの小さなガラスを貼った額縁立てだ。容器はソロルが作ったもので、水色が美しく、歪《いびつ》なところに味がある。額縁立てはリュカが作った。小さい彼ではガラス制作ができず、端材を使って貼り合わせたそうだ。枠になる部分が淡い色ガラスで彩られている。

「どちらも素敵だね。ありがとう二人とも」

シウがお礼を言うと、顔を見合わせて恥ずかしそうにする。二人はもちろん自分用にも

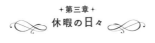

作っていたが、そちらの方が歪んでいたり失敗作だったりしたようだ。良くできた方をプレゼントにするというのが、優しい。

午後は獣舎で遊んだらしい。馬をブラッシングし、騎乗もさせてもらったそうだ。

「ソロルお兄ちゃんは、こーんな大きいティグリスに乗ってたよ！」

「え、もう乗れるようになったの？」

「はい。あの、でも良い子だったので」

「飛んだ？」

「はい！　びっくりしましたけど、優しい子でゆっくり飛んでくれました」

ソロルがふわっと優しく笑う。そこに、フェレスが「にゃ」と鳴きながら会話に入ってきた。尻尾を使ってソロルをぱふんと叩く。

「あの、どうしたんでしょうか」

「にゃにゃ。にゃにゃにゃにゃにゃ」

「えーと、ね」

シウは笑いながら翻訳してあげた。

「『ふぇれだって、ゆっくり飛べるもん！』だってさ。今度乗せてくれるみたいだよ」

「え、そうなんですか？」

「他の子を褒めたから拗ねてるんだね」

「えっ？　あ、違います。俺はその、フェレス君が一番好きです！」

「にゃ」

当然だ。そんな表情と鳴き方で、フェレスはツンとお澄まし顔になった。とはいえ、尻尾は正直だ。嬉しそうにふらふらと揺れていた。

明朝《みょうちょう》には出発するので、二人は早いうちにベッドに入った。シウはいつも通り、アルウスで手に入れた魔獣の解体をしたり、素材を処理したりと内職に勤しむ。夜の作業は楽しい一時でもある。

というのも、蜘蛛蜂は現地に来ないと手に入らない貴重な魔獣だ。神経毒を持つ大型の昆虫系魔獣になる。この毒が麻酔や他の薬の原料にもなるためとても貴重だった。毒は専用器官の袋に入っており解体はそれほど難しくない。使いやすいように処理を済ませて空間庫に戻す。針も武器として加工できるから大事に下処理して仕舞った。

更に、糸も回収してきたので綺麗にしてから巻きなおす。この糸こそシウの一番の目的だった。蜘蛛蜂の糸は非常に強度の高い特殊糸として有名だ。細いのに切れない。柔軟性のある超強度ナイロンといったところだろうか。

同行者たちが見ていないところで、シウはどんどん蜘蛛の巣を空間庫に放り込んでいた。全く自重せずに採取したため、時折、同行していた魔法使いが首を傾《かし》げていた。

この糸は、一般的には上位貴族の防護服になるそうだ。シウは違う使い方を考えている。糸を縒《よ》り合《あ》わせて、絶対に切れない命綱としてもいい。大物の魚を釣る糸にもなるだろう。

使い道はたくさんあって実験もしたいから、考えると楽しい。

蜘蛛蜂には羽もある。普段は、背中にある袋に収納されており、飛行する際だけ出す形だ。蜘蛛の巣にいる時は収納されている。この羽にも素材としての価値があった。薄いガラス細工のようなのに強度はあって、指先で弾いても壊れない。プラスチックの板のようなものだ。柔らかくしなるのに絶対折れない。細かな幾何学模様《きかがくもよう》が網目状に入っており、光の反射で七色に輝いて見える。網目状の間の透明な膜が薄いプラスチックのようだ。これらは細工物によく使われる。

「扇子がいいかな。髪飾りかも。明かり取りの窓に貼っても綺麗だろうな～」

浄化してから、まとめて空間庫行きだ。袋になった部分も何かに使えるかもしれない。こちらも収納した。最後に肉の塊を《鑑定》する。

「うーん。毒はないから食べられるんだろうけど……」

シウの愛読書でもある、ウルバン＝ロドリゲス著『魔獣魔物をおいしく食べる』には「筋が多すぎて食べにくい」と書かれていた。他に記述がないところをみると、美味しいわけではなさそうだ。焼いて処理しようかとも思ったが、飛竜たちがゲテモノでも食べられることを思い出した。シウは、明日お裾分けしようとメモを貼り付ける。もちろん、ラップしてからだ。

他にも、見付けた蜂の巣から蜂蜜を採取している。それらの処理をしていれば、夜は楽しく過ぎていった。

第四章
突然の魔獣スタンピード

He is wizard, but social withdrawal?
Chapter IV

シウの朝の日課はストレッチから始まる。早朝は、働いている人はそれほど多くない。だから、のんびりした時間だった。それなのに急に屋敷が騒がしくなった。次いで、飛竜の出入りが窓から見える。

何かあったのだろう。シウは服を着替えてから、騒ぎの中心でもあった一階の広間に向かった。そこではイェルドが指揮を執っていた。大勢に指示を出しているのだ。そんな状態なのに、彼はシウに気付いた。

「シウ殿、お早いですね。騒がしくしてしまったようで申し訳ないです」

「いつも通りの時間ですから。それより何かあったんですか？」

「こちらもいつものことです。魔獣のスタンピードが起こりました」

本当に慣れた様子で言う。シウが驚く間もない。ともかく、指示出しの邪魔になってはいけないからと、部屋に戻ろうとした。すると、イェルドがふと気付いたような表情でシウを手招きする。

「なんでしょう？」

「ちょっと参加しませんか？」

「は？」

「魔獣スタンピードの討伐《とうばつ》です。冒険者ギルドにも依頼は出しました。今からですと本隊に組み込まれるでしょう。本隊ならばそれほど危険はありません。もっとも危険なのは、初動対応です。が、シウ殿はすでに経験している。如何《いかが》でしょうか？」

ちょっとそこまでお茶を飲みに、といった様子で軽く聞いてくる。シウがぽかんとしていたらイェルドが苦笑した。

「シウ殿でもそういったお顔をなされるのですね」

「はぁ。あ、でも、僕は今日には発《た》たないといけません。学校がありますし」

「あー、そうですね。ですが、こうした事態ですから、さすがに飛竜をお貸しするわけには……。飛竜というよりは竜騎士を、ですが」

「あ、そうですよね」

シウは間抜けな発言をしてしまったようだ。恥ずかしくなって頭を掻《か》いた。イェルドは気にせず、話を続ける。

「もっとも、別の方法でお送りすることも可能なのですがね。キリク様が驚かせたいと仰《おっしゃ》っていたので黙っておりました。もうこの際それでいいかもしれません」

「はい？」

「本当は反対していたんです。キリク様の突拍子もない思いつきに毎度振り回されて、わたしは毎度尻拭いに奔走してますからね。でもたまにこういった『結果的には良かった』と思えることをなさるんですよ」

「はあ」

イェルドは溜息《ためいき》を吐《つ》き、シウを見つめた。

「……あなたにお手伝いいただければ我が領も大変助かるのですが」

「えっと。じゃあ、はい。分かりました」

「お連れ様方はレベッカやデジレに任せます。大丈夫、この屋敷は安全ですからね」

それはそうだろう。ここは領都だ。魔獣のスタンピードについて「いつものこと」だとイェルドは言った。つまり、黒の森で魔獣が氾濫《はんらん》した。そこから領都までは遠い。

それでもシウは、リュカとソロルの安全を頼んだ。


イェルドには、まず竜舎へ向かうよう指示された。現地にギルド職員も向かうので、そこでチェックを受けたらいいとのことだった。シウはフェレスを連れ、一旦部屋に戻って背負い袋を取った後、急いで向かった。

竜舎では慌ただしく準備が続いていた。すでに先遣隊でもある第一陣が出発している。キリクの姿が見えないことから彼も一緒だったのだろう。シウはサナエルの姿を見付け、乗せてもらうことになった。

領都のギルドから緊急要請を受けた冒険者も続々と集まっており、慣れた様子で飛竜に乗り込んでいく。飛竜に付ける安全帯も自分たちの手で確認している。誰も緊張した様子はない。

「今回は早かったな？」

「前回から一年経っていないんじゃないのか」

「その前が一年以上空いていたからな」

第四章
突然の魔獣スタンピード

「数十年前は半年に一度か二度はあったぞ」

「ひどい年は、一年に八回だったと親父《おやじ》が言ってた」

悲壮感もなかった。王都の時とは全く違う。オスカリウス領の冒険者は余裕があって、冗談も飛ばしている。そんな中、シウと同じ飛竜に乗り合わせた冒険者が怒り始めた。

「おい、サナエル様よ。こんな子供を連れていっちゃいけねえや」

「そうだぜ。いくらなんでも初陣には早すぎる」

冒険者の子供好きはお約束のようで、皆してサナエルを非難し始めたのだ。サナエルは笑いながら飛竜を発着場まで向かわせた。彼も冒険者に負けず劣らず余裕がある。

「はは。その子、キリク様の秘蔵っ子でね。アルウェウス発見時の功労者でもあるんだ」

「えっ、そうなのか？」

「この子が噂《うわさ》の？」

数人に囲まれて顔をジッと見られるから、シウは慌てて逃げた。後ろにフェレスがいたので逃げ場はなく、その上に座り込んでしまったが。

「それがホントなら、救世主じゃないか。俺たち、今回は楽ができるかな」

「バカ言ってんじゃねえよ。で、坊主は名前はなんていうんだ？　年齢は、俺より上ってことはないよな？」

「名前はシウ＝アクィラです。……年齢は十三歳です」

キリクより年上の男性に言われると、シウもちょっぴり傷付く。しかし、それだけ「子供がスタンピードの初動を抑える」のがおかしいことなのだ。シウが年齢のところだけ強調して伝えると、後は何も言われなかった。

ところで、アルウェウスとは、シウが遭遇した魔獣スタンピードの跡地に付けられた名前だ。ロワル王都近くにあって、かつ上手《うま》く対応できたため、地下迷宮を再稼働しようと整備を進めている。アルウェウスとは盆地という意味があり、見たまま名付けられたようだ。

アルウェウスは国とギルドの管理下に置かれている。来年から試運転を始められるのではないかと、シウは聞かされていた。今はまだ魔獣の発生頻度が少ないため、じっくり時間を掛けて調整しつつ、街を作り上げているところだ。

もしアルウスのような地下迷宮ならば、急いで整備しなければならない。冒険者を放り込んで間引きを重ねないと、魔獣発生に応じきれなくなるからだ。放っておけば、アルウスのような巨大地下迷宮ができてしまう。王都の近くにあって、それは危険だ。

アルウェウスは今のところ中規模程度になるだろうと言われている。そのため、アクリダ迷宮のように観光地化を目指す。そうした前例があることから、オスカリウス領へ研修に来る役人も多い。交換人事なども含めて人の移動が増えているそうだ。

そんな話を飛竜の上でしながら、アルウスの更に西にある黒の森へと向かった。

◇◆◇◆◇

上空から見るガルデア砦《とりで》は異様な姿だ。万里の長城のように延々と続いているが、高さも距離もガルデア砦の方が上である。まるで恐竜を囲む監獄のようだった。確かに、魔獣の氾濫を抑えるための牢壁《ろうへき》だ。これほどの規模の砦を作り上げるのに要した時間や手間を考えると、並々ならぬ意志を感じる。

飛竜はガルデア砦の手前に作られた、大きな施設へと降り立った。ここは前線基地の一つだ。スタンピードの発生地点によって使う基地も変わる。同じような基地が砦沿いに点々とあり、国軍が常駐しているらしい。国としても、オスカリウス領が突破されれば大きな損害《そんがい》になる。そのため、オスカリウス領と協力して対応しているというわけだ。

今回の発生も、黒の森の周囲を巡回していた兵士が見付けた。

黒の森は魔獣が多く住む恐ろしい森だ。人が住めるような場所ではない。毒霧も多く発生し、地面から濃厚な瘴気《しょうき》が噴出するなど危険だ。巡回は命がけで、森の奥まで入ることはない。砦から十数キロメートルが索敵範囲の限界だ。

黒の森についてシウが知らないだろうと、サナエルが歩きながら詳細を教えてくれる。

実際、知らない事実も多かった。書物からは見えない事情がそこかしこにある。

サナエルは飛竜から降りると、冒険者と一緒に行こうとしたシウを引き留めてキリクのいる本陣へと向かった。イェルドに何か言われたのかもしれない。本陣の大型テントに入ると、キリクが地図を広げて話しているところだった。各部隊と情報のすり合わせを行っているようだ。

キリクはシウを見て目を瞠《みは》ったものの、各部隊長との話を優先した。

「救助部隊からの通信で、巡回の隊員たちが無事ってところまでは分かってるんだな？」

「はい。煙幕を使っており、今のところ魔獣による被害は免《まぬが》れているようです。兵らは大きく迂回《うかい》して北へ向かっております。そこで合流できるかと」

「そうか。では、兵の救出は彼等に任せよう。俺たちは魔獣の群れを叩《たた》くぞ」

そう言うと、地図を指差しながら話を続ける。

「魔獣の群れは煙幕に阻まれているようだ。足止めできたと考えていいだろう。上空からの視認では、西へ三十キロメートルほど戻った状況らしい。円を描いているが、そのうち人間の気配に気付いて向かってくるだろう」

「では、このあたりの森を拓《ひら》いて決戦場を作りますか」

「そこでは狭くないか？　岩場の多い場所だ」

「待て、こちらには沼地が多い。毒ヒルの発生場だ」

「むう、騎獣《きじゅう》の天敵か」

殲滅《せんめつ》するための場所を用意し、そこに魔獣を誘導するという作戦のようだった。

✦第四章✦

突然の魔獣スタンピード

誰もが慣れた様子で話している。普段から巡回しているため、地形にも詳しい。この場には国軍兵もいるが、長い付き合いらしく対立する様子もなかった。各自が自由な意見を出せる場になっている。キリクがそれを許しているからだ。彼は何が一番良いのかを分かっている。

各自が意見のすり合わせを行っている間、キリクがシウを手招きした。

「……お前が勝手に来るとは思えんし、イェルドか？」

「はい、まあ、頼まれたような感じで」

「仕方ねぇなー。悪いな」

と言いつつ、どこか嬉《うれ》しそうに笑ってシウの頭を撫《な》でる。

その間に話が決まったようで、皆が顔を上げてキリクに伝えた。伝えながら「あれ、なんだコイツ」といった視線がシウに向けられる。国軍の上級職らしき男性も二度見していた。シウだって居心地《いごこち》は悪い。対策本部に入れる立場ではないからだ。

しかし、キリクは気にせず指示を出し始めた。

「よし。では、上空から追い込むのはラッザロの隊だ。スヴァルフは高々度からの指揮を行え。第二隊以降はスヴァルフの指示で攻撃を開始する。待機位置は分かっているな？」

「はいっ！」

返事をすると同時に、竜騎士の各隊隊長たちが走り出した。

「魔撃隊は国軍兵と共に決戦場へ向かって焼き払え。遠慮なく焼いていいぞ。ただし、北と東側は延焼させるなよ。逃げ場にする」

「了解しました」

「騎獣隊は国軍兵の護衛として同道し、現地では近辺の魔獣討伐だ」

「はい！」

「重戦士、歩兵、冒険者たちは必ず回復役を付けろ。数十人に一人でいい。そして護衛を付けるんだ。分かってるな？」

「いつものことですから」

冒険者ギルドの職員が頷《うなず》いた。

「国軍兵の方は足りないでしょう。うちから派遣します。組み分けは隊長と相談しますが、基本的に女性は後方へ置きます。いいですね？」

「ああ。承知している」

「女性が嫌がった場合は組を変えさせます。これは、あらかじめ決まっている約束事ですのでご承知ください」

　職員が国軍の隊長たちに説明する。ほとんどが納得して頷いていたが、中には不満そうな顔の隊長もいた。それでも表立って口にしない。今が緊急事態だと分かっているからだ。

　キリクは各部隊への細かな指示を出すと、自分もテントを後にした。シウの肩を押しながらだったので一緒に出る。同じく一緒になった国軍の指揮官は、辺境方面部隊のガルデア砦大隊長だという。大佐と呼ばれていた。この基地は第三隊の駐屯地《ちゅうとんち》となり、横には第三隊隊長もいる。

「あの、オスカリウス辺境伯《へんきょうはく》様、こちらのお方は？」

「ああ……。なんといえばいいのか、まあ、助っ人だな。冒険者でもあり――」

チラッとシウを見るので、歩きながらではあったが挨拶する。

「冒険者で魔法使いの、シウ＝アクィラです。微力ながらお手伝いに参りました」

ぺこりと頭を下げた。そのまま彼等とは別れた。キリクもシウをテントから出したかっただけのようで、そこで別れる。


次にシウが向かったのは、冒険者ギルドの出張所になっているテントだ。ギルド職員を見付けて参加の申請をする。職員たちはカードを見ながら頷いた。

「確認しました。この後はソロで動かれますか？　辺境伯のご指示がおありでしょうか」

慣れた様子でテキパキと質問される。職員らはシウを知っているようだった。

「ソロでもいいんですか？」

「はい。本部で会議を聞いていらっしゃったんですよね。そうした上級者の場合、ソロの方が動きやすいだろうと許可されてます。通信魔道具もありますし、連絡ができれば問題ありません」

「そうなんですか。意外と自由なんですね」

「上級者は経験もありますしね。特に、オスカリウス領の出身者はどう動けばいいのかが分かっておりますから」

「あの、僕は上級者じゃないですし、オスカリウスの出身者でもないんですが」

だから誰かの下に入った方がいいのでは、と続けたのに、職員は笑顔で首を振った。

「アルウェウスの功労者を下に置けるのは辺境伯様ぐらいではないでしょうか。もしご心配でしたら、辺境伯様の護衛をされるおつもりでお傍《そば》にどうぞ。まあ、すぐにあちこちへ行くよう、指示を出されそうですけれど」

よく分からないが、緊急依頼を受けたことにはなったので良しとする。

シウは釈然としないまま、またキリクのいる場所へ向かった。彼の指示を仰ごうと思ったのだ。そのキリクは、自分の目で確認したいと、飛竜の下へ向かっていた。

「一番偉い人が前線に出ていいの？」

「俺は遊撃隊だ」

「……なんかもう、王都の貴族の人たちがキリクをいろいろ言う理由が分かったよ」

しみじみ口をついて出たのだが、キリクは機嫌よく大笑いしただけだった。


上空からだと、シウの《全方位探索》で視《み》えるのと同じ、それ以上にハッキリと魔獣の動きが分かった。ただのマーカーでしかなかったものが生きて動いている。

地上では、円を描いて共食いしていた魔獣たちが徐々にばらけてきていた。北と東へ向かい始めている。北へ行くのは、最初に遭遇した巡回の兵たちを思い出したからだろう。

東には基地がある。前線基地となる駐屯地には現在、大勢の人間が集まっていた。

その基地から途切れることなく、兵や冒険者が決戦場へと向かっている。一番乗りした者から順に作業を始めていた。大がかりな結界を張り、木々を薙《な》ぎ倒《たお》して整地する。戦いやすい場へと変えているのだ。ここで主に働くのは魔法使いらしい。見るからにひ弱そうな人もいるが、彼等には常に護衛が付き添っていた。

キリクが言うには、作業をしている魔法使いたちは整地が終われば基地へ戻るそうだ。その能力では、戦場でほとんど役に立たないからだ。魔法による攻撃は主に魔撃隊が主体となるらしい。基地には後方支援部隊がいて、武器や魔道具の手はずを整えている。戦に向かない魔法使いは、基地に戻れば後方支援として働く。

「今回は規模が小さいな。大きいのが来る前触れかもしれん」

「そうなの？」

「ああ。大抵そうだ。一ヶ月後か二ヶ月後か。長丁場になる可能性を踏まえて準備が必要かもな」

「アルウェウスぐらい？」

「あれは滅多に見ない大きさだったな。あんなのが来ると、この辺り一帯がダメになる」

「そんなに大きかったんだ」

「ああ。地形に助けられた。大前提として、お前の初動が良かったのもある。発見した後の対応もな。お前、報告書に書いてなかったが、かなり間引いただろ？」

「あー」

「嘘《うそ》吐いても分かるぞ。俺は専門家だからな」

にやにや笑いながら自身の眼帯を指差す。シウは仕方なく頷いた。

「割と、間引いたかな」

「どうせえげつない魔道具作ってたんだろ。塊射機《かいしやき》でさえなかなか出してくれなかったんだ。反動の大きな魔道具なんぞ、絶対秘密にするだろうと思ってたよ」

「まあ、そうだね」

魔道具と勘違いしてくれたので、シウは曖昧《あいまい》に笑う。それを、キリクはまた勘違いしてくれた。

「聞かねえよ。聞いたら欲しくなるからな。お前もそれが分かってて言わないんだろ。でも、この図を見たら、俺にぐらいは分けてもいいと言いたくなるはずなんだがな」

真下を見て言う。おねだり口調だったので、シウは苦笑しつつ首を振った。

「あげたくても、あげられないものなんだ。その代わり《捕獲網強酸型》とか便利そうなのは提供するから」

「おっ、言ってみるもんだな。あれは便利だった」

「キリクになら定期的に譲ってもいいかな。スタンピード対策用だからね。あ、他にも冒険者が使うのに便利な魔道具も作ってるから、後でギルド職員の人に渡しておく」

「それは特許申請してるやつか？」

「《捕獲網強酸型》以外は。ラトリシアで申請したから、あっちではもう販売されてるよ」

「じゃあ、こちらではまだかかるな。やっぱり誰か常駐させるか。便利なものがすぐに手に入らないのは困る」

話しながらも、キリクの視線はくまなく地上を見ている。そして、通信魔道具を使って指示を始めた。地上部隊との確認や、作戦の細かな修正を告げている。一通り見て納得したキリクは、飛竜を基地へ飛ばした。


ところで今回の魔獣スタンピード対応は、スヴァルフが陣頭指揮を執る。キリクが領地にいない場合を想定し、誰が指揮を執っても問題ないよう訓練を重ねているそうだ。スヴァルフの近くにいる飛竜は、勉強を兼ねた竜騎士らが補佐として乗っているらしい。

地上に降りると、シウは早速、竜騎士隊に《捕獲網強酸型》や《強酸爆弾》を渡した。顔馴染《かおなじ》みが多いため、その場で確認してくれる。兵站《へいたん》担当の秘書官が都度メモしていくのは、後できっちり支払いをするためらしい。

その後、冒険者ギルドの出張所テントに行って《防火壁》《防御壁》《使い捨て爆弾》《四隅結界》といった魔道具を提出した。

「助かります。これ、気になっていた商品なんですよね」

「ご存じなんですか？」

「商人ギルドの職員から、ルシエラ本部ですごいものが出てると聞いて調べたんです。冒険者ギルドに使えそうな魔道具も多いので、情報を得ようと躍起《やっき》になってます」

シウは「はあ」と曖昧に答えた。

「魔獣討伐の役に立つ品って、そう出ないですからね」

「ラトリシアは魔道具の種類が豊富ですよ。面白いのが多いんですけど」

「面白いのと、役に立つかどうかは別ですからねぇ。あとはまあ、お値段の問題でして」

使い方次第では役に立つものもあるらしいが、使い勝手がいいかどうかも気になるらしい。なによりも費用の問題がある。魔道具はとにかく高いのだ。術式が増えれば増えるほど魔核や魔石も必要になる。シウのように節約術でも使わない限り、魔道具は基本的に高価だ。

同じような理由でポーションの上級品も高いという。魔力を込める必要があるが、そう簡単にできるものではない。結果として、レベルの高い人が作るため高価になるのだ。かといって、ポーションには消費期限がある。買い置きもできず、悩ましいところだ。

それで思い出した。シウは、ポーションも必要だろうと申し出てみたが――。

「あ、それはあります。砦には常にポーションを備蓄しているんですよ。なんと、専用のアイテムボックスを用意してるんです。勿体無《もったいな》いって言う人もいますけどね」

それだけ、ここが危険な場所だということだ。

「でも、万が一のことがあればよろしくお願いします」

と言われ、シウは「はい」と答えてその場を去った。

第四章
突然の魔獣スタンピード

結局シウは、キリク付きということになったらしい。しかし、キリクが基地本部に籠もりきりだから、シウは暇だ。何かやることはないかと歩いていたら、強化した《全方位探索》が、黒の森の中で「魔素溜まり」を発見した。

もしや、これがスタンピードの発生源ではないか。シウは確証を得るため、見に行くことにした。ただ、勝手に動くと怒られるかもしれない。シウは本部に顔を出した。皆の視線が一斉に突き刺さる。悪い視線ではない。しかし、興味津々で居心地が悪かった。仕方なく、こそこそと中に入ってキリクに耳打ちした。

「ちょっと気になることがあって、少しだけ見てきていい？」

「気になるって、なんだ？」

「ここじゃ、ちょっと。見てから報告する。ダメかな？」

ジッと見つめられても視線を外さないシウに、キリクは諦めたようだった。

「うろちょろして他の奴等《やつら》の気を引くなよ。一応、通信魔道具で知らせておく。お前のソロ活動はこっちも目を瞑《つむ》っていよう。ただし。危険だと思えば即退避だ。連絡も忘れるな」

「了解です！」

いい返事をしたつもりなのに拳骨が来る。それを見たフェレスがまた、キリクに尻尾《しっぽ》攻撃をした。キリクが「うわ、やめろ」と騒いでいるうちに、

「じゃあ、ちょっと森に行ってきます」

と挨拶して、本部から出ていった。

◇◆◇◆◇

フェレスに乗って砦を出るまでは普通に飛ぶ。森が見えると徐々にスピードを上げた。上空の竜騎士たちが気付いたようだが、連絡が行っているのだろう、誰も来なかった。

やがて、「遠見」を持つスヴァルフでも視えないと思われる距離に達した。そのまま飛び続けると、森は一層険しくなった。一度だけ、キリクから通信が入った。

「(おい、大丈夫なのか？)」

「(問題ないよ。今のところ、飛行系の魔獣もそれほど見かけない。もう少し先だけど、大丈夫だから)」

「(ならいいんだが。スヴァルフが心配そうだったぞ)」

「(あ、もう視えないんだね。こっちは気にしないでって言っておいて。何かあっても、大丈夫だと断言できるぐらいの魔道具は持っているから)」

「(分かった。どうせ種明かしはしないんだろ？　普通なら『根拠のない自信だ』と叱《しか》るところだが。お前は普通じゃないからな)」

「(あはは)」

◆第四章◆
突然の魔獣スタンピード

笑いながら通信を切る。眼下を眺めると、黒の森と言われるだけのことはある、異様な光景があった。

魔素の匂いと言えばいいのだろうか。空気がとても濃いのだ。いや、重い。これは普通の魔素ではなかった。けれど、シウが《鑑定》しても、よく分からない。魔素を上手く《鑑定》できなかったのだろう。しかし、もやもやとした妙な感覚で気持ち悪い。

シウは自分の直感を信じることにした。これが良くないものだと、本能が告げるのだ。

「魔獣を生む『魔素』なのかな？　魔素溜まりのようなものかも」

念のため、胸に抱えている卵石には結界を掛けている。もちろんフェレスの顔を中心に、新鮮な空気を循環させるため《酸素供給》もしていた。もしシウが倒れても大丈夫なように、首輪には何重もの魔術式を付与している。卵石もボンビクスの布で包んでいた。術式の重ね掛けを施《ほどこ》したものだ。いざとなればフェレスに運んでもらうし、もっと言えば転移だってさせられる。置いていくよりも、シウの傍にいる方がずっと安全なのだ。

それはそうと妙な気配だった。魔素が濃いのは分かるが、何故《なぜ》かは分からない。

「どろどろした感じだなあ」

血液のようなイメージが浮かぶ。シウはハッとした。当たっているかもしれないと思ったのだ。ここは淀《よど》んでいる。まるで水分が足りない血液のように、ドロドロになって悪いものが集まっているのだ。穢《けが》れみたいなものだろうか。同じ魔素とは思えなかった。

シウはフェレスを上空に待機させ、飛行板を使って森に降りてみた。直接、自分の目で見て確認したかった。フェレスは付いてきたがったが「命令」して待機させる。シウが命令することなどほとんどない。彼は渋々諦めてくれた。

飛行板で森の中を縫うように飛びながら観察していると、魔獣が多いのに気付いた。かなり活発に動いている。シウの知る、どの山の魔獣よりも動きが速い。

魔素が濃いため暮らしやすいのだろう。魔獣は普段、黒の森の中で過ごしている。魔素が多いからだ。獲物となる魔獣も多いため、出ようとしない。

しかし、何らかのきっかけがあってスタンピードが起こる。餌《えさ》が豊富で魔獣が爆発的に増えるのか、もしくは強い個体の出現などが考えられる。それにより、弱い魔獣が群れをなして黒の森から外へと逃げ出すのだ。では、今回の原因は何だろうか。

シウはつらつらと考察しながら、くまなく観察を続けた。シウ自身も《空間壁》で囲っている。結界にもなるシウ独自の魔法だ。おかげで、魔獣と衝突することはない。

その魔獣のほとんどが、東にある基地方面へと向かっていた。誰かに指示でもされているかのような動きだ。それとは逆方向に進むと、岩場続きの難所が現れた。木々が生い茂る暗い森の中、地表の苔《こけ》からは毒の胞子が舞い上がっている。

シウは地上には降りず、ゆっくりと飛行板で進んだ。上空から観察していると、岩の裂け目に波動を感じる。これが原因だとすぐに気付いた。念のため、《結界》を重ね掛けして近付く。古い金属製の道具があった。

✦第四章✦

突然の魔獣スタンピード

「ああ、古代魔道具か」

何らかのきっかけで起動したのだ。魔獣呼子とは違う気がする。シウは《完全鑑定》を掛けながら、周囲を見回した。魔道具が起動した初期の時点で、耐えきれずに死んだと思われる魔獣の骸《むくろ》が転がっている。

「大型の、ミノタウロスかな。こいつが触って起動させたのかも」

鑑定の結果を読み続けて分かったが、やはり古代に作られた呪術系の魔道具だった。術式自体は展開してみないと分からないが、十中八九、シウの推理で当たっているはずだ。まずは持ち帰って詳しく調べる必要がある。古代魔道具は結界で厳重に包み、術式を施した桐箱《きりばこ》に入れた。それを更に空間庫へ放り込むと、周辺の重たるい気配が少しマシになった。魔素濃度が薄くなったのだ。

それでも魔素の淀んだ森の中だ。この魔素が魔獣を生み育てるのだろう。この森を調査したら魔獣の発生に関しての研究が捗《はかど》りそうだが、人が入って来られるような場所ではない。シウでも、長くいたいとは思わなかった。そろそろ新鮮な空気も吸いたい。シウはこぞとばかりに《転移》でフェレスのいる上空に戻った。

「にゃ！」

フェレスは慣れたもので、目の前にシウが突然現れても平気だ。むしろ、ようやく帰ってきたと尻尾をぶんぶん振っている。

「ごめんね、あ、ちょっと待って。《浄化》」

自分自身に強力な魔法を掛ける。フェレスに変なものを触れさせたくない。

「にゃにゃにゃにゃ」

「大丈夫だよ、どこも怪我《けが》してないし」

「にゃぅー」

「ごめんね、置いていって。でも、変な空気だったからさ」

「みぎゃー」

フェレスも眼下の景色を気味悪そうに眺めた。空間魔法で囲んでいるし上空の空気で循環させているのだが、その空気すら淀んでいるのか「くさーい」と文句を言っている。

「とりあえず帰ろうか」

「にゃ」

フェレスに乗ると、飛行板を背負い直してから空路を戻った。


決戦場近くまで来ると、スヴァルフからホッとした声と共に通信が入った。早く基地へ戻るようにと言われる。そろそろ本格的な討伐が始まるそうだ。数時間で準備ができるあたり、やはり慣れている。

とはいえ、基地では大勢が入り乱れていた。各部隊への連絡、第二陣の移動、後方支援部隊の活動などで朝よりもずっと騒がしい。シウが本部へ顔を出すと、キリクが目で合図しながら、通信で指示していた。討伐開始の合図だ。

✦第四章✦

突然の魔獣スタンピード

「第一陣、始め！」

すると、基地から離れているにも拘《かかわ》らず、地鳴りが響いた。腹にズシリと来る音だ。

「始まったな。もう少ししたら上空から様子を観察するぞ」

その後、大隊長や各隊の連絡係に指示を出しながら、キリクは歩き出した。シウを引っ張るようにしてテントを出る。というよりも、まるでヘッドロックだ。

「ちょ、キリク、歩きにくいから！」

「はっはー、ちっとはおとなしくなったか。あ、こら、フェレス。噛《か》むな、噛むんじゃない！」

慌ててシウから手を放すと、キリクは急いでフェレスから逃げた。

「お前、怒りすぎだろ。ちょっと首を押さえただけじゃないか！」

「にぎゃっ！」

キリクが離れたので、フェレスはふんっと鼻息荒く鳴いた。注意した方がいいのは分かっているが、どうも彼なりのコミュニケーションのような気もして、怒るに怒れない。とはいえ、一応注意してみる。

「ダメだよ、フェレス。なんでそう、キリクが相手だと怒りんぼになるの」

困ったなあと思いつつ話していたら、キリクが戻ってきた。

「仲良しだと思って嫉妬してるんじゃないのか？　ったく、甘えすぎなんだよ、お前」

「にぎゃ！」

「今からそんなで大丈夫か？　新しい卵石の仲間はどうするんだ」

「にゃにゃにゃ、にゃにゃっ、にゃにゃにゃにゃっ！」

「おい、シウ。こいつ、なんて言ったんだ？」

「子分だから大丈夫なんだって。一番は自分だから、問題ないそうだよ」

「……それでいいのか、お前」

呆《あき》れたように言う。それから、何かに気付いたようで、にんまり笑った。

「シウに恋人ができたらどうするんだ。お前より大事な相手だぞ。そいつとイチャイチャして仲良くなるんだ。で、子供ができたら、もっと可愛《かわい》がるぞ」

「意地悪な大人だなあ」

「言ってろ」

シウは呆れて溜息を吐いたが、フェレスが落ち込んでいたら可哀想《かわいそう》だと思って見ると、きょとんとしていた。意味が分からなかったのか、首を傾《かし》げている。すると「意地悪な大人」のキリクが言い直した。

「シウに番《つが》いができて子供ができたら、そっちが一番になるんだぞ～」

「……にゃぅ。にゃにゃ。にゃにゃにゃにゃ？」

「今度はなんて言ったんだ？」

振り返って聞いてくる。シウは呆れた顔のまま、キリクに教えてやった。

「当たり前でしょ、だってさ」

+第四章+

突然の魔獣スタンピード

「は？」

「番いができるのは獣として当然みたいだよ。あと、子供ができたら子供を大事にするのも当たり前。だから、当然すぎて、何を言ってるのか分からなかったみたい」

「……そうなのか」

「どっちが大人なんだか分かんないよね」

やはり精神年齢が同じ者同士で喧嘩《けんか》は発生するのかもしれない。


飛竜の準備が出来たとの報告が入り、キリクは「上空から確認してくる」と出ていった。

「詳しい話は降りてきてからだ、逃げるなよ」と念押しされたので、森の奥まで入ったことを叱られるのかもしれない。思わず溜息が漏《も》れた。

さて、待っているだけというのも手持ち無沙汰だ。シウは後方支援部隊の手伝いをすることにした。忙しそうなのが調理班だったので行ってみると、

「あれ、君、昼ご飯食べてないんじゃないの？」

と言われる。よく見ていると驚いた。

「ちょうど森の上空にいたので、簡単に食べました」

「ええっ？　そんな、ラッザロ隊みたいなことしないでよ。マナー悪いよ」

「あ、はい」

「キリク様の秘蔵っ子って聞いたけど、本当なんだね」

変なところで感心されてしまった。しかもキリクの秘蔵っ子扱いが浸透している。外堀を埋められている気がして、シウは否定した。

「僕はただの友人ですから」

「それはそれで、なんというか、すごいね！」

返ってきた言葉に応じようとしたが、知り合いの竜騎士が来て「シウ君の作る料理は美味《うま》い」と言い出した。そのまま有耶無耶《うやむや》になったが、結果としてシウは手伝いに入れたので良かった、のかもしれない。

◇◆◇◆◇

キリクが戻ってくると、砦内にある建物に連れていかれた。上級将校用の客間だという。部屋には護衛のサラがいて、何故か寛《くつろ》いでいる。彼女は護衛なのに、いつもキリクの傍にいない。というよりもキリクが個人行動すぎるのだ。人の事は言えないシウだが、キリクはどこまでも自由人だった。

「さーてと。黒の森で何を見付けてきた？」

目がお叱りモードだ。しかし、表情は笑顔である。フェレスが耳をぴくぴくさせながら、キリクをじっと見ているからだ。シウは笑いそうになるのを我慢して、答えた。

「あー、発生源が気になったので調べて、きました」

「その割には一直線だったな。調査なら、もう少し右往左往していたはずだ。そもそも、何かに気付いて動き出した。違うか？」

違いません、という言葉は飲み込んだ。しかし、だからといって、シウの「全方位探索」について明かすわけにはいかない。空間魔法を使っているからだ。つまり、シウが空間魔法のスキル持ちだと告げることになる。

キリクになら話してもいい気はするが、部屋にはサラもいるため踏ん切りがつかない。そのサラから、どういうわけか支援が入った。

「キリク様、魔法使いが手の内を明かすわけないでしょう？　誰だって奥の手は隠すものよ。探知系の魔法、あるいは新魔術式でも開発したのではなくて？　探知系なら、わたしの影身魔法を妨害できたのも納得できるわ」

「あー、まあ、そうですね」

サラはよほど悔しかったらしく「ほらね、そう思ったわ」と言って拗《す》ねた表情を見せた。

キリクは結局諦めて、シウをそれ以上追及しなかった。代わりに、何を見付けたのか再度問うてきた。彼には見せるつもりだったから、桐箱を取り出して見せる。

「森の中に魔素溜まりがありました。異常な空気で、結界を張って移動を繰り返しながら見付けたのが『これ』です」

キリクはテーブルの上に置かれた桐箱を一度見て「これは？」と顔を上げた。

「触らないでくださいね。結界を張っただけで浄化も何もしてません。詳しくは中の術式を展開して解析してみないと分かりませんが、古代魔道具です。――それも呪術系の」

「……なんてこった」

「あの森には至る所に魔素溜まりがありました。その中でもこれは特異すぎて、だからこそ発生源として特定できました。指向性があるんです」

指向性の意味に、キリクは気付いたようだ。頷いている。

「道理で円状に広がらないと思ったぜ。奴等の移動がどうにも直線的だったんだ」

サラも事情は分かっているらしく、地図を見て唸《うな》った。

「今回はこれが原因というわけね。おかげで悩まなくて済むわ」

「いつもと違うんですか？」

「移動がかなり早かったの。これでもわたしたち、スタンピード慣れしているから相当早く動いたのよ？　なのに、到着してみればギリギリだった」

スタンピード慣れしているオスカリウス領だったからこそ、現場に早く到着できた。しかも、皆がそれぞれの役割を理解している。

「さっき『指向性』と言ったけれど、今はもうないのね？」

「原因がここにありますからね。結界を張っているので術式も稼働していません」

「よく結界を張れたわね」

「魔法使いの、秘密です」

シウはにっこり笑って「秘密」で押し通した。先ほどサラが言ったのだ。魔法使いは手の内を明かさないと。それに気付いた彼女は唇を尖《とが》らせた。キリクは苦笑し、肩の力を抜いたようだ。ソファの背もたれに体を預けている。それでも彼は指揮官だった。

「シウ、そいつを解析できるか？」

「僕が触ってもいいの？」

「できるのなら、お前に任せたい。手伝いがいるなら誰か寄越す」

「手伝いは要らないけど。あ、だけど、冒険者ギルドから依頼を受けたことになってるんだ。全く討伐を手伝わないと問題にならないかな？」

「何言ってんだか。これこそが討伐に関わる最重要案件だろうが」

シウが「あ」という顔をすれば、キリクは呆れ顔になった。

「今後のこともある。討伐は誰でもできるが、原因を突き止められる人間はそうはいない。その原因を見付けた上に解析できるなら、やった方がいいに決まってる」

「そうよ。他にも呪術具があったら困るわ。対策を考えるためにも内容を知っておきたい。それこそ、討伐するのに重要な内容があるかもしれないもの」

ならばこそ、専門家に任せた方がいいのでは、とも思う。が、呼び寄せるのにも時間がかかる。だったら今ここでシウが確認しても問題ないのかもしれない。分からなければ閉じてしまえばいいだけだ。引き受けることにした。

とはいえ、一人で調べることにキリクが反対したため、見張り役としてサラが残ることになった。場所はそのまま使っていいというから、上級将校用の応接間で作業を始める。キリクは現場の指揮があるからと、急ぎ足で部屋を出ていった。

シウはサラに、部屋のギリギリまで下がるよう頼んだ。

「結界を張ります。壁際に椅子を移動させて座って見ていてください。異常があれば部屋から脱出し、安全を優先に誰か呼んできてください」

「了解。でも異常が分かる前に止めてね？」

もちろん異常が起こるような真似《まね》はしない。シウは「はい」と返事をしてから、サラにも分かるように結界用の魔道具を置いた。サラは珍しそうに魔道具に視線を向けた。シウが作ったものだから初めて見るはずだ。

「何かあっても、この魔道具で少なくとも一時間は留めておけます。本当は、強力な呪術でない限り一日以上は持つんですけどね」

「すごいわね。うちでも常備品としてどうかという話があったわ。想像以上に強力なのね。欲しがるはずよ。ひょっとしたら勝手にもう仕入れているかもしれないわね」

便利だと思えば上の判断を待たずに購入できるらしい。こういうところがオスカリウス家なのだ。サラはそんな日常の話を口にしながらも、警戒は続けている。さすがだ。

「もう一つ結界を張ります。……じゃあ、開けますね」

念のため、二重に結界を張る。シウはその二重目の内側に立って桐箱を開けた。

フェレスは部屋の扉を開けたまま、廊下に待たせている。姿が見えていると安心するらしく、玩具を出して遊んでいた。彼が平然としているのはシウへの絶対的な信頼感からだ。それを裏切らないためにも、防御は何重にも重ねていた。

「《呪術吸収》」

本来なら無詠唱で行う魔法だ。けれど、サラが見ている手前、分かるように声に出した。呪術吸収は、そのままの意味だ。古代魔道具の、特に呪術系の魔道具の中には強制停止に対するトラップが存在する。もしもトラップが、自動で呪術を強化して流すのだとしたら危険だ。そのため、シウの作った特殊ゲルに一旦流すことにした。

それから、古代魔道具を停止させる。

「《解除》《強制停止》。うーん、違うなあ」

「どうしたの？」

「やっぱり普通の方法では止められないですね。呪術具は作った人の性格が出るそうだから、ちょっと捻《ひね》くれているのかも。このまま展開してみます。一応、術式に指向性があるので、こいつに向かわせてますから」

特殊ゲルがどんどん色を変える。呪術の威力が強いからだ。吸収素材でもある特殊ゲルだが、このままではすぐに使えなくなりそうだ。サラも不気味そうにゲルを見ている。

シウは素手で魔道具本体を《鑑定》しながら、中を開いた。自作のマイナスドライバーも使う。魔道具本体は金属でできている。ミスリルも混ぜられていた。古代でも価値は高かったはずだ。それだけに、怨念《おんねん》の深さが垣間見《かいまみ》える。何故なら、ミスリルを混ぜて錬成した金属は腐食しづらいからだ。

「えー。中は普通ですね。でも、使われている魔石がすごい。こんなに透明で大きいのは知りません。じゃあ、見ていきますね。《展開》《展開》《展開》と、開きました。三重で囲まれてました。次に《解析》だけど、無理か。《分解》《再構築》《暗号解析》《表示》で、術式が開きました。読み込みますので、しばらく無言ですけど気にしないでください」

「……え、ええ、分かったわ」

サラの返事が右から左へ抜けていく。シウは集中したまま術式を読み続けた。長い長い内容だ。相当入り組んでいる。性格が本当に表れていると顔を顰《しか》めてしまった。

十分ほどして顔を上げた。

「どうだったの？　無理かしら。難しい？　それとも避難が必要？」

サラが慌てて立ち上がり、真剣な表情でシウを見る。シウは笑顔で頷いた。

「いえ。大丈夫、解除しました」

「えっ？」

「解除はしました。解析も終わりました。この呪術具はもう使用不可です」

サラがぽかんとして、椅子から立ち上がった状態で動きを止めた。

「終わった、の？」

「はい。えーと、どうしましょうか。念のため結界を張って放置しておきます？　先に説明した方がいいのかな……」

第四章

突然の魔獣スタンピード

思案していると、サラが元に戻った。慌てて駆け寄ってくるも、結界に阻まれ、胸が当たって跳ね返されている。その反動で壁に頭を打ち付け「いたっ」と叫んだ。

「あ、すみません。結界を解除します。どうぞ」

サラは「アイタタ」と、淑女《しゅくじょ》らしくない台詞《せりふ》を口にしながらテーブルまで来た。シウの手元にある魔道具をジッと見つめる。更に、どす黒く変色したゲルを見た。そこでようやく安堵《あんど》したのだろう。力を抜いて近くのソファに座り込む。そして「あ〜」とオジサンが出すような声を上げ沈み込んでしまった。サラは何かぶつぶつ呟《つぶや》いたあと、ソファに座り直して通信魔道具を取り出した。その目がシウに向いている。

「(キリク様、解析が無事終わったようです。術式は現在停止中。説明が必要なら、とっとと来てください！)」

一瞬の間を置いて、サラがゲラゲラと笑い出した。シウには聞こえなかったが、キリクが何か言ったのだろう。彼女はまたソファに身を沈めた。相当緊張していたらしい。力が抜けきっているのが分かる。

サラの気持ちに、シウは今更ながらに気付いた。彼女はキリクほどシウを信用していないはずだ。ならば、ここに残るのは怖かったろう。まだ子供のシウが呪術具を解析するのだから不安に違いない。キリクはシウを信じて任せてくれた。シウも自分ができると思って引き受けた。けれど、そこにサラの意見はなかった。彼女は敬愛する上司の命令に従っただけだ。

可哀想なことをしたと、シウは反省した。しかも、結界を何重にも張ったせいでサラには余計な不安を与えてしまった。

キリクが駆けてくるのを《感覚転移》で確認しながら、シウはサラに謝った。彼女は相変わらず淑女らしくない、力の抜けた声で「いいのよー」と許してくれた。

キリクが到着するとサラは一転、シャキッと立ち上がった。

シウは、キリクやサラが何か言う前に説明を始めた。

「やっぱり古代の呪術具だった。製作者はロマなんとかって名前だね。性格がひねくれ曲がっていて、自己顕示欲が強いみたい。自暴自棄か何か分からないけど『死なば諸共《もろとも》』って考えてたんじゃないかな」

「何故そこまで分かる？」

キリクが訝《いぶか》しそうにシウを見る。サラはニヤニヤと楽しげに話を聞いているだけだ。シウは肩を竦《すく》めた。「術式がひどいからね」とも告げた。実際、なかなか見ない術式だったのだ。

「どう、ひどいんだ？　俺にはさっぱりだ」

「わたしも魔法学校の古代語授業はもちろん、術式関係は全てダメだったから、読めたとしても理解できないでしょうね」

二人とも古代語の授業は全滅だったらしい。シウは、古代語については省いて説明した。

「術式って性格が出るんです。素直に書く人や罠《わな》を書き込む人など。たとえば僕は、冒険者仕様の飛行板の場合、ブラックボックス化しました。万が一、展開されても大丈夫なように二重三重の罠を仕掛けてます。でも、展開を間違えても死んだりはしない」

「つまり、これは間違えたら死ぬんだな？」

死ぬ。とにかく長い術式だった。では、どれだけ手の込んだ内容かと思えば、大半が罠のためのものだった。術式自体は無駄が多く、ループしている箇所もある。肝心の本命である術式の箇所ときたら、やたら念入りで、執拗《しつよう》なまでに「死」にこだわっていた。

「普通の展開方法を試していたら、より被害をもたらすように設計されてたんだ。もちろん、一番近くにいる人は死ぬ。通常起動の場合は『魔素を集めて圧縮し、調教魔法の上位でもある洗脳魔法で魔獣を強制使役する』となってた。ようするにスタンピード発生装置だね」

キリクが唖然《あぜん》とした。頭に手をやり「そりゃ、また……」と呟く。

「指向性があったのは『魔核のない大型生命体を狙え』という指示があったからだね。人間を狙え、という意味だ」

ところが、制作者はこの部分の術式が得意ではなかったようだ。誰かの術式を複写したらしく、書き癖が違っていた。そのため中途半端な魔法が発動し、結果として魔獣の共食いが発生したというわけだ。おかげで、砦を突破される前に決戦場を敷くことができた。

そんなシウの説明に、キリクは「はぁ……」と溜息だ。

「術式には『指定した魔石を持つ者は除外』と書いてあった。戦争に使われた可能性もあるね。この呪術具のすごいところは、一度起動してから十日で一度止まるんだ。それから休眠状態に戻る。次に誰かが魔力を込めない限り、延々と動力になる魔素を蓄えるという機能付きだ。ほぼ永久的に動くよう設計されてて、劣化を恐れてか、もしくは威力を上げるためにか高価な魔石を用いてる」

キリクが絶句した。サラは眉を顰《ひそ》めている。

「……古代魔道具の異常さは分かっていたつもりだが、それほどとはな」

「魔素を集めて、更に魔素溜まりを人工的に作れるところも怖いよ。公開してはいけない類いのものだと思う。扱いに気を付けないと危険だ」

「そんなにか」

「術式を解析し終わった専門家が次に何をするのか、僕は想像できるよ。洗練した術式に作り替えて実験したくなる。それでもし失敗したら？　戦争どころの話じゃない。正直この一番厄介な術式部分を潰しておきたいぐらいだよ」

「だが、これは国へ報告すべき内容だ。勝手な真似は、いくら俺とて――」

悩ましそうな表情で言う。本当は国に申告したくない、というのが見えただけでも良かった。シウは決心した。彼の悩みを消せばいいのだ。にっこり笑ってみせる。

「じゃあ、こういうことにしよう。《結界解除》で起動を確認。魔素が集まってきたから、このまま《認識阻害》《強制解除》で、これを繰り返す《自動化》《固定》と。うん、これでオーバーヒートしたね」

「え、え？　シウ、あなた、一体何したの……？」

サラが前のめりになる。テーブルの上の呪術具はプスンと小さな音を立て、中に入っていた魔石から煙が出た。周囲を囲んでいた薄い魔石板の小さな文字が、溶けていく。

「おい、お前、まさか」

慌てて立ち上がったキリクを手で制し、シウは魔石板をジッと眺めた。数秒後に手を下ろし、顔を上げる。

「キリク、ごめんね。操作を誤ったみたい。術式部分が暴走したんだ。肝心の部分が消えてしまったよ」

多少棒読みではあったが「言い訳」を口にした。キリクもサラも呆然《ぼうぜん》としている。その間に、今度は無詠唱で《停止》させ、呪術具が溶けていくのを止めた。残ったのは虫食い状態の魔石だ。

「見付けた時にはこの状態だった。あるいは最初からなかった。……正直に報告してもらっても、僕は構わない。どれでもいいよ」

覚悟をもって告げた。キリクは力が抜けたようで、ソファに座り込んだ。さっきのサラと一緒だ。そのサラも、隣のソファに深く座った。

「馬鹿野郎。俺を試す気か。言うわけないだろうが」

「そう？」

「……最初から、言うつもりはねえよ。お前が脅すほどだ。ただ、なんて報告するか考えていたんだ。言い訳っつうか。でも、別に言う必要ねえんだよな」

「そうね、最初から報告しなきゃいいのよ。今のところ、誰にもバレていないのだから」

サラも同意してくれた。キリクはまだスヴァルフにも言ってないらしい。他に相談できる相手はイェルドだったろうが、ここにはいなかった。

「シウの話を聞いてなお、それを使おうとは思わないわ。わたし、歴史書に『悪魔の女』なんて書かれたくないもの」

「悪魔どころじゃねえよ、こんな代物。でもまあ、そうだよな。人間、誰だって目の前に美味しそうな実があれば手を出したくなるもんだ。専門家だって、解析してたら術式とやらを組み立てたくもなるだろう。それを、いつか誰かが使う」

「そうね。でも、シウ？　あなた一人で責任を負おうとするのは止めてちょうだい」

サラが立ちあがり、シウの前に立った。

「わたしたちを信じてとは言わないわ。貴族側のわたしたちのやることを信じきれないのは分かるもの。だけどね、あなたは自分勝手すぎるわ。大人にも仕事を回しなさい」

「まあまあ。シウの不安も分からんではない。そこらで止めてやれ」

「でも一言欲しかったわ。そもそも、目の前で魔石が煙を上げたのよ？　怖いじゃない」

それもそうかと納得し、シウは「ごめんね？」と二人に謝った。

第四章

突然の魔獣スタンピード

取《と》り敢《あ》えず、現物はサラが保管することになった。彼女が使用者権限を付けた魔法袋を持っているからだ。使えるのはサラとキリクだけらしい。これ以上ない保管場所だ。念のため、シウの作った結界付きの桐箱に入れて渡した。三人が同時にホッと溜息を吐く。

「それどころじゃないが、もう一段落ついた気分だぜ」

「本当にね」

「まだ討伐の目処《めど》は立ってないんだよね？」

シウの問いに、キリクはソファの背もたれに頭を乗せてから「ああ」と答えた。

「でもま、これで、いつものスタンピードに戻るだろ」

「だったら早く終われるわね。今回は、魔獣の数が少ない方だもの。キリク様が出なくても大丈夫じゃないかしら。イェルドから戻れって指示があるかもしれないわね」

「やめてくれ」

どっと疲れたような顔をする。領主の仕事など、今は思い出したくないのだろう。

「それにしても、お前はよくも躊躇《ちゅうちょ》なく黒の森へ入ったもんだ」

「結界が使えるからね。あと、機動力があると違うよ」

「俺たちだって飛竜があるんだが」

「長い滞空には向かないんじゃない？　燃費が悪いというか」

それに魔獣の視線を集めそうだ。騎獣の中でも小型のフェレスなら見逃してもらえるかもしれないが、飛竜は図体《ずうたい》もでかい。キリクは呆れ顔で、頭をガリガリと掻いた。

「フェレスは大丈夫なのか？　体に異変なんてないだろうな？」

廊下を見て言う。廊下では、部屋の様子を観察することに飽きたフェレスが、また玩具をいっぱい出して遊んでいた。一人遊びが上手なのは、たぶん良いことなのだろう。そんなフェレスに、キリクは優しい視線を向けて笑った。

「黒の森の魔素は、普通の生き物にはきつい。体が弱いと死に至ることもある」

「大丈夫。状態低下もない。結界が効いていたんだろうね。それにフェレスには上空で待っていてもらったから」

「うん？　お前一人で森の中に入ったのか？」

「そうだよ。認識阻害を掛けてたから魔獣にも見付からなかったし、結界を張りながら移動したおかげで黒の森の空気は吸ってない」

「でたらめな魔法ね。どれだけ魔力を使ってるのかしら……」

サラが羨ましそうな、それでいてどこか呆れたようにシウを見た。しかし、キリクが腑《ふ》に落《お》ちないといった表情で首を傾げた。

「お前、魔力量は少なかったんじゃないのか？」

シウはニコニコと笑って、無言で首を傾げた。キリクは「はぁ」と溜息だ。

「下手くそな演技をしてるんじゃない。全く、秘密主義者め。まあいい。魔法使いは誰だって隠し玉を持っている。それはいい。だが、あまり周りに心配かけるなよ」

「はい」

「……ちっ、返事だけはいいんだ、返事だけはな」

「キリク様、仕方ないわ。なんといっても、あのヴァスタの養い子なんですもの。彼ったら、のらりくらりで飄々《ひょうひょう》として。そんな人に育てられたら、普通の子にはならないわ」

サラも爺様を知っているらしい。キリクの恩人だったと聞くから、その当時一緒に過ごしたのかもしれない。想像してみたが、きっと楽しかったろうと思えた。

「隠し玉はもちろんあるけどね。今回は節約しただけだよ。皆が、無駄に魔力を使いすぎなんだと思う。魔力が少ない人もいるんだから、節約するのは大事だ。僕が魔道具を作るのもそれが一番だし。あとはね、逃げ足に自信があるから無事だったんだ」

誰よりも先に逃げられると言い切れるのは、爺様に鍛えられたからだ。何より、シウは誰よりも怖がりだ。怖いからこそ、対策をしてからでないと動けない。そして、その対策こそが、今回の発見に繋《つな》がったのだと思っている。

◇◆◇◆◇

その日は、そのまま上級将校用の部屋にある従者用の部屋で休ませてもらった。

キリクは将校用の寝室を使う予定だったが、人の出入りが多く、本人も一度は外に出ていたため寝ていないだろう。

翌朝、シウは後方支援部隊に参加した。提供した魔道具が便利だと、追加依頼があったのだ。材料は倒した魔獣だ。魔獣は素材にもなるため、運ぶ専門の冒険者もいる。解体が得意な冒険者や後方支援部隊が手分けして行っていた。国軍の兵士でも手の空いている者が参加している。シウが使うのはグランデフォルミーカという魔獣だ。体内に強酸を持っているため、手伝いを申し出てくれる人には耐性の付いたゴム手袋を嵌《は》めてもらった。

「あのー、シウ殿。この手袋も特許申請していただけないでしょうか」

現場には商人ギルドの職員もいる。というより、各ギルドから派遣された辣腕《らつわん》職員とギルド会員が集まっていた。オスカリウス領独自のスタンピード対策だ。

「この《捕獲網強酸型》も欲しいんですけどね……」

「それは取り扱いが難しいから、ちょっと」

商人ギルドからは「そうですよねぇ」と諦めの声だ。

「魔獣対策として、キリク、様になら卸してもいいと思ってますけど」

シウが付け加えると「それならまあ、うちの領としてはいいんでしょうね」と納得してくれた。こんな話をしているが手は動いている。全員、黙々と解体を続けていた。

解体している冒険者には防護のための《日除《ひよ》け眼鏡《めがね》》も渡している。職員はそれにも興味津々だった。

「これなら安全対策にいいですね」

気の緩みから火属性の魔獣に目をやられたり、それこそ酸を持つ魔獣もいるので冒険者には危険が付き物だ。透明のゴーグルは便利だが、あくまでも強化ガラス製なので完全ではない。そう説明すると、職員は「一瞬でも守ってもらえるならいいんですよ」と返した。

作業中の冒険者も欲しがったため、それならと、持っている在庫を卸すことになった。ラトリシアでは製品化されているものだが、オスカリウスまで届くには時間がかかる。だからだろう、職員も買い取っていた。

他にも個人用の結界魔道具など幾《いく》つも作っては流れ作業で職員に渡していく。集中して作業するうちに昼となり、その頃には「終盤戦に入った」と連絡があった。交替で戻ってきた兵や冒険者の顔にも笑顔が見え始めている。

シウも食後の休憩をゆっくりさせてもらっていたら、交代要員の中にラーシュを見付けた。追加の何陣かでやってきていたのだろう。教練所の生徒も一緒だった。シウがラーシュたちのところまで行って、大丈夫なのかと聞けば、

「所長が『いい演習になるから』って言いだしたんだ。最初は現役の塊射機隊だけで来る予定だったんだけど」

と返ってきた。さすが、オスカリウス領だ。キリクの下にいると、そういうとんでもない発想になるのかもしれない。シウが苦笑すると、ラーシュも同じ表情になった。

「シウまで動員されたんだね。今は後方支援？」

「うん。子供が前線に行くのは反対だって言われて、ここで働かせてもらってる」

「どちらでも役に立つから、上の人も悩むだろうね」

たわいない話をしていたら生徒たちがやってきた。

「あれ、前に見学してた人ですか？　ラーシュ先生の友達だ」

「こんにちは。皆さんも来たんですね」

「はい。教練所にいるとはいえ、僕らも兵士ですしね」

「俺たちは竜騎士の卵ですよ」

それぞれが挨拶してくれる。教練所では騎士であろうと一般兵士や憲兵であろうと、一度は必ず同じ立場で学ぶという。教練所に放り込まれて「同じ釜の飯を食う」のが大事らしい。これもオスカリウス領独自のルールだ。

「正直、迷宮に潜った経験があって良かったよな。潜る前だと、耐えられなかったかも」

と一人が言えば、他の生徒たちも「本当にな」としみじみ答えている。

彼等は訓練の一環として塊射機の取り扱い方も学んでいる。配属によっては使わない部署もあるだろうが、何事も学ぶのが大事らしい。

「俺は教練所で解体コースをまだ取ってないから、ちょっとビビッてるけどな」

「お前は一般兵で入った奴だっけ。そりゃ、最初は大変だろうなぁ」

と、騎士の一人が言う。シウは首を傾げた。

「騎士学校だと解体も習うんですか？」

シウが質問したら、竜騎士の卵と名乗った若者が頷いた。

「一応は。まあ、ほとんど自分でやらないけど。グループごとに一匹捌《さば》くだけだから」

そんな話をしながら「腹が減った」と、配られているサンドイッチを受け取って食べ始める。皆、立ったままだ。騎士学校に通っていた者の中には貴族出も多い。それなのにマナーを気にしないのは「郷に入っては郷に従え」だからか。

キリクの下にいる者は全体的にこういう人が多い。やはり似てしまうのだろう。


休憩が終わると、ラーシュたちは数時間の仮眠を取って戦線に戻るという。シウも自分の仕事に戻った。

暫《しばら》くして、仮眠用テントから騒がしい声が聞こえてきた。一段落付いた時で、休憩ついでに見に行ってみたところ、兵士たちが喧嘩している。こんな状況の時だ。上官にバレたら叱責どころの話ではない。

近くにいたギルドの職員に聞いてみると、呆れ顔で教えてくれた。

「どうも逆恨みで騒いでいるみたいだね。不祥事を起こして懲罰部隊《ちょうばつぶたい》に飛ばされたとかなんとか。よく分からないけど、当時の関係者を見付けたらしいよ」

シウは最近そんな話を聞いたばかりだ。まさかと思って更に近付くと、中心地にラーシュがいた。そのラーシュの周囲を生徒たちが囲んでいる。守っているようだった。ラーシュは細身で童顔だから、生徒の方がよほどしっかりして見える。守ってやらねばと思ったのだろう。

その時、一際大きな声がシウの耳に飛び込んできた。

「ちょっと試しただけだ。それなのに懲罰部隊に送るなんざ、大袈裟《おおげさ》過ぎるだろうが！」

叫んだ男に、生徒の一人が「自業自得だろうが」と言い返す。他の生徒もだ。

「先輩方に聞いたぞ。お前、教官に向かって塊射機を撃っただろう」

「撃って何が悪い？　試しただけだ。実際に試さないで使えるものか！」

「お前みたいな奴に使わせないためのルールだろうが」

「知るか！　こんなくだらない武器のせいで、俺は大変な目に遭ってるんだ！」

彼が飛ばされた部隊というのはよほど辛いところらしい。しかも、よくよく聞けば配属されてまだ日が浅いようだ。そんなところに魔獣スタンピードが起こった。そのせいで不満が爆発したのだろう。そのうちに、騒ぎに気付いた国軍側の将校が来た。

「この有事に何をやっている。おい！　貴様はハリオ伍長《ごちょう》だな！」

つかつかと歩み寄り、騒ぎ立てる青年の襟首《えりくび》を摑《つか》む。

「また問題を起こしおって！　そんなに独房へ入りたいのか！」

青年はかなり体格がいいのに、上官は襟首を摑んだまま連れていった。歩きながら集まっていた兵を手で散らし、大声で愚痴を零《こぼ》す。

「くそ、何が懲罰部隊だ。要らん用事ばかり増やしやがって。うちはオスカリウス領兵のゴミ箱じゃないんだぞ！」

その剣幕に、集まっていた兵もばらけていった。シウが首を傾げていると、先ほどの職員が小声で教えてくれた。

「オスカリウス領がどれだけ恵まれているか分からせるために、厳しい国軍へ預ける仕組みなんだ。ああした馬鹿を押し込んで鍛えてもらうみたいだね。それで続かなければ強制的に辞めさせるんだ」

「よく国軍が引き受けますね」

「ああ、それはね。基地で快適に暮らせているのはオスカリウス領のおかげだからさ。他の駐屯地はもっとひどい。食糧事情もね。それに物資輸送はオスカリウス家がやっている。いろいろ便宜を図っているのだから、その逆も然り、というわけさ」

話しているうちに人影もまばらになってきた。シウたちも持ち場へと戻っていった。

◇◆◇◆◇

夕方の全体報告で、スタンピードがほぼ収束に向かっていると知らされた。キリクは明日の朝には領都に戻るという。もう問題ないだろうと判断したからだ。これに、シウも付いていく。最後まで残るのはスヴァルフだ。引き続き、全体の指揮を執る。国軍兵はそのスヴァルフの下に付くという形だ。いわば応援部隊である。

全体報告の後、シウはキリクに呼ばれて一緒に食事を摂《と》った。その時にふと思い出して昼間の事件について話した。

「今日、ラーシュに会ったんだけど」

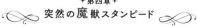

「おー、どうだった？　逞《たくま》しくなってただろ」

「うん。すごく、しっかりしてた。それでさ、前に問題を起こした兵士とここでかち合ったみたい。ラーシュが指導していた兵士で、懲罰部隊に配属された――」

「そういやそんなことがあったな。もしかしてまた騒動か？」

「騒がしくて見にいったら、そんなことになってた」

「しょうがねえバカだな。で、どうなった？　ラーシュは大丈夫なのか？」

大丈夫かと聞いたのはスヴァルフにだ。彼は現在休憩中である。夕食後に仮眠して、深夜にはまた前線に戻るそうだ。

「大丈夫でしょうね。こちらに報告は上がってませんから」

「そうか。そのあたりはレッシラが担当か。いや、今はカナルもか？」

「どちらも関係ありますからね」

食べながら、スヴァルフはシウに説明してくれた。

「うちはキリク様を頂点に領軍があるんだ。我々竜騎士は、国で言うところの近衛兵《このえへい》に近いかな。他の領では違うけれど、うちは竜騎士の立場が上なんだ」

スヴァルフいわく、各領によってルールが違うらしい。

「竜騎士以外の騎士もいる。スパーロのところがそうだね。領内の治安維持や盗賊対策担当だから対人戦が主だ。他に騎獣隊もある。後方支援部隊とは顔を合わせた？」

「シーティーさんとサーリさんには挨拶しました」

+第四章+

突然の魔獣スタンピード

「うん、隊長と副隊長だ。で、領軍の要が歩兵部隊になる。この大隊長がレッシラというんだ。会議で会っているはずだよ。まあ、あの場には大勢いたからね」

会っているはずだと言われても、シウの《鑑定》では見かけなかった。ふと気になって、今どこにいるのか《全方位探索》で調べてみる。すると、決戦場にいると判明した。《感覚転移》で視てみれば、レッシラは一般兵と同じように魔獣を倒していた。

「カナルは特務隊の実質の隊長だね。本来はサラが隊長になるんだけど、彼女はキリク様の護衛でいないからさ。で、カナルは魔法部隊の隊長も兼任していて忙しいんだよ。特に今日みたいな……。あれ、ということはカナルには報告が行かないかもしれないぞ。キリク様、レッシラ隊長は今どこに？」

「さて。さっきの報告会でも見かけなかったが」

「まさかまた現地ですかね」

「……そんな気がする」

その通りだ。彼は決戦場にまだいる。残り少ない魔獣を嬉々《きき》として倒している最中だった。もちろん、シウは黙っている。

「レッシラは根っからの現場主義だからな。ルシダタが代わりに仕切ってるかもしれん。シウ、ラーシュの件については後で聞いといてやろう」

「もう話は落ち着いたみたいだから、いいよ。国軍の上官が連れて行ったし」

「そうか。それにしても厄介な奴だな。堪《こら》え性《しょう》もないようだ。誰が入隊させたんだか」

「キリク様、調べさせますか？」

「カナルに話を通しておけ。あそこでやるだろう」

「サラには？」

「ダメだ。あいつはやりすぎる。それに今はシウにもらった魔道具にご執心だ。護衛もしないで遊んでるんだ。絶対にそれを使おうとする」

「あー、それはまずいですね。じゃ、カナルで。あいつ過労で死ぬかもしれませんね」

恐ろしい台詞なのに、スヴァルフは「ははは！」と楽しげに笑う。笑い事ではないと思うが、キリクも同様に笑っている。やはり、オスカリウスはちょっと変な人の集まりだ。

シウはつくづく養子の件を断って良かったと思った。


夕食後、寝るには早いと、シウはまた後方支援部隊を手伝うことにした。顔馴染みになった秘書官の女性に仕事を貰《もら》おうと、テントへ顔を出す。すると笑顔で迎えられた。

「いらっしゃい。もしかしてまたお手伝い？」

期待の籠もった声だったので、シウも「はい」と笑顔で答えた。

「助かるわ。じゃあ、少しだけお願いしてもいいかしら。計算もできるのよね？」

彼女はいそいそとシウを連れ、別のテントに向かった。

「在庫管理がおかしくなってきてるの。国軍と書類の仕様が違うせいかもしれないわ。彼等の計算結果を確認してくれる？　事務方も疲れてきて、小さな失敗が多いのよ」

第四章
突然の魔獣スタンピード

「分かりました」

シウがシーカー魔法学院の生徒だということは話していた。秘書官は覚えていたのだろう。シーカーに通うぐらいなら最低限の事務能力があると判断されたようだ。

話が聞こえていた事務官は「手伝いが来た」と喜んでいた。表情が疲れ切っている。

シウは早速、書類の確認に入った。まずは、そろばんを取り出す。暗算もできるが「計算している」と分かる道具があれば、安心だろうと思った。

道具と言えば、シウは一度計算機を作ってみようと考えたこともある。しかし、そうなると魔道具になってしまう。術式を書き込む必要があるからだ。しかし、たかが計算に勿体無いと感じた。そろばんなら簡単に作れるから手軽で安い。

そのそろばんを弾いて計算していると、周囲から音が消えた。顔を上げると皆が手を止めてシウを見ている。

「何か……？」

「いや、違うよ、そうじゃなくて。その、それって何かな？」

そろばんを指差す。シウは「ああ」と気付いて、文官らに見せた。「計算用の道具」だと説明すれば、興味津々だ。王都で売られている商品だが、使うのは商人が多いと聞いている。あとは商人ギルドの職員らだ。そのため一般的ではない。

「さっき、こうやって使ってたな。うん？　これはどうするんだ？」

なんだかんだで、同じテントにいた文官全員が集まった。休憩もしたかったのだろう。

それなら気分転換にちゃんと休んだ方がいい。彼等のひどい表情も改善したかった。

「良かったら一度休憩にしませんか？　その間に、これの使い方を説明します」

「そうだな……。そうしようか」

皆が「おー」だとか「そうだそうだ」と声を上げる。疲れ過ぎて気分が高揚しているらしい。背伸びをしたり、机に倒れ込んだりして力を抜いている。

「僕、飲み物を用意しますね。おやつも。あ、眠気覚まし用の飴《あめ》もどうぞ」

労りを込めて告げると、彼等は一人、また一人とやってきた。そしてシウの頭を撫でたり握手したりする。嬉しさか、お礼のつもりか。ともかく、シウは可哀想な彼等のために、眠気覚ましの珈琲《コーヒー》や紅茶を淹《い》れてあげた。


おやつはオレンジピールのチョコ掛けを出した。

カカオの主な生産地はロキ国だ。国境をまたいだフェデラル国側でも生産はしている。ただし、生産量は少ない。元々、薬の材料にしか使われていなかったからだ。

ロキ国では飲み物として利用されているが、強壮剤代わりとしてで、一部の男性しか飲まないらしい。フェデラルの生産地ではココアにもして飲むそうだが、限定的だ。

シウがロワルの市場で見付けたのも、最初は薬の材料としてだった。シウは特別チョコレートに思い入れがあるわけではないが、見付けたら作りたくなるのが実験好きの血だ。テレビで観た記憶を頼りに、カカオを発酵させて焙煎《ばいせん》してみた。絞り機も最初は手作りで、そこから試行錯誤を繰り返し、精製した砂糖や生乳を混ぜて作りあげたのだった。

ただ、高級喫茶ステルラでもメニューに出してもらったが、売れ筋商品ではなかった。色が悪いのと、濃い味に違和感を覚えるようだ。元々が薬の材料だと聞いて、二の足を踏んだ人もいた。それでも慣れてくると、ウェイトレスには人気だった。

そんなものだから、ひょっとすると敬遠されるかもしれないと、他にも幾つか出してみた。しかし、シウの心配は杞憂《きゆう》に終わった。ちょっとした興奮剤にもなるチョコレートだ。疲れた脳に、甘くて濃厚な新しい味は文官たちに受け入れられた。

「美味しい！　酸っぱいのと甘いのとで変な組み合わせだと思ったのに」

「黒い色だからびっくりしたけど、これは美味しいね」

珈琲にも合うと全部食べてもらえた。珈琲や紅茶も美味しそうに飲んでいる。

「甘い物は脳に良いんです。特に皆さんは頭を使うからね。じゃあ、そろばんの使い方を説明しますね」

手にカップを持ったまま、皆がシウの周りに集まった。まず、そろばんの玉についてから説明を始める。ザッと話し終えると、すぐに実践だ。皆の前でパチパチと玉を弾く。

「早く計算するとこんな感じで――」

「おおっ、すごい」

「慣れると、今度は素早く暗算できるようになります」

足したり引いたりだけではなく、掛け算や割り算もやってみせると「おお」とまた声が上がる。手書きで計算する大変さは誰もが知っているから、驚くのも無理はない。商家だと、あらかじめ基本の計算式と答えを本のように綴《と》じて配っているそうだ。

ともかく、見本は終わったからと、そろばんを渡そうとしたら全員が手を出す。目を丸くしたシウに、皆が笑った。仕方ないので、魔法袋から（という体で）そろばんを取り出した。なにしろシウときたら、作り置きが好きだ。当然、そろばんの在庫もあった。

「ごめんね～。その代わり、王都のものより高く付けておくから！」

経理担当らしい女性が胸を叩いた。独断ができるぐらいの役職にいるらしい。

その後、テントの中でパチパチという音が響き始めた。書類を手にやってきた兵が不気味に思って、素通りしたとかしないとか。後から聞いたシウたちは顔を見合わせて笑った。

◇◆◇◆◇

朝、領都へ戻る準備をしていたキリクのところに、ルシダタという歩兵部隊第一隊隊長がやってきた。シウは隣の部屋で休んでいたし、手伝いもしていたので一緒だった。

「おう、どうした？」

直接やってきて報告するというのは、何かがあるからだ。キリクは眉を顰めた。

「出発前に申し訳ありません。うちの塊射機隊の隊員が一人、怪我を負いまして」

キリクの顔が厳しくなった。

+第四章+

突然の魔獣スタンピード

「どういうことだ？」

「加害者はハリオ伍長と思われます。独房から逃げたそうで、あちらのデルス大尉《たいい》から連絡を貰ったところだったんです」

「場所はどこだ。基地内か？」

「決戦場からの帰り道です。大隊長が殿《しんがり》で、戻ってくる途中でした。大隊長は現在、その場に残って指示を出してます」

「レッシラの奴、まだ現場にいたのか！」

「すみません」

「お前が謝ることじゃないだろ。どうせ、奴がお前の小言を聞かなかったんじゃないのか。だがまあ、レッシラがいるなら現場は混乱せずに済む」

「不幸中の幸いですが。怪我を負った隊員は治療しましたので問題ありません。問題は別にありまして、騎獣を一頭盗まれました」

「何やってんだ、騎獣隊は」

苦虫をかみつぶしたような顔に、ルシダタが慌てて手を振った。

「いえ、盗まれたのは国軍兵の方で」

「そりゃ、また。……いや、逆に問題あるのか。くそっ、借りを作ることになるのか」

「さて。国軍にある独房からの逃亡ですから。見張りを怠ったのはあちらです」

「つっても、こっちが預けてる形だからな。あー、くそ。面倒な。温情を示したらこれだ」

　仰る通りで、とルシダタが頷く。

　貴族と騎士という関係よりも、親分と子分と言った方がしっくりくる感じだ。そんな二人を眺めていても仕方ない。シウは口を挟ませてもらった。

「あの、その人を見付けてきたらいい？」

「あ？」

「捜せると思うんだけど」

「なんだと？　それは、本当か？　いや、嘘はつかんだろうが」

　慌てて言い直したキリクは、シウの表情を観察するように見た。シウの「隠し球」が何か、顔に書いてあればいいのにといった様子だ。けれど、彼は口にしなかった。

「ラーシュに手を出した人だって聞いたから、その時に秘密の魔道具をくっつけたんだ。それが探索の時に役立つ。ただ、離れすぎると魔力を食うから、早めに行きたいんだけど」

「よし、分かった。戻りは気にするな。俺もお前を待って領都へ戻るからな」

「いいの？」

「構わん。で、見付けたら俺たちを呼べ。そいつに説教してやる」

「説教ではすみませんよ、キリク様」

　ルシダタが呆れたように忠告してきた。

第四章

突然の魔獣スタンピード

「分かってるよ、シウの前だからな」

キリクは言葉を選んでくれたらしい。シウだって軍規については理解している。きっと厳しい罰が与えられるのだろう。それを、まだ子供のシウに聞かせたくなかった。

そんな優しいキリクに、シウは手を振った。ルシダタにも会釈《えしゃく》する。

「じゃあ、行ってきます。フェレス、行くよ」

「にゃ！」

自分の出番だと知ったフェレスが尻尾をぶんぶん振った。すぐに外へ出て飛び乗る。フェレスは一瞬の間もなく飛び上がった。そんなシウたちの後ろから声が聞こえてくる。

「おい、フェレス、主を振り落すなよ！」

「にゃにゃにゃ！」

あたりまえだ、と返事をして、フェレスは弾丸スタートを切った。


シウの脳内マップに示される点は一路、北へ向かっていた。人が逃げる時は北が多い、と前世で聞いたことがある。そんなことを考えながら、シウたちは後を追った。

さて、そうは言っても、速く飛ぶことに熱心なフェレスである。早々に追いついた。しかし、ハリオが乗っている騎獣ブーバルスの様子が気になる。もしもハリオが逆上したらと思うと迂闊《うかつ》に手は出せない。

何より、近付いてみて分かったが、ブーバルスは怯《おび》えているようだった。シウが《感覚転移》で視ても間違いない。ならばと《鑑定》してみたら妊娠していた。人間に従うよう調教された軍の騎獣は逆らえなかったのだろう。可哀想にと同情していたら、ハリオがシウの存在に気付いた。

後ろを振り返り、目を見開いている。それから何度も振り返り、やがて砦の上に降りた。シウも近くに降りる。その前に、キリクには小声で通信を入れた。ここに来るのも時間の問題だ。シウはハリオを足止めすればいいだけである。

「お前みたいなガキが何故、追っ手に……」

訝しそうな表情だったのが、徐々に変わる。ハリオはシウよりもフェレスを見て、気付いたらしい。

「そうか、お前が塊射機の発案者か」

言うなり、剣を抜いて襲いかかってくる。しかし、腕が未熟だ。シーカーの戦術戦士科で学ぶ生徒の方がよほど上手い。

「お前のせいで！　お前がっ、くそっ」

シウが避けると、つんのめって転びかけた。

「お前が余計なことをしたから！　あんなもの、誰だって試したくなるだろうが！」

お粗末な剣技を見せながらシウを罵《ののし》る。フェレスは相手にもならないと思ったのか、大あくびだ。シウもひらりひらりと躱《かわ》すだけで相手をしなかった。それに、もうすぐキリクが到着する。

「ちくしょうっ！　せっかく、兵になって強くなれると思ったのに！」

「強くなりたかったの？」

「そうだっ、誰にも負けないようにな！　兵になりさえすれば、俺は、冒険者になったあいつらを見返せると」

　ハリオは、俺は悪くない、俺は間違ってないと叫ぶばかりになった。その場に座り込んでしまう始末だ。彼には体力もなかった。この調子で逃げられると思ったのか。シウが追いかけずとも、半日も経たずに捕まったろう。とはいえ、それに付き合わされるブーバルスが可哀想だ。シウが追いかけて良かったのだ。


　やがて、騎獣に乗ったキリクたちが到着した。ハリオはあっさりと捕まり、縄を打たれて連れていかれた。兵士の逃亡は重罪だ。これから重い罰が彼を待っている。

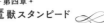

　本人は気軽に人を撃ったのかもしれない。けれど、その時に心から反省し、上からの叱責を素直に聞き入れていれば更生できた。残念だが、これは彼が選んだ道なのだ。

「おかげで助かった。あいつもお前に感謝できる日が来るといいんだがな」

「感謝？」

　恨まれこそすれ、感謝されるとは思えなかった。怪訝《けげん》そうにキリクを見上げると、彼は穏やかな笑顔でシウを見下ろしていた。

「ここをどこだと思っているんだ。黒の森だぞ？　砦があるとはいえ、魔獣が跋扈《ばっこ》する森のすぐ傍だ。一日に魔獣との戦闘が何度あると思ってる？　砦を越えて入ってくる魔獣を追いかけるために、国軍は常に砦の内側も巡回しているんだぞ」

「ああ、そういうことか」

「生きながらに食われていく恐怖を味わわずに済んだだけ、あいつはマシだよ」

「うん、そうだね」

「ま、そんな顔すんな。あいつもまだ若い。もう一度だけ機会を与えてみよう。さすがに奴隷落ちは可哀想だからな」

「普通は奴隷落ちだよね」

「厳しい領なら、処刑だ」

シウは溜息を漏らした。それから、気になっていたブーバルスに近付く。彼女はシウを警戒せず、差し出した手を嗅いでから目を瞑った。撫でられるのを待っているようだ。

「よしよし。よく頑張ったね。子供は大丈夫だよ。きっと良い子が生まれるからね」

「キュン、キュッキキュイキュイッ」

「いいんだよ。帰ったら、担当の人に言ってあげるから」

「どうした、何か抗議してるのか？」

「妊娠しているから、できたら戦闘には出たくないんだって。お腹を蹴られるのが怖いみたい。さっきも乗せている間に何度か蹴られたらしくて、怖がってる」

「……そうだったのか」

「まだ初期だから、厩舎《きゆうしや》の人も気付かなかったのかな。よしよし」

撫でているとフェレスが近寄ってきた。拗ねるかなと思ったが、すんすんとブーバルスの匂いを嗅いでからペロッと舐《な》めている。慰めているのだ。彼女も返礼で、フェレスを舐めていた。


基地へ戻ると、キリクは国軍側の大隊長たちと話し合いがあると行ってしまった。

急に暇になったシウは、後方支援部隊のテント近くでフェレスの相手をしていた。そこにラーシュがやってきた。話を聞いて駆け付けてきたのだ。

「ハリオ伍長が――」

「うん。いろいろあって、今は捕まってるよ」

ラーシュは交替要員の指導係として決戦場にいた。そこで、交替した隊の一人が怪我をしたと聞き、念のため教練所の生徒を連れて戻ってきた。そして騒ぎを知った。

「仲間と思ってる人に襲われたらどうしようもないね」

「身内まで疑いたくないです……」

やりきれない気持ちなのはラーシュも同じ。特に原因が「また」塊射機だ。二人とも言葉には出さずとも、思うところはあった。それでも。

「僕はやっぱり、塊射機は人を殺せない武器で良かったと思います。もしハリオ伍長が悪い方へ振り切っていたら、今頃たくさんの人が死んでいたでしょうから」

シウは「そうだね」と答えたが、それでもと思う。やはり武器は武器なのだと。

道具は使う者の良心に依る。使う人に任せるしかないのだ。でも、どうしたって悩む。

きっと答えなんてない。シウはずっと考えるしかない。それが道具を作ったものの責任だ。

◇◆◇◆◇

シウたちが領都に戻ったのは午後の遅い時間だった。連絡を受けていた屋敷ではメイドが待ち構えており、シウは問答無用で風呂に放り込まれた。キリクはイェルドに連れられて執務室へ連行される。サラは上手いこと逃げていた。

シウは風呂から上がると、真っ先にリュカとソロルに会いに行った。

「シウ！　おかえり！」

「シウ様、おかえりなさい」

リュカはシウの腰にひしっと抱き着いてきた。ソロルは不安そうな笑顔だ。

「ごめんね、黙って出ていって。突然でびっくりしたよね」

「いえ。デジレさんからお話を教えてもらって納得しましたから。ただ、心配で」

「そうだよね、魔獣のスタンピードなんて普通はないもんね。ごめんね、二人とも」

「ううん。お仕事だから」

首を振ってまで大丈夫なのだと言い張るが、リュカが顔を押し付けているのはシウの胸のあたりだ。そこがじわっと湿っているので、泣いているのだと分かる。それがいじらしくて、シウはリュカの頭を撫でた。彼の気が済むまで抱き締める。ソロルもホッとしたような顔で、涙ぐんでいた。

二人は待っている間、やれることはないかデジレやレベッカに聞いて手伝いをしていたそうだ。現地には行けなくともできることはある。二人は調教師の減った厩舎で掃除をしたり、飛竜のための餌を調理したりと頑張ったらしい。

デジレが気晴らしにと街に連れ出してくれたそうだが、気もそぞろだったとか。デジレにもそうだが、その話を聞いたシウは二人に申し訳なく思った。

イエルドからも謝られた。戻ってきたキリクに叱られたそうだ。いくらシウがしっかりしていても、まだ子供なのだと。しかも友人を連れての休暇中だった。それについてはイエルドだけが悪いのではない。受けたのはシウだ。両成敗である。

ところで問題は帰国方法だが、これは何やら裏技があるらしい。

シウたちはキリクに連れられて、オスカリウス家の転移魔法陣がある古い建物まで赴いた。その間、リュカとソロルはやっぱり目隠しだ。フェレスに乗せて連れていった。乗り慣れたせいか、あるいは二度目だからか気にしていないようだった。

それよりも気になるのはキリクの「裏技」だ。嫌な予感にキリクを見るも、素知らぬフリである。イエルドも目を合わせない。

はたして。魔法陣の前にはスヴェンがいた。大きな鞄《かばん》を手に待っていたようだ。

「遅いですよ、キリク様。時間厳守と言ってるでしょう？」

「あー、悪い悪い」

「僕はいいんです、僕は。でも相手様に失礼でしょう？」

「言うようになったじゃないか。貴族相手の礼儀作法はもうばっちり、ってか。リンカーは良い嫁だなぁ」

「もちろん！　リンカーのおかげで貴族相手の礼儀作法は完璧です！」

胸を張るスヴェンに、キリクは小声で「嫌味が通じない」とぼやいた。

「彼女はさすがメイドの鑑です。そのリンカーが言ってました。貴族のお屋敷に初めてお邪魔する場合、夕方以降に伺うのは言語道断だと」

「そうだな。パーティーに参加しているかもしれんし、それでなくとも失礼だわな」

「はい。ですので、早速起動します」

嫌な予感は当たった。シウは無言でキリクを睨《にら》んだ。キリクと、一緒に付いてきたイェルドやサラは魔法陣の外だ。キリクとサラは笑顔だった。その顔には企《たくら》みが成功した喜びが溢《あふ》れている。

シウは「早く早く」と急かすスヴェンに従い、フェレスたちと共に魔法陣の中に入った。スヴェンが詠唱を始める間、シウはキリクに話しかけた。

「つまり、あっちに転移門を作ったと？」

「それほど高尚なものじゃない。ベルヘルトの爺さんが簡易魔法陣をくれたのでな。ブラード家にお願いして、一室をお借りしたというわけだ」

「勝手に設置したの？　ラトリシア国にバレたら大問題になると思うんだけど！」

「バレたらな。何、数人程度しか送れん。大したことはないからバレても大丈夫だ。あ、そうだ、スヴェンの魔力が溜まるまで一日か二日そっちで面倒みてくれ。向こうの家令《かれい》にはイェルドから連絡している」

「信じられない！」

「普段、信じられない思いをさせられている俺たちの気持ちが分かったか！」

それを言われるとどうしようもない。シウは「あー」と声なき声で答え、黙った。キリクはしてやったりといった顔だ。悪戯《いたずら》が成功した時の、悪ガキそのものである。イェルドもサラも良い顔をしている。結局、この三人は同じ穴のムジナなのだ。

「じゃあ、またな。今回はお疲れ様だったな」

「お世話になりました。ありがとうございます」

「じゃ、いきますよー」

そこで転移となった。スヴェンには情緒というものがないらしい。いや、それで良かったのかもしれないが。ともかく、一瞬の違和感とともに転移が終わると、見覚えのある一室が見えた。

――ブラード家の別宅だ。ラトリシアにあるカスパルの屋敷、その地下室だった。

連絡を受けていたロランドが、地下室の戸を開けてくれた。外に出ると、頑丈な鍵が取り付けられている。それに部屋の外の様子も一変していた。キリクに唆《そそのか》されて、地下室を頑丈に作り直したようだ。シウのいない時を狙っていることから、キリク主導だろう。

この地下室は中からも鍵を掛けられる仕様だ。何かあった際に、逃亡用として使うそうだ。それもあるから、簡易転移門の設置を許可したのだろう。

大丈夫なのかと心配になるが、ロランドが「貴族なら逃げ道は作るものです」と自信満々に返すので「そうですか」としか答えられないシウだった。

第五章
学校再開

He is wizard, but social withdrawal?

Chapter V

久しぶりのルシエラ王都はとても寒く感じた。

リュカとソロルもぶるぶると震えている。転移してすぐは驚いていたけれど、そんなものより現実だ。シウたちは急いで地上階に向かった。地下以外、屋敷は全体に暖房が行き渡っているためホッとする。

シウは、スヴェンをメイド長に任せると、一度部屋に戻った。リュカとソロルもだ。荷物を整理してから、リュカたちは賄《まかな》い室《しつ》に行ってお土産配《みやげくば》りだ。シウはロランドと一緒に遊戯室へ行った。屋敷の主であるカスパルに帰宅の挨拶をするためだ。

「やあ、お帰り。ぎりぎりだったね」

「いろいろありまして。まさかあんなものがあるとは思ってなかったけど」

「僕も最初は驚いたよ。で、シウも驚かせたいから、内緒だと言われてね。隻眼《せきがん》の英雄と呼ばれているけど、やることが子供っぽいね」

「ほんとにね！」

シウの返事が面白かったらしい。カスパルは「ははは」と声に出して笑った。

それから、シウも皆にお土産を渡した。ついでに休暇中の出来事を少しだけ話す。

カスパルにも何をしていたのか聞いてみると、ほとんど読書三昧《ざんまい》だったという。たまにファビアンがやってきて討論し、更に幾《いく》つかのパーティーに参加したとか。休暇前と同じ日常だ。カスパル自身も「特に何もない休暇だった」と言って肩を竦《すく》めた。

「それよりもシウの話だ。楽しかったかい？」

いつもと違って、本を置いて聞く体勢だ。読書好きなカスパルに話して聞かせるほどのものはないが、報告のつもりで話し始めた。

「友人と会ってきたよ。会えない人もいたから、今度はちゃんと連絡して行くつもり」

アグリコラは仕事が忙しくて会えなかったうちの一人だ。

「あとは……。ソフィア＝オベリオという人を覚えてる？」

「ああ、彼女ね。覚えているけど、それがどうかしたの」

同じ学校だったので彼もソフィアの事件については知っている。だから話した。指名手配されたことや、ヴィルゴーカルケルに連行途中だったことも。

「あの悪名高き監獄か。そりゃ、嫌がるだろうな」

と、ルフィノが話に入ってきた。ダンは分からないといった表情だ。

「んじゃ、俺が知ってる話を。確か、奇跡の泉と呼ばれる場所を守るために作られたらしいですよ。そのせいで一番、規則が厳しいらしいですね」

他にも、一日に二回しか食事が摂《と》れず、パンとシチューのみという質素な内容だとか。個室に暖房はなく、祈りの場が唯一マシなので自然と集まるそうだ。そのため、一日中祈りが絶えない。ルフィノはつらつらと、どれだけすごいところなのかを教えてくれた。

とにかく大変な場所だというのが分かって、ダンは震え上がった。

そんな場所に、裕福な暮らしをしていた女性が連行されるのは恐怖だ。しかし。

「罪は罪だからね。最初から素直に反省していれば良かったのだよ」

と、カスパルが締めた。それは今日、シウが感じたことでもあった。ハリオもまた、最初の誤りを反省していれば、重い罰を受けずに済んだのだから。

◇◆◇◆◇

芽生えの月の第二週に入った。二週間の休暇が終わり、久々の学校が始まる。

シウが古代遺跡研究の教室へ行くと、珍しく誰も来ていなかった。休み明けで寝坊しているのかもしれない。先にお土産を出しておく。

やがて、一人二人とやってきた。皆、休暇の話で持ちきりだった。鐘が鳴り、遅れてアルベリクが入ってきた。その後に滑り込むようにミルトとクラフトも入室してくる。

「おや、珍しいね、君らが遅刻なんて」

「先生に言われたくないな」

アルベリクが「えー」と不服そうな顔になった。彼を無視して、ミルトがフロランに「これ、遅刻判定？」と聞いた。

「うーん。ま、いいんじゃないかな。これが遅刻なら、アルベリク先生が可哀想《かわいそう》だよ」

クラスリーダーは笑顔できついことを言う。アルベリクはしょぼんとするし、他の生徒は大笑いだ。その流れで、しばらく授業そっちのけで話が続いた。遅刻した理由から、休暇の間の話へと移っていく。相変わらずのんびりしたクラスだ。

◆第五章◆
学校再開

ちなみにミルトたちが遅刻したのは、里帰りからの帰りの便が悪天候で遅れたせいだ。

アルベリクはいつものことなので誰も理由を聞かなかった。すると、いじけてしまった。

可哀想に思ってシウが話相手をしようとしたら、フロランが「調子に乗るからほっといていいよ」言う。笑顔なので冗談だと分かるが、アルベリクがまたいじけてしまった。


二時限目の自由討論が始まると、フロランが勢いよく手を挙げた。

「今度、遺跡潜りをしたいと思います！」

皆がパチパチと拍手した。彼の言葉を待っていたかのようだ。

「そろそろ暖かくなるものね」

「いいんじゃない？」

「つきましては、これが日程表」

「なんだ、行くところはもう決めてるんだ？」

皆でフロランの作った日程表を覗《のぞ》き込《こ》んだ。

「風光る月の一週目か。週末の二日で行くとなると、うーん。あ、これ授業日も入れてるのか。二泊三日とは、厳しくないか？」

「護衛を頼むのだから大丈夫じゃないかしら」

「雪が完全に溶けてるといいけれど」

皆、わいわいと楽しそうだ。結局、遺跡潜りが決まった。移動は地竜を使う。場所はドレヴェス領だ。小さい遺跡だが、発見されたばかりで研究科としては行っておきたい物件らしい。二時限目は遺跡についての話で盛り上がった。来週から、二時限目は遺跡潜りの詳細な計画を立てたり準備したりの時間にすると決まった。

午後の魔獣《まじゅう》魔物生態研究では誰も休んでいなかった。久しぶりの再会に喜び合ったのは生徒よりも希少獣たちの方だ。きゅいきゅい鳴いてフェレスに乗る小さな子を見ると、可愛《かわい》くて表情が崩れそうだった。飼い主も同じく、にこにこと笑って眺めていた。

授業は、特に休暇に触れることもなく進んだ。というのも前回、前々回と話が脱線気味だったので、元に戻すために詰め込む必要があったからだ。先生の早口の説明に、生徒たちからは悲鳴が上がった。

教室の後方ではきゅいきゅいと鳴く声、教室前方では生徒たちの悲鳴という風に、変な空間となってしまった。

◇◆◇◆◇

授業が終わるとシウは急いで帰宅した。厨房《ちゅうぼう》に入り、ハルプクライスブフトの港市場で手に入れた魚介類の下処理を始める。大量に買ってそのままだったので気になっていた。

下処理さえしてしまえば次に調理する時が楽だし、ついでに思い付いたレシピがあれば作ってしまう。こうした作業が好きなシウは、ふんふんと鼻歌付きで魔法も使って処理していった。シウが自重しないので、厨房の人は最近「魔法を使った料理」に抵抗がない。とはいえ、さすがにあまりの量を前に絶句していた。

シウが少し落ち着くと、料理長が本日の調理分として出していた材料を見にきた。

「おや、これはシルラル湖の牡蠣《かき》では？」

「そうです。塩分濃度の高い場所でしか獲《と》れないんですよね？　良いのがあったので買ってきたんです。今日、これで一品作ろうと思ってるんですが、どうですか？」

「ぜひ、お願いします！」

「じゃあ、先に皆さんで味見してください。カスパルたちに出しても大丈夫か、判定してもらいたいので」

その言葉に皆が「おおっ！」と声を上げた。喜んでもらえて何よりだ。

シウが作りたいのはカキフライだった。新鮮だから生でもいけるが、シウはカキフライが食べたかったのだ。ロワルでは、牡蠣はソテーにしたりシチューと合わせたりが定番だ。現地の港では生でも食べるが、基本的にこの世界の人は生食が苦手だ。というのも、衛生的な問題でお腹を壊す人もいるからだった。庶民に浄化魔法を魚介類に掛けられるような余裕のある人はいない。ブラード家でも生で食べることはなかっただろう。

忌避感があるものを出すよりは、絶対に美味《おい》しいフライの方がいい。

「先にタルタルソースを作りますね。あと、オイスターソースも作らないと」

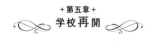

ウキウキしながら大鍋を取り出して作り始めた。

「おや、この煮汁を使うのですか？」

「牡蠣を塩茹《しおゆ》でした水には旨味《うまみ》成分がたっぷり溶け出しているんです。これを他の調味料と合わせて、オイスターソースというのを作ります」

「ほう。こっちは、以前から作っているタルタルソースですな」

同時作業をしていると、料理人の数人が手伝いを申し出てくれた。彼等のスキルアップにもなるのでタルタルソースは任せ、シウはオイスターソースに専念する。料理長は横で付きっ切りとなり、ふむふむと頷《うなず》きながら目を輝かせていた。

「通常の作り方だと、このあたりの作業は魔法を使わずに時間をかけるんだけど」

「いや、魔法を使って時間を短縮するのは悪いことじゃない。君に教わってから、わたしたちも節約術を覚えたんだ。実はスキルのレベルも上がってきたんだよ」

料理長だけでなく周囲の人も頷く。シウは「すごい」と声を上げた。短期間でレベルが上がるというのは、それだけ魔法を使って努力したからだ。

「圧力鍋も便利だね。今は作りたいものが次から次へと出てきて、毎日が楽しいんだ」

「それが一番ですよね」

仕事が楽しいと言えるのが一番だ。厨房で働く人の中にはラトリシア人もいる。彼等は、ここでは美味しいものが食べられると、張り切っているそうだ。

「あ、そろそろかな。ちょっと味見してください」

「うん、これはまた濃厚な色だね。おや、これは……」

料理長は作業中の皆を呼び寄せた。

「少しだけ味見してみなさい。指で触れるぐらいでいい」

「はい。……これは濃い味ですね。とても美味しい。牡蠣の風味がしっかりあります」

「シウ殿、この美味しさが旨味成分というものだね」

料理長はうんうんと頷き、何か考えている。新しいレシピを思いついたのだろう。

「これほど濃厚なら、淡白な素材に合わせてみるのもいいだろう。野菜だけの料理にも合うのではないだろうか」

「いいですね。葉物野菜なら全般的に合いそうです。あっさり味の鶏の胸肉に掛けても美味しそう。胸肉は油を使わないと味が淡泊になるんですよね。あ、そうだ。茹で野菜でもいいんですが、軽く炒めてオイスターソースに絡め、胸肉に掛けてはどうでしょうか」

「おお、それもいい！　よし、いろいろ考えてみよう。ところで、そのソースは分けてもらえるだろうか」

「もちろん。そのつもりで作ってます。まだまだ作れるし、レシピも渡しておきますね」

「本当に構わないのかい？」

「いつもお世話になってるし、美味しい物を共有したいから」

「君は本当に良い子だな」

子供か孫を見るような目だ。シウは照れて、首を振った。

それからも、思い付いたものは皆で話し合った。そうこうするうちに味見用のカキフライが揚がる。もちろん味見だから皆で食べた。そして全員一致で新メニューに決まった。もちろん、この日のカスパルの夕食にも出された。彼には大ぶりの牡蠣を、他の者にも行き渡るよう振る舞われたのだった。

ちなみにスヴェンは、カキフライを食べてから転移門を通って帰っていった。シウに、妻のリンカーへのお土産に欲しいとおねだりしてから。

◇◆◇◆◇

翌日、生産の教室に行くとアマリアがもう来ていた。シウが「一番乗りですね」と声を掛けると嬉《うれ》しそうに笑う。しかしすぐに顔を曇らせた。

「レグロ先生に怒られそうですわ」

「どうしてですか」

「思うように勉強できませんでしたから」

ふうと、小さな溜息《ためいき》を漏《も》らす。そして目の前のゴーレムを見た。小さい二十センチほどの人形だ。ゴーレムは動くようになった。ただ、大型にするところで止まっている。シウは「一度、全部のパーツを手で作り上げてみてはどうかな」とアドバイスした。一つずつ作って確認すれば、問題がどこにあるのか分かる気がしたからだ。アマリアは「それはいいわね」と笑顔になった。

早速取り掛かろうとしたアマリアが、手を止めて振り返った。

「ヒルデガルド様が昨日、問題を起こしたそうですわ。ティベリオ様からお聞きしました」

「え、またですか？　休暇明け早々になんで……」

「今度は同郷の方への暴行だとか。暴行とは穏やかではありませんわ。その、普段ならこのような話は、はしたないですから口にしませんのよ」

アマリアは顔を赤くした。本当に恥ずかしいと思っているようだ。

「でも、同郷の方への暴行と聞いて心配になりましたの。シウ殿に何かあったらと……。わたくしの勝手な想像かもしれませんが、どうかお気を付けてね」

「はい。ありがとうございます。心配して頂いて嬉しいですし、教えてもらって有り難いです。あ、僕も気を付けますけど、アマリアさんも気を付けてくださいね」

上気していた頬を押さえ、アマリアは安堵《あんど》した様子で作業に戻った。

シウは先日手に入れた蜘蛛蜂《くもばち》の糸を前に思案した。簡単な実験はしている。情報通り、強度があってしなやかだった。これを何かに使いたい。

「ラケットなんてどうかな？」

強度のありすぎるラケットとなると、武器になるような気がしないでもない。案外、武器として面白いだろうか。特に地下迷宮では使えそうな気がしてきた。ただ、シウしか使わないだろうから、また変な目で見られそうだ。旋棍警棒《せんこんけいぼう》も変に目立ったので、他の案を考える。考えると言いながらも、手は勝手にラケットを作っていた。

忍者道具のように腰帯辺りに隠しておいて、ロープ代わりに使ってみてはどうだろうか。蜘蛛蜂の糸は細いから多めに隠せる。とりあえず、下処理を済ませて空間庫に保存だ。

そう言えば、耐性手袋を作らなければならない。シウは種類ごとに見本を作り始めた。材料の配合と作り方を見直し、一般の業者が作れるように方法を考える。

「シウよ、今度は何をしてるんだ？」

「あ、先生。えーと、特殊な素材を扱う時の、防護用手袋を作ってます」

「ははあ。そうか。しかし、なんでまたいきなり」

「実は里帰り中に、魔獣スタンピードの討伐《とうばつ》に参加したんです。その時に強酸爆弾の処理をするのに手袋を貸し出したら人気で。ギルドも欲しいそうだから、一般用の配合で考え直すことにしたんです」

「なんとまあ。一体何をどうしたらスタンピードの討伐に参加するんだか」

レグロは顎鬚《あごひげ》を撫《な》でながら、各種材料を見て唸《うな》り始《はじ》めた。

「うーん、こりゃあ鑑定スキルがないと難しいな」

レグロは生産方面は強いが、化学系の素材を確認するのは苦手のようだった。

「とりあえず手袋を色別にして、それぞれの種類を記しておこうと思うんですが、他に使う側の意見ってあります？」

「色別なら間違えようがないから、有り難いがな。あとは、ごわごわしていないのがいい。革製品は耐久性はあるが使い勝手は悪い。作業用手袋まであんな調子だと困る」

「じゃあ、やっぱり汎用性タイプじゃなくて、型取り方式がいいのか……」

思案していたら、いつの間にかレグロはいなくなっていた。集中する生徒には話しかけないのが彼のやり方なのだ。おかげでシウは、集中して案を幾つも出せた。


食堂に行くと、ディーノやエドガールたちが席を取って待っていた。

「久しぶり！　元気だったか、シウ」

「うん。皆も元気そうだね。里帰りは……」

「わたしはソランダリ領だから帰ったけれど」

エドガールがツヤツヤの顔で答えた。良い休暇だったようだ。ディーノは戻らないと話していた。その時間を使って講習に出たらしい。

「夏には戻るの？」

「一ヶ月もあるとね。ロワルは暑いから、どこか避暑に行く予定だけどさ」

わいわい話していると、見知った顔がやってきた。

「あ、ようやく来たか。遅いぞ、クレール」

「……すまない」

彼らしくもない、小さな返事だった。以前見た時よりましになっているが、げっそりと窶《やつ》れている。近くで見るとより分かる。

「エドには言ったんだけど、クレールも一緒でいいかな？」

「うん、もちろん」

「色々あってな。もうこっちに来いって言ったんだ。先生には話を通したし、生徒会長もチクリとやってくれたらしい。先生が、押し付けて悪かったってさ」

「じゃあ、休暇中もクレールと一緒だったんだね」

「そ。ようやく元に戻りつつあるよ。今日も昼を一緒にしようって誘ってたんだ」

なあ、と話しかけると、クレールが少しだけ笑った。笑えるのなら大丈夫だ。

「大変だったね、クレール」

声を掛けたら、少し恥ずかしそうに目を伏せる。

「シウにも心配かけたみたいだね。ありがとう」

ううんと首を横に振り、彼にもお弁当を食べてもらおうと勧める。が、その量と種類に、圧倒されたらしい。クレールがぽかんとしている。それを見たディーノとエドガールが笑い出した。釣られてクレールも笑顔になって、シウはホッとしたのだった。

とはいえ、まだ食が細いというクレールを気遣い、シウは作り置きしていた食べやすいスープ系の料理を出した。

第五章
学校再開

「相変わらず、アイテムボックスの使い方を間違えてるよな」

「本当にね。お弁当を入れるのにアイテムボックスを使うのはシウだけだ」

ディーノとエドガールに苦笑されても、シウは素知らぬ顔でクレールに向いた。

「野菜のシチューだよ。それと、こっちは中華がゆ。こっちにも野菜のエキスが入ってるんだ。お米を柔らかく煮ているから消化にいいんだよ」

「あ、ああ、ありがとう」

「スープにパンを浸してもいいんだけどね。おかゆの方が食べやすいかも」

あれこれ世話を焼いていたら、クレールの従者に止められた。

「あの、それはわたしの役目ですので」

「あ、そっか。そうですね。ごめんなさい」

エジディオという名の従者は目礼してから、クレールの食べやすいタイミングで差し出していく。彼も一緒に食べたらいいのに、クレールのために働きたいらしい。

昼休みが終わる頃にクレールはようやく食べ終えた。胃が小さくなって、食べるのも大変なのだ。可哀想にと思う。そのクレールのためにと世話を焼いたエジディオは一切食べていない。シウはお節介と思いつつ、手で食べやすいものを詰めて渡した。

「あの……？」

「従者だったら、教室の後方で待機でしょう？　食べてたって誰も何も言わないよ」

若者が一食抜くのは辛いはずだ。シウは強引に弁当箱を押し付けた。すると、

「もらっておきなよ、エジディオさん。シウはこういう子だから。美味しいって言ってもらうのが好きなだけの、裏も何もない子だよ。大丈夫だから」

同じ従者仲間のコルネリオが助け船を出した。彼はエジディオのことも心配している。ヒルデガルドの件で精神的に追い詰められていたのは、クレールだけではない。従者のエジディオも同じだ。

「そうだ、おやつもどうぞ。これ、二人の分とそれから護衛さんの分も」

護衛は離れた場所で待機していたから彼等の分も一緒に渡した。クレールとエジディオはお礼を口にして、午後の授業があるという教室へゆっくりと歩いていった。


シウも教室へ向かう。途中まで一緒だったエドガールから、少しだけ話を聞けた。

「クレール殿と同じ寮だったから、彼が頻繁に呼び出されているのは知っていたんだ。でもまさか、あんなことになっていたとは知らなかったよ」

「あんなことって、ヒルデガルドさんだよね？」

その名前に、エドガールが顔を顰《しか》めた。

「寮にまで呼びに来るなんて、ひどい話だよ。彼だって立派な貴族位の子息だというのに。聞けば、子の関係でもなんでもないというじゃないか」

従者だって主を選べるのにと憤慨している。エドガールは自分の騎士や従者たちを見た。彼等の様子から、自ら志願して付いているのが分かる。

第五章
学校再開

「寮生の皆で守ったけれど、学校が始まると直接顔を合わせることになるだろう？　それで昨日一悶着《ひともんちゃく》あったんだ。生徒会長がいたから良かったものの……」

ヒルデガルドへの不満があるラトリシア出身の生徒が、矛先を立場の弱いクレールに向けたのにも問題がある。心配だから気を付けておこうと話し合ったところで、シウたちは分かれた。


複数属性術式開発の授業はいつも通り、特に何もなく終わった。

ただ、授業終わりに、アロンドラと少しだけ世間話をした。彼女は休暇中、父親から「常識を覚えるためにも社交界に出なさい」と言われ、頑張ったそうだ。従者のユリが褒めていた。これまでは、行きたくない出たくない帰りたいの三拍子だったらしい。

その上、いつもはユリにたくさんの本を持たせていたのに、今日は一冊も持たせていない。活字中毒の気があるシウとしては心配だ。ユリに「反動が来ると怖いよ」と囁《ささや》いた。彼女も分かっていて「飴《あめ》と鞭《むち》で頑張ります！」と元気に答えた。


授業が終わると、この日も図書館には寄らずに帰った。商人ギルドに行くためだ。行けば、あっという間にシェイラの執務室へ連行される。

「飛行板だけど、量産体制に入るまでまだ時間がかかるわね。先行販売した分は好調よ。冒険者が喜んで買っていくわ。早く、冒険者仕様が欲しいって声もあるの」

「そっちは冒険者ギルドと話をするよ。ところで、ルールは守られそう？」

「ええ、売買契約の際に織り込むことにしたわ。誓言《せいごん》魔法までいくと大変だもの。妥当なところだと思うわ」

シウもそうだろうと納得した。

「それと、こちらが本題なのだけれど」

にまにまと嬉しそうに口角を上げる。シェイラは印字機を指差して、興奮気味に語った。

「これ、もう出しちゃいましょう」

「……使い勝手の悪いところ、なかったんですか？」

「ないわ！　低質紙でも使えるのよ。全く問題なし。版画用の方は更にいいわね。印刷機まで作ってくれて、申し訳ないと思ったけれどギルド内の書類もこれで作りました」

ぴらぴらと紙を見せてきた。

「需要が増えるわ。インク屋、その生産に、紙もね。あなたが紙の元となる資源を教えてくれたのも良かったわ。なんといったかしら、限りある資源を上手《じょうず》に、ね？」

資源は使えばなくなる。地球と同じことをしていてはダメなので、紙の原料について話をしていたのだ。この国は木材が豊富なだけに、湯水のように使う傾向がある。それではいけないと、植林の重要性についても熱く語ったことがあった。

というわけで、木には頼らない。シウが目を付けたのは、増えてばかりで迷惑がられていた葦科《あしか》のアルンドと呼ばれる雑草だ。紙にする工程は特許申請したものの、紙を作成す

第五章
学校再開

る業者に限っては使用料ゼロとした。

「アルンド紙も量産にはまだ時間がかかるけれど、少しずつ増えているわよ」

職人の仕事も増えて大助かりだと言う。そこで彼女は背筋を伸ばした。

「報告はこんなところよ。さて、本日はどのような案件を持ってきていただいたのかしら？」

にこにこと笑ってはいるが、目は真剣だ。シウは笑いながら、ゴム手袋などに関する書類を提出した。


翌日は課題だけの日だから学校には行かず、屋敷で過ごした。引きこもって料理三昧だと考えていたが、午前のうちに終わってしまった。材料がなくなれば寂しくなるもので、午後は《転移》して爺様の家に戻る。ちょうどメープルの採取時期でもあったから見て回った。フェレスも久々の森に興奮して遊び回っていた。

家の周りの畑も綺麗《きれい》にして家に入ると、狩人《かりうど》が来た時のために持っていってもらう土産を準備する。ついでに「今度お邪魔してもいいですか」とメモも付けておいた。

夕方、また《転移》で屋敷に戻ると、新作のおやつ作りに精を出す。リュカも一緒になってメープルクリームを作ってくれた。その日はもう遅かったので味見だけだ。「明日が楽しみだねー」と、リュカは可愛い笑顔だった。

◇◆◇◆◇

金の日は戦術戦士科の授業がある。直接向かいかけたシウは、慌ててロッカーやミーティングルームに寄った。ついつい忘れそうになるので困る。

しかも、大きなお知らせはなかったけれど、細々とした連絡が入っていた。その細々としたお知らせの中に、戦術戦士科の生徒が増えるという内容もあった。必要あるのだろうかと首を傾げたが、レイナルドが「生徒が増えて嬉しかったから連絡網に入れた」が正しい気がした。実際、朝一番に向かったのに、レイナルドはもう来ていて準備万端だった。

「おう！　早いな、シウ」

「先生も早いですね。今日から生徒が増えるんですよね」

「そうだ。楽しみだろ？」

楽しみなのはレイナルド本人だ。ウキウキしているのが傍目《はため》にも分かる。何故《なぜ》かフェレスがつられて、尻尾《しっぽ》を振り始めた。この二人（一人と一頭）は、シンクロ率が高い。精神構造が似ているのだろうかと、シウは内心で失礼なことを考えた。

そのうちに生徒が一人二人と増えてきた。エドガールも来て、挨拶していると新しい生徒がやってきた。

✦第五章✦
学校再開

「あ」

シウが顔を見て声を上げると、エドガールも振り返ってその人物に気付いた。

「やあ、君か」

初年度生の、同じクラスの獣人族だった。エドガールは必須科目で一緒のものがあるらしく、気さくに声を掛けている。どうやら出身学校が同じだったらしい。しかし、口を利いたのはシーカーに来てからだそうだ。

そんな話をしているうちに、レイナルドが皆に紹介を始めた。

「ブリッツのシルト君だ。基礎体育学では上級まで進んでから、戦術戦士科へ転科になった。皆、新しい仲間に拍手」

獣人族が相手だったら新しい組手が考えられると、レイナルドは機嫌が良い。シウの時とは喜びようが違う。シウは苦笑しながら拍手した。が、シルトが手で制した。

「仲間ではなくライバルだ。拍手など要らん。俺はブリッツのシルト、獣人族だ。ここでは人が少ないので護衛も参加すると聞いた。念のため、従者たちも名乗らせておく」

目で左右の獣人族たちに合図すると、それぞれが口を開いた。

「ネーベルのコイレです」

「ヴィントのクライゼンだ」

言葉少なに挨拶すると、彼等は一歩下がった。

「俺はすでに戦士という職を得ている。ここには戦術を学びに来た。人族の戦い方も学べ

ると聞いたので楽しみにしている。よろしく」

少々偉そうな物言いだが、シウからすればどことなく子供の背伸びのようにも見える。本物の冒険者や狩人たちを見てきているので、十八歳や十九歳という彼等の顔を見ると微笑《ほほえ》ましく思う。もっとも、彼等の体は大きい。部屋の中にいる誰よりも、がっしりしているのではないだろうか。

「うむ。いい心掛けだな！　じゃあ、皆でいつものストレッチを始めるか！」

そしてレイナルドはそうしたことを全く気にしない人だった。楽しそうに授業の始まりを告げた。


ストレッチとはなんぞや、という顔をするシルトたちには、レイナルドが直々に説明する。シウたちは各自で体を温めた。クラリーサも休暇中に毎日やっていたらしい。随分と柔らかくなっていた。直接見るとセクハラになるから、八方目で確認だ。女性は元から柔軟性があるせいか、ダリラやジェンマ、イゾッタも柔らかく仕上がっている。

シウが一八〇度開脚まで進んだ頃、大きな声が上がった。

「そんなバカみたいなことができるか！」

「バカとはなんだ、バカとは」

シルトは柔軟体操がお気に召さなかったようだ。最初は強制ではなかった体操は、今では授業の一つとして取り入れられていた。良い結果を生むと知ったからだ。それを、やりたくないと言われては機嫌も悪くなるだろう。レイナルドは顰め面でシルトを叱《しか》っている。

何故かその横で、フェレスも尻尾を立てている。先生のつもりになっているようだ。面白いし可愛いから見ていたかったが、相手を挑発することになるので声を掛けた。

「フェレス、こっちおいで」

「にゃ」

はーいと戻ってきた。素直に来たところを見ると、単に先生の真似《まね》をしていただけなのかもしれない。

「先生の邪魔しちゃダメだよ」

「にゃーん」

してないもーんと呑気《のんき》な返事だ。

「じゃあ、一緒にストレッチしようか」

「にゃにゃ!」

騎獣《きじゅう》相手にストレッチもないのだが、なにしろ相手は軟体動物のようなものだ。本獣も一緒にやると楽しそうである。最初は真似事の体操だったが、役に立ってもらおうと背中に乗ってもらった。すると、また声が上がった。

「なんで、あそこは遊んでるんだ?」

地声が大きいのでよく通る。振り返ると、シルトがシウたちを指差していた。

「あれも柔軟体操のひとつだ」

第五章
学校再開

「足を広げているだけだろう？　第一、騎獣が何をやってるんだ」

「主の上に乗りかかるなんて躾《しつけ》がなっていないようですね。調教されていないのでは？」

クライゼンがシルトに小声で話していたが、生憎《あいにく》シウは地獄耳なのでよく聞こえた。

シウが困ったなあと思っていたら、レイナルドが益々眉間に皺《しわ》を寄せたのが分かった。

これは一波乱ある。思わず溜息を吐《つ》いてしまったシウだ。


先生の眉間がプルプル震えだすのを見て、シウと同じように「まずい」と思ったのが、気遣いの生徒ウベルトだ。「先生、今日のメニューは何でしょう」と言い、更にラニエロたちも「ストレッチが終わりましたー」と手を挙げて報告している。皆の連携が素晴らしい。シウも柔軟体操を切り上げて立ち上がった。

クラリーサも空気を読んで、まだ終わっていなかったのに駆け付けた。レイナルドもそこまでされては仕方ない。一呼吸入れてから授業内容を話し始めた。

「一時限目は、休暇中にお前らの体が鈍っていないかどうかの確認だ。手の空いた者は組手をして体を温めておくように。二時限目はいつもの対人別対策をする。役柄を決めて乱取りするぞ」

生徒たちは一斉に「はい」と返事をした。

レイナルドは、シルトたちに体を温めておけと言い渡すと、他の生徒の様子を見て回った。シウのところは素通りだったが。

その後、シルトの身体能力を確認していた。従者の二人の様子も見て、レイナルドは何度も頷く。先生的に満足のいくものだったらしい。

二時限目に入ると、パターン別に役が割り振られた。この訓練では、毎回細かな設定がある。聞く度に面白くて、シウは内心で笑っていた。というのも、レイナルドが大衆小説を好んでいるのが分かるからだ。たとえば、「パレード中に暴漢に襲われる貴族と護衛たち」だとか「王族の間に忍び込んだ敵とかち合う」といった、不要な情報が多い。たまに、「勇者凱旋《がいせん》のパレード」と付け加えるので彼の趣味が分かる。

この指示に、元々の生徒は慣れているが、新たに入ったシルトたちは首を傾げていた。

「よし、じゃあ、こっちの班は『王族の間に忍び込まれた』場合の対策だ。シウ、適当に間取りを作ってくれ」

「はーい」

屋内に、大量に運び込まれた土があるのもシルトたちは訝《いぶか》しんでいた。確かに普通はそんなものを使わない。が、レイナルドは普通ではなかった。シウが土属性で建物を作れると知ったレイナルドの要請は、留《とど》まるところを知らなかった。最近では体育館の中にあらゆる建材が揃《そろ》っている。シウはもう諦めているので、彼に指示されるまま作るだけだ。適当に大広間らしきものを作り、建材の中からガラス窓を持ってきてはめ込む。あっという間に出来上がったそれを見て、シルトは「ああ、それで」と頷いた。

てっきり、土や建材が置いてあることへの納得顔なのだと思ったが、違った。

「こんなチビがどうして戦術戦士科にいるのかと思ったが、補佐要員だったんだな」

「これほどの魔法を使えるなら便利ですね」

クライゼンも同調している。黙っていればいいのに、口に出すから皆が見るのだ。生徒たちの表情は「なんだあいつら」になっている。シウは相手にせず、レイナルドの方を向いた。

「できました。それと、室内は滑りやすいので絨毯《じゅうたん》も敷いておきましょうか」

「おっ、そうだな。現実に沿わないとダメだ。やってくれ」

魔法袋からというフリで、絨毯を取り出して敷く。これは盗賊が溜め込んでいた財宝の中にあったもので、大きすぎて使い勝手が悪く、空間庫のゴミとなっていた。

「ついでに床も大理石っぽくしておきます」

魔法で、床の土に硅砂《けいしゃ》などの材料を撒《ま》いてから《混合》《反応》《研磨》と続ける。表面が輝きを増してきたので、その上に絨毯を敷いた。

「相変わらず、面白い魔法を使うなー」

「最終的にこれを壊すのが勿体無《もったいな》いよね」

サリオとヴェネリオが覗き込んでいる。「絨毯も高そう」と言うから、首を振った。

「念のため、保護してるよ。それに絨毯は討伐で得たものだからね。汚れてもいいんだ」

「それを売らないのがシウらしいな」

と、笑われた。

「よし。クラリーサたちはパレードの対策だ。ラニエロたちはこっち」

フェレスはパレードの際の馬役だそうで、今回は分かれて授業を受け（？）た。馬役の時のフェレスはお尻がくねくねしていて、相変わらず馬をどう思っているのか不思議だ。

「シウは、お姫様役にするか。お前を動かすと練習にならん」

「だったらせめて、王子様の役とか」

「お前でも王子様になりたいか？」

にやにや笑うが、そういう問題ではない。半眼になっていたら、もっと鋭い視線で睨《にら》んでいる者がいた。シルトだ。見れば喧嘩《けんか》を吹っ掛けられそうな気がして、無視した。レイナルドも分かっていて無視している。注意するつもりがないようだ。


さて、各人に役が割り振られた。シルトとヴェネリオが賊役、ラニエロ、サリオ、クライゼンが護衛、シウが王族で武器が使えない子供役、コイレが従者ということになった。シルトが賊役なのはレイナルドの大人げない仕返しかもしれない。

ともかく、それで物語、もとい訓練が始まったのだが――。

開始の合図と同時に、賊役のシルトが走り出した。ヴェネリオと話し合いもせずに、だ。素早い動きで護衛役たちの間をすり抜け、シウの座る椅子まで辿《たど》り着《つ》く。本来なら訓練はそこで終了だ。訓練はあくまでも、賊役と護衛役の戦い方を学ぶものだからだ。ところが、シルトはシウの首元にナイフを当てるところまでやった。

護衛役への対応もひどい。寸止めをするつもりがなかったのか、ラニエロが避けるのに失敗して血を流す一幕もあった。すぐさま怪我《けが》の手当てをしたが、シルトはしれっとした顔だ。謝りもしないのでレイナルドの顔が冷たくなっていく。それでも彼は黙ったままだった。訓練中に少々の怪我は付き物だ。まだ叱る時ではないと思ったのだろう。

次はシルトとクライゼンを護衛役にして、ヴェネリオたちが賊役になった。ラニエロは念のため見学という名の従者役だ。シウはもちろん王族の子供役である。心の中では王子様のつもりで椅子に座っていた。お姫様役ではない。

賊役のヴェネリオらは事前に打ち合わせ、三人が協力し合って室内に入った。ヴェネリオのクナイの使い方は忍者そのものだ。よく練習したのだろう。使いこなしている。シルトも驚いた様子だ。尻尾が微《かす》かに動くので気になっているのが分かる。獣人族は耳や尻尾があるため感情が分かりやすい。

シウが尻尾を眺めていたらシルトが振り返って睨んだ。慌てて、

「触らないよ？」

と答えた。シルトには「ふんっ」と鼻息で返された。触ったらどういう目に遭うか分かっているだろうな、という視線付きだ。シウは尻尾から視線を外した。

そうこうしているうちに賊と護衛が戦い始めた。今回はシルトのやり口が分かっているためか、皆が慎重に動いている。間合いを取ってシルトの剣が届かないところで陽動を繰

り返すのだ。事前の打ち合わせが効いている。

それにじれたのがシルトだ。彼は魔法を使おうとした。

「《天からの光を地に落とせ、雷――」

(《取消》)

シウは急いでシルトの魔法をキャンセルした。レイナルドは「魔法を使うな」とは言っていなかったが、どう考えても室内に不向きな強力魔法を使おうとしていたからだ。

「あっ、くそっ！」

キャンセルされたことに驚いたシルトに一瞬の間ができた。そこにヴェネリオが飛び込み、同時にサリオがシウを捕まえる。そこで賊の勝ちだ。

「おい、待てっ、ずるいぞ！」

シルトが剣を床に叩《たた》きつけるように投げて怒鳴った。

「誰だ、俺の魔法を妨害したのは！」

「え、妨害されたのですか？　でも誰も何もしてませんでしたが、あっ」

クライゼンがシウを見た。

「あなた、確か無詠唱で魔法を使っていましたね」

「俺も無詠唱だぞ」

レイナルドが悠然と歩いてきた。

「お前、さっき雷撃魔法を使おうとしたな？」

+第五章+
学校再開

「戦いで使うのは当然だからな」

「状況が分かっていないようだ。俺は最初に『ここは王族の間だ』と言ったぞ。その室内で雷撃魔法を、しかもレベルを高めた魔法を撃とうとした。それは過剰攻撃だ」

「相手は賊だ。殺しても構わないはずだ」

「俺は『王族の間』と言った。それが理解できないのなら、このクラスで学ぶものはない」

「はっ？」

「そもそも、訓練で高レベルの攻撃を使うのはどうかしてるだろ。基本中の基本だ。本当に基礎をちゃんと学んだのか？　とにかく反省しろ。できないなら、もうここへは来るな」

レイナルドは厳しく告げると、手でしっしと追い払うような仕草をした。それがシルトの癇《かん》に障《さわ》ったらしい。顔を顰めた。

「なんだ、それは。俺を犬のように扱うのか」

レイナルドにそんなつもりはない。何故なら彼は普段からそういう大雑把な態度だからだ。しかし、シルトにはそれが分からない。ギラギラとした目で睨みつけている。

「言っておくが俺は人種で人を差別しないぞ。思い込みの激しい坊主にゃ分からんだろうが、そのままだとお前は独りぼっちの王様だ。せいぜい、優しい従者に諭してもらうんだな。まあ、甘言ばかりの従者じゃ、無理か」

「なんだとっ？」

他の生徒たちが「あー」と頭を抱えている。シウは「火に油を注ぐとはこのことだなあ」と思って唖然《あぜん》としていた。

一人だけ冷静だった生徒がいる。クラリーサだ。精神魔法を使ってシウに合図してきた。念話のようなものだ。通信魔法と違って傍受されない便利な魔法である。ただし、見える範囲でないと使えない。彼女はシウに、

「(先生がやりすぎないうちに止めてください！)」

と言ってきた。思わず「えー」という声が出る。

「(えー、じゃありませんよ！　早く！)」

一触即発といった二人がゆっくり近付いている。まるで猫同士の睨み合いだ。レイナルドの方が冷静なので、彼の中では「相手を怒らせて動いたところを捕獲して説教」という筋書きのような気がした。

しかし、クラリーサが心配するように、シルトの能力は高い。捕獲できたとしても周辺への影響は少なからず出るだろう。とりあえず、シウは二人に《結界》を張った。これで被害は最小限に抑えられる。結界の中にはシウもいるため、あとはなんとかすればいい。

結界を張られたことに気付いたシルトは、さすがに少し落ち着いたようだ。彼は怪訝《けげん》そうにシウを振り返った。シウがやったと知って、次に何をするのか見極めようとしている。

シウはその間に結界に色を付けた。周囲から見えづらくし、更に《防音》も施《ほどこ》したので外で騒ぐクライゼンの声も聞こえてこない。シルトの表情は益々怪訝そうだ。

　こうなると、レイナルドも怒るフリを止めた。つまらなそうにそっぽを向く。

「先生、やりすぎです。どうせ『仲間内で揉《も》め事《ごと》が起こった時の練習』になるって考えたんでしょうけど。ちょっと調子に乗りすぎじゃないですか」

「だってさー」

　いつもの彼に戻った。レイナルドのような戦士タイプの考えることは予想が付く。彼等は拳《こぶし》と拳を突き合わせて解決するのが好きだ。シルトを煽《あお》ったのは「ちょうどいい」と考えたからで、レイナルドは個人的な感情で生徒の態度に怒ったわけではない。

「だって、じゃないです。クラリーサさんが心配して『先生を止めて』って頼んできましたよ。可哀想に」

「おっ。あいつ能力が上がったな！」

「他の生徒も、室内が壊れないように魔法の発動を準備してました。先生の目論見《もくろみ》が成功しましたね」

「お前が途中で止めちゃったけどな～」

　そうは言っても仕方ない。シウはチラリとシルトを見た。まだ怒りの消えていない表情で、シウたちの様子を窺《うかが》っている。

「彼、さっきの詠唱を溜めたままです。先生に撃つ気だったんじゃないかな」

「俺は避けられるぞ？」

「先生はね。だけど、体育館に施した結界は壊れると思います。また、教務課から怒られますよ。無断で資材を持ち込んだ時にも怒られたって聞いてますけど」

「こいつに弁償させたらいいじゃねーか。いい『勉強代』になる」

何を言ってるんだと、シウは呆《あき》れ顔《がお》になった。

「おい！　何をごちゃごちゃ言ってるんだ！」

「お前の話だよ」

「あなたの話です」

二人同時に返してしまい、互いの顔を見合う。思わず笑ってしまった。

それが余計にシルトを怒らせたようだ。イライラした様子でシウを睨む。

「いきなり入り込んで、邪魔する気か！」

「おーおー。恩人相手に喧嘩腰だな。お前は心底バカか。さては、魔法の能力だけでシーカーに来た、アホウだな？」

相変わらず口が悪い。しかし、レイナルドはもう「挑発」しているわけではなかった。

表情が「先生」になっている。口調は悪いが、レイナルドは自分の生徒を見捨てない。

「恩人だと？　何をバカな。ああ、そうだ。お前、俺をバカだと言いやがって――」

「バカだからだ。お前がさっきからバカにしているシウよりも、ずっとな。ちょっと能力があるからって偉そうにしやがって。ちやほやされてきたんだろうが、そんなので一族を率いるのか？　その一族が可哀想だぜ」

　レイナルドは生徒の情報をきちんと読み込んでいたようだ。だから、シルトが偉そうな理由にも考えが至った。

「貴様、俺を愚弄《ぐろう》するのもいい加減にしろ。でないと――」

「でないとなんだ？　教師を殺すか。気に入らないことを言われたから先生を『のしました』って、父親に言えるのか？　とんだ族長候補だ。父親も先が思いやられるだろうよ」

　言葉は強いが、実は口調はとても柔らかかった。生徒を心配する気持ちが伝わってくる。少なくとも、シウにはそう感じ取れた。

「俺は一族の中でも能力が高い。一族の誉れだと父にも言われたのだ」

「レベルが高いだけだろ？」

　はん、と今度は本気で馬鹿にした。緩急を付けているのだろうか。他人事のように眺めていたら、不意にレイナルドがシウを見た。

「こいつ、魔力量が二〇しかないんだぜ。知らないだろ？」

「はぁ？　そんなクソみたいな魔力で、よくシーカーに入れたな」

「そうだ。たったそれだけの魔力量でこいつはシーカーに入学できた。そして、必須科目を全て飛び級している。専門科すら修了したものもあるんだ」

「嘘《うそ》を言うな、そんなわけ――」

「お前さ、なんで、こいつだけ俺の指導がなかったと思ってるんだ？　それぐらい分かんないのか？」

「どういう意味だ」

「強いってことじゃないか。俺が指導するまでもなくな」

それは言い過ぎだと思ったが、口は挟まない。レイナルドの説教タイムだからだ。シウは黙って二人のやり取りを眺めた。

「こいつは頭が良い。だから効率よく動ける。魔力が少ないからこそ、努力してるんだ」

「だが、所詮は低レベルだ。第一こんな小さい子供が強いわけないだろう」

「それが強いんだな〜。それでもシウは驕《おご》らない。お前とは正反対だ」

「……ふんっ。それほど強いのなら俺と勝負しろ」

「出た」

つい口を挟んでしまった。この手の人はすぐに勝負などと言い出すから、シウが「またか」と思うのも仕方ない。しかも、レイナルドはまた挑発し始めた。

「お前と勝負するメリットがシウにはないだろうが。お前はバカか」

そこまで言って、レイナルドはニヤリと笑った。

「まあでも、お前もシウの強さを知らないのなら気になるだろう。よし、じゃあ特別に次の授業で組手をさせてやってもいい。その代わり、それまでは静かにしていろ。見学だ」

「……分かった」

レイナルドの手の上で動かされていると、シルトはいつ気付くだろうか。ともかく、彼は納得した。話しているうちに怒りも収まったようだった。

そう言えば、人間の怒りというのは長く持続しないそうだ。人にもよるが、長くて数分だと聞いたことがある。早いと十数秒らしい。恨《うら》み辛《つら》みでない限り、瞬間的な怒りを持続させるのは難しい。レイナルドは分かっていて上手に誘導した。伊達《だて》にシーカーの教師はやっていないのだ。

シウはホッとして「じゃあ、結界を解除しますよ」と宣言した。

「おう。便利だな、これ」

「今度、魔道具をプレゼントします」

「やった！」

先ほどとは打って変わったレイナルドが、子供のように喜ぶ。しかし、シウも振り回された一人だ。冷たい表情を装って、ちょっと脅かしてみた。

「先生には特別に金貨一枚でいいです。ロカ金貨でお願いします」

「嘘だろ？」

「デリタ金貨でもいいですよ」

「シウ～」

「冗談です」

結界を解除すると生徒たちが集まってきた。シルトの従者二人もいち早く主の下へ駆け付けた。何故かシルトが怒っていないのを不思議に思っているようだった。おそるおそる質問する声が聞こえる。シウの耳は地獄耳なのだ。とはいえ、盗み聞きは良くないので、適当に切り上げた。何よりも、今は授業中である。


昼休み、エドガールは午前中の授業についてディーノに話して聞かせていた。

「どこにでもいるなー、そういう人」

ディーノの言葉にクレールも頷く。クレールは随分と表情が明るくなっていた。精神的にも落ち着いているようだ。ディーノや他の同郷人たちが常に傍にいるからだろう。

「戦うことで相手の力を測るとか、戦いの場が必要とか、そういうの僕は苦手だな」

「ディーノは苦手だろうね」

「シウは苦手じゃないのか？」

「僕、冒険者だよ？」

その場の全員から「おおーっ」という声が上がった。

「そういえばそうだった。冒険者こそ力がないとダメだもんな」

「優しい人が多いけどね。レベルの高い人ほど人格者が多いよ」

「へぇ。それってさ、長い間レベルの低い人は、何かあるってことか」

必ずしもそうではない。レベルを上げない人もいるからだ。家庭持ちの中には、強制依頼を受けさせられる可能性のある上級には上がらないと、決めている人もいる。ただ、人格者でないと上級レベルに上がれないのは確かだ。何故なら、危険な依頼は一人では受けられないからだ。

そんな説明をする前に、少年たちの話題は変わった。シウが取り出したエビフライの方が、彼等にとっては重要だったようだ。


そのエビフライを、シウはクレールにまだ早いのではと一度止めた。脂っこい料理は少しずつがいい。ただ、皆が美味しそうに食べているものだから気になったらしい。シウも意地悪をしたいわけではないから、少しだけ差し出した。様子を見ながら徐々に食べれば問題ないだろう。クレールは「美味しい」と、喜んだ。

「では、食後の飲み物はわたしが奢《おご》るからね」

「あ、いや、わたしが」

クレールが立ち上がろうとしたのをエドガールが手で制した。

「順番なんだ。今日はわたしの番です」

エドガールの従者がすぐさま注文に向かう。クレールは柔らかい表情でエドガールを見た。そして、ディーノやシウを。

「みんな、ありがとう」

「なんだよ、急に。君らしくない」

ディーノが笑って肩を叩くと、クレールは小さな笑みでテーブルに視線を落とした。

「こんなに穏やかな気持ちで食べられるようになるなんて、久しぶりだと思って」

「そうか」

「演習事件の時のことを思い出したよ。はぐれて僕等《ぼくら》だけ取り残されて、狭い岩場の砦《とりで》で待っている間のことを」

ディーノが「ああ」と、懐かしそうな、それでいて複雑な表情になった。

「シウが心配して見に来てくれただろ？　しかも、僕たちはろくな態度じゃなかったろうに、また来てくれた。食べ物まで分けてくれた。あの時の嬉しさとか、美味しさを思い出したんだ」

どうして忘れてたんだろう、とポツリと呟《つぶや》く。

「あの経験があるんだから、これぐらいのことで参ってちゃダメだったのにね。すっかり忘れていたよ」

「仕方ないさ。貴族社会は良くも悪くもスタンピード状態だものな」

ディーノの言葉にクレールが笑った。

「ははっ、上手いこと言うな。やっぱりディーノだ。懐かしいよ」

その目には、光が戻ってきていた。

◇◆◇◆◇

土の日になり、シウは冒険者ギルドへ久々に顔を出した。タウロスに会いに来たと告げれば、今日は訓練場にいるという。珍しいと思って裏手に回ると、飛行板の訓練を行う冒険者に交じってタウロスも飛んでいた。皆、子供のように楽しんでいる。

「お！　シウか、久しぶりだな！」

「光の日には戻ってたんだけど、いろいろ忙しくて。タウロス、今いい？」

「もしかして、例のアレか？」

目をキラキラさせている。待ち切れない様子で満面の笑みだ。

「どこか、別室に移動していい？　ここだと人目があるから」

「もちろんだ！」

「あ、おい、タウロス！　先生役がどこ行くんだ」

「野暮用だ。勝手にやってろ！」

えー、と冒険者たちが文句を言っているのに、タウロスは意気揚々と歩いていった。それだけ嬉しいのだ。子供のようにはしゃぐタウロスに、シウはこっそり笑った。

タウロスが嬉しいのは魔法袋が手に入るからだ。シウが早速取り出して渡すと目を輝かせた。打ち合わせ用の小さな部屋で、タウロスは全身で喜びを表した。

「おー、すごい！　見た目も格好《かっこう》良《い》い。革の質も最高じゃないか！　これが、これが」

感動してしまって、終いには頬ずりし始める。シウは慌てて止めた。

「じゃあ、使用者権限を付けるね。他に魔法袋を使う人はいる？　いるなら後から追加もできるけど」

「そうだなぁ。俺に何かあった時、嫁に遺したいよな」

「分かった。ただし、本人がいないと付与できないんだ。どこかで会いたいんだけど構わない？」

言いながら、タウロスの手を取って鞄《かばん》の上に置いた。その場で《使用者権限》を付けてしまう。

「はい、終わり」

「はっ？　もう終わったのか？」

タウロスはぽかんとして、それから「ああ、そうか」と納得顔になった。

「そういや、シウは無詠唱ができたな。それにしてもすごい」

「慣れたからね。この魔法は道具屋さんの手伝いでずっとやってたから」

とは、魔法袋の作り手が別にいると話したための、辻褄《つじつま》合わせだ。

「その作り手と相性が良いんだな」

おかげでタウロスは信じたままだった。心苦しいが、稀少《きしょう》なスキルを持っているのを隠す人は多い。そのための嘘だと思い、飲み込んだ。

その後、タウロスの奥さんが実は冒険者だったと知って驚くなどの一幕もあったが、無事に引き渡しが終了した。呼び出された奥さんは半信半疑だったらしく、何度も中を確認していた。自分も欲しかったと残念がっているが、タウロスが「酒癖が悪いから無理だろ」と却下だ。「お前は審査に落ちる」とも言われて、しょんぼりしていた。

そういう意味の審査ではなかったが、シウはまあいいかと言葉を濁した。


広間に戻ったシウは、混み始めたギルド内をすいすいと移動して掲示板から薬草採取の依頼を取った。それを受付で確認してもらう。

「あら、シウ君。実はあなたに指名依頼が入っているの」

「指名ですか？」

「薬草師が採取に行きたいそうなの。できれば護衛はあなたがいいと相談に来てたのよ。さっき出されたばかりだから、まだいるんじゃないかしら」

ちょっと待っててと言われる。彼女は通信魔道具を使って誰かに連絡を入れた。ほどなく、クラルが薬草師の一人を連れてきた。

「やあ、シウ殿！　実は君に仕事をお願いしたくてね」

以前も会った人だ。ぜひ頼むと手を握られた。その横でクラルが説明してくれる。

「依頼書を出しに来られたところなんだ。ちょうど今、詳しい場所を聞いていたんだ」

王都から三つ目の森と呼ばれる場所だった。今日中に行って帰れる距離だ。

「良かったら今日、行きます？　別件の依頼採取もさせてもらえるなら、なんですが」

「実は僕等も早く取りに行きたかったから、そうしてもらえるなら有り難い！」

交渉が成立した。彼はすぐさま馬車と仲間を連れてくると言って出ていった。

「この前まで休暇だと言ってたから、シウが来るなら今日かなと思っていたんだ。彼、運が良かったね」

薬草師を見送りながらクラルが笑う。

「だったらいいんだけど。別の依頼のついでって感じで悪いかなと――」

「それぐらいは全然構わないよ。ね、カナリアさん」

「ええ。特に薬草関係なら全く問題ないわ。えーと、それじゃあ、新しく指名依頼の書類を作ってしまうわね」

「はい、お願いします」

さすが、慣れているだけあってカナリアは素早く書類を用意してくれた。彼女がクラルから必要事項を聞き、シウが受けることを記載したところで薬草師が戻ってきた。はぁはぁと荒い息で窓口に来て、依頼書を確認するとにっこり笑う。

「本っ当に助かります！　では、行きましょう！」

シウはクラルたちに会釈《えしゃく》してギルドを後にした。


顔馴染《かおなじ》みの薬草師たちと三つ目の森に到着した。以前も行った場所だ。そろそろ雪が解け始めているので道路はぬかるんでいたが、雪に慣れている彼等は平然としている。

馬車は森の入り口に置いていく。そのため、薬草師たちは魔獣避けの薬玉《くすだま》を付けようとしていたが、シウは結界を張ろうと提案した。薬玉は魔獣だけでなく、獣にとってもあまり好ましいものではない。魔獣と違って害はないが、やはり臭《にお》うらしい。馬もちょっと苦手なようだった。

「助かるよ。そうか、魔道具を使うのも手だね」

だけど魔道具は高いんだよな、と別の薬草師が言う。

「あ、これは繰り返し使えるタイプだから元は取れるかも」

自分で作ったのだと言えば、興味を持ってもらえた。値段も安いと知って、今度お店に寄ってみると話した。そうこうするうちに森の中へと入っていく。

皆、自分の欲しい薬草を見付けては採っていくが、全く周囲を気にしない。護衛付きとはいえ呑気なものだ。一応、魔獣避けの薬玉を付けたり煙草《たばこ》を吸ったりしているが。

ちなみに、煙草という名前だが実はそれほど煙くならない。ルシエラでもシウの考えた魔獣避け煙草を元にしたものが使われており、現在は種類も増えている。元のレシピから発展させたものだ。魔獣別に特化したものや、匂いにこだわったものなど多種多様だ。

シウが当初予定していた「子供が使っても安全」からは変わってきている。ほとんど大人が使っているからだ。そもそも、普通の子供は森に入って採取などしない。するとしたら、大人と一緒だ。つまり、ちゃんと守られている。

「あ、黒茸《くろたけ》があるぞ！」

「こんな時期に採れたか？　違う種類じゃないのか」

大騒ぎで採取している横で、シウも依頼にあった薬草を見付けて採った。周囲には魔獣の影もなく、のんびりとしたものだ。フェレスも警戒する様子はない。ふんふんと地面の匂いを嗅いでいる。泥が気になるらしい。寝転んで泥だらけになるつもりではないだろうかと、横目でチラッと見ていたら、薬草師の一人がシウに話し掛けてきた。

「そういえば、前に君から教えてもらったレンコン。あれはいいね」

「食べました？」

「ああ。美味しいし、効能もある。薬草ほど劇的ではないけれど、食事に取り入れることで徐々に効果が表れるのは良いことだ。ゆっくり症状を改善させたい時もあるからね」

「そうですね。あれは胃にも優しいし、胃腸関係の下血なんかにも効果があるからちょうどいいでしょうね」

「おお、下血にもか。それは良いことを聞いた。もう一度鑑定し直してみよう」

お互いの知識を交換しながら、森の奥へと向かう。冬の終わりは貴重な素材も多く、シウも皆と一緒に採取させてもらった。もちろん許可があったからだ。魔獣の気配がないからこそ、できた。半日以上も森で過ごしたが、その間に魔獣は一匹も現れなかった。

「冒険者が戻ってきてるからね。定期的に見回ってくれるんだ。雪崩《なだれ》事件の時は本当に大変だったけれど、普段ならこれぐらい楽なんだよ」

「そうなんですか」

「夏はもっと楽だね。護衛を付けなくてもいいぐらいだ。庶民も護衛なしで森へ入るよ。ただ、僕等はほら、夢中になると周りが見えないからね」

自覚はしているようだ。恥ずかしそうに頭を掻《か》いていた。彼等がシウにも採取を促すのは、ひとえにフェレスがいるからだ。騎獣への信頼感は高い。とはいえ、シウだってちゃんと依頼を果たしている。シウの《全方位探索》があれば魔獣を見逃すことはない。

日が傾き始めた頃、採取を止めた。いくら安全になった森とはいえ、暗くなると危険だ。早めに森を出る。途中の道でルプスが現れたけれど、フェレスがすぐさま狩ってくれたので馬車を停《と》めることなく進んだ。おかげで特に問題もなく順調にギルドへ帰り着いた。

同じく、ギルドには冒険者がぞくぞくと戻っていた。その中には知らない顔もある。彼等のように、知らない顔がこれからも増えていくのだろう。


シウが処理を終えてギルドを出ると、フェレスが冒険者たちに取り囲まれていた。いじめられているといった感じではない。ただ、何やら騒がしかった。詳しく見ようと《感覚転移》に切り替えてみれば、フェレスの前に魔獣の足らしき物体が置いてあった。

「だから、勝手に餌《えさ》を与えちゃダメだと言ってるだろうが」

「少しぐらいならいいじゃないか。別に悪いものじゃないんだ」

「分かんねぇ奴《やつ》だな！　騎獣ってのは、飼い主に了解を得てからじゃないと食べちゃダメなんだ。こんな風に見せびらかされたら可哀想だろうが」

「なんで勝手に食べたらダメなんだ。それこそ可哀想だろうが」

冒険者同士で言い合っている。

何をやっているんだか。もちろん、フェレスを思っての発言は有り難い。誰かが勝手に餌を与えようとしたのだろう。だからといって往来で喧嘩しなくても、と思う。とりあえず、まずは飼い主であるシウがフェレスの傍に行くことだ。しかし、フェレスの周りには大柄な男ばかりが集まっていて、とてもではないが通れない。

足元を潜っていくしかないかと思っていたら、フェレスがシウに気付いて動き出した。その流れで冒険者たちが道を開けていく。

「あ、どこ行くんだ？」

「ここで待ってないとシウに怒られるんじゃないのか」

「シウ？　飼い主はシウっていうのか？」

男たちの声を背景に、フェレスが出てきた。

「にゃー、にゃにゃにゃ！」

シウだー、やっと出てきた！　と嬉しそうだ。

フェレスは人から可愛がられるのは嬉しいが、煩《うるさ》いのは好きではない。目の前で揉めているから鬱陶《うっとう》しかったようだ。うにゃうにゃと、愚痴のような報告を受けた。

「よしよし。言いつけを守って偉いね」

シウが来るまで動かずに待っていたし、餌を前にしても動じなかった。もちろん、フェレスはいつだってシウの言いつけを守っている。これは彼等に対するアピールだ。

「よう、久しぶりだな、シウ」

「里帰りしてたんだ。ところで、新しい面子がいるんだね」

「おうよ。護衛仕事や南に行ってた奴が続々と戻ってきてるんだ」

「そうなんだ。皆さん、こんにちは」

挨拶すると、さっきまで「餌を食べさせないのは可哀想だ」と声を上げていた男が怯《ひる》んだ。まさかこんな子供が飼い主だと思わなかったのだろう。シウは笑顔で続けた。

「この子に食べ物を分けてくれようとしたんですよね。ありがとうございます。でも、万が一のことを考えて、人から物を与えられても食べないように躾けてるんです。あなたが、というわけではなく、誰に対してもです。この子のための躾なので許してください」

「あ、ああ、いや。その、俺も勝手に、悪かった」

「それから、僕が死んでしまった時のことも考えています。どこでも狩りができるように仕込んでもいます。頼るべき人も教えてるんです。心配してくれてありがとう」

シウの説明に、餌を与えようとした男は納得したようだった。

「俺も、つい興奮しちまって。あんまり可愛いもんで、つい食べさせたくなったんだ。悪かった」

と謝ってくれた。男は猫好きらしい。猫型騎獣は外に出ることが少ないから、つい興奮したそうだ。そういうことならと、シウたちは顔馴染みの冒険者たちと一緒に居酒屋へ行くことにした。フェレスも一緒だ。そして、シウが許可すれば食事を与えてもいいと、馴染みたちは知っている。男たちは喜んで、シウの分まで奢ってくれた。

フェレスの人気は不動のものとなりつつあるようだ。

◇◆◇◆◇

翌日は爺様の山に行った。狩人たちはまだ来ていない。メープルが残ったままだった。爺様の家も山も、ついこの間綺麗にしたばかりなので見回りはすぐに終わる。時間が余ったシウは、午後にコルディス湖の見回りもすることにした。

コルディス湖では恒例の魔獣狩りやスライム狩りをする。素材にして使いやすい状態で空間庫に保管するところまでがセットだ。

夕方には、火竜の住処《すみか》であるクラーテールにも顔を出した。無事、子供たちが生まれ、すくすくと育っている。雄の姿はない。出ていったのだろう。雌たちだけで子育てをしていた。

ついでなので、地下迷宮アルウェウスにも行ってみた。もちろん、地上に転移するわけではない。姿が見えるのも問題なら、整備途中の迷宮に近寄るなど止められるに違いないからだ。シウが向かったのは地下である。

転移する前に地上を《感覚転移》で視《み》たが、もうほとんど整備が済んでいた。いつでも稼働できそうな状態だ。兵士の数も多く、訓練も進んでいるようだった。盆地状態になっていたところは、まるで巨大なコロッセウムといった感じだ。その周囲に街が出来上がる

✦第五章✦
学校再開

のだろう。街は未完成だ。道路は下地までが、建物の基礎もできつつある、という状況だ。最奥の地下には地底竜《ワーム》がいる。こちらも子供がたくさん生まれていた。雄の姿がなく、地下なのにどこへ行ったのかと探してみれば、端で死んでいるのを発見した。噛《か》み跡《あと》があり、大きさからして雌にやられたのだと気付く。

死骸を《鑑定》すると、死んでから時間が経っている。それなのに形がまだ残っていた。このまま放置して魔獣に食われては、またスタンピードが起こるかもしれない。余計な騒動の芽は摘んでおくに限る。シウはとりあえず死骸を空間庫に入れた。

シウは、子ワームの可愛らしさを堪能《たんのう》してから、一度コルディス湖に《転移》で戻った。以前作っておいた湖畔の小屋で休憩し、それからブラード家の屋敷へと帰った。

この日は一日、作業部屋に籠もると話していたから、誰も来ていない。誰かが来れば分かるよう、念のために結界を張っておいたのだ。魔法が便利すぎて、シウは随分助かっている。

部屋から出ると、待ってましたとばかりにリュカがやってきた。昼間は彼も勉強や昼寝で忙しいが、夜は暇になる。シウはリュカと思い切り遊んで過ごした。

翌日の光の日も、空いている時間はリュカと遊んだ。リュカが勉強している間はシウも料理を作ったり道具類を作ったりした。

夕飯は、鮭《さけ》のソテーだった。先日手に入れた鮭を厨房に提供したものだ。鮭は何にでも合う。和風洋風どちらにも合って美味しい。翌日のお弁当にも入れようか、他に何を入れようかと呟いていたら、リュカもお弁当が食べたいと言う。シウが「じゃありュカにもお弁当作るね」と言えばキャッキャと喜ぶので、子供向けのメニューを皆で考えた。こうしてリュカやメイド、料理人と話す時間は楽しい。

食後はリュカの魔法の勉強を見てあげたが、子供で素直な分、吸収力がすごかった。このままいくと本当に魔法学校へ入れそうだ。ただ、本人よりもソロルや周りの者が心配している。しばらくは家庭教師にお願いするしかないようだ。

それでも、シウはリュカにお友達を増やしてほしかった。シウのように子供時代を孤独に過ごし、育ってからも周りが大人だらけという環境はあまり良くないのではないだろうか。シウみたいに変人と呼ばれるかもしれない。

幸い、リュカは人から好かれる愛らしい性格の持ち主だ。素直で可愛い。知り合いさえすれば友達もできるだろう。友達ができたらもっと世界は広がる。

どこかに差別なく接してくれる同年代の子がいれば良いのだが、今のところシウに思いつく相手はいなかった。一番良いのは、やはり学校だ。リュカのために何がいいのか、シウは思案しながら、この日は早めに寝た。充実しすぎた一日だった。

翌朝は約束通り、リュカにもお弁当を作った。小さい入れ物にちまちまと詰め込んでいたら、メイドたちがきゃあきゃあと騒ぐ。

「可愛いですね～」

「リュカ君に、ぴったり！」

「お弁当っていいですね。こういう一つの入れ物に入っているのも素敵」

「わたしたちもお昼はこんな風にしてみる？　洗い物も減っていいんじゃないかしら」

きゃっきゃと笑いながらシウの作った弁当を覗き込んでいる。リュカも嬉しそうだった。

何度も見ては、これは何だろう、あれは何でできていると当てっこに夢中だ。

「お弁当、楽しみ。ありがとう、シウ」

「どういたしまして。さあ、じゃ、早く朝ご飯を食べようね」

「はい！」

「僕はもう出かけるけど、お見送りはここでね」

「いってらっしゃい！」

賄い室で手を振り、シウは学校に向かった。

第六章

それぞれの人生模様

He is wizard, but social withdrawal?

Chapter VI

研究棟の教室にはミルトたちがもう来ていた。彼等の遅刻は一回だけで終わった。元々、寮にいる生徒は遅刻がない。寮監《りょうかん》とやらがいるらしいからだ。そんな話の後は自然と、彼等が家庭教師をしているリュカの話題になった。どのあたりまで教えているのか、今後の勉強方針についてなど、とりとめがない。そこで、シウはふと思い出した。

「そういえば、ブリッツのシルトって人を知ってる？」

「……知ってるけど、そいつがどうかしたのか」

「同じ初年度生のクラスメイトなんだ。この間、戦術戦士科に転籍してきたのはいいんだけど、早速レイナルド先生と揉《も》めたんだよね」

「そりゃまた」

ミルトが嫌そうな顔をする。

「あいつは、獣人族の各部族長からなる連合の、トップを任されているブリッツ族族長の息子だ。次期長と言われている」

「へえ」

「後継ぎが他にいないからチヤホヤされてるんだ。偉そうな奴《やつ》でさ」

「あー、うん。そんな感じだね」

「もしかして、喧嘩《けんか》売られた？」

「ちょこちょこっと軽くね。そのせいで先生の方が張り切っちゃって。怒ったフリというか、面白がって挑発したんだ。それで何故《なぜ》か、僕が次の授業で対戦しなきゃならなくなったんだよね」

シウが「やだなあ」と、机にもたれかかって愚痴を零《こぼ》すと二人が笑った。

「珍しいな、シウがそんな風になるの」

「まあ、分かるよ。面倒な奴に絡まれたんだから」

二人の言葉に甘えて、シウは愚痴を続けた。

「もっと大人になってほしいな～。『ここは学校だぞ！』と、僕は言いたい」

「ははは！　確かに。あいつ、子供っぽいからな」

「そうだったか？」

「そうだよ。甘やかされてさ」

「そういうもんか。ミルトも随分甘やかされてると思うがな」

「おい、クラフト」

二人がじゃれ始めたので、シウは苦笑して間に入った。

「まあまあ。とにかく、そんな感じだから一応聞いておきたいんだけど」

「おっ、弱みが知りたいのか？」

違う違うと首を横に振ったものの、いやそうでもあるのかと考えた。シウは首を斜めに捻《ひね》りながら、質問した。

「最低限これをやっちゃいけないって地雷、ある？」

「じらい？」

「あー、ある事に触れると怒り出すような、禁忌《きんき》のようなもの？　ほら、僕は獣人族のマナーに詳しくないから」

「ああ、そういうことね」

二人とも真剣になって考えてくれた。

「どうかな。耳や尻尾《しっぽ》に触るのがダメだって話は、もう知ってるだろ。シウは獣人族の習慣には疎《うと》いけど、基本的に差別するような考えじゃないしな。人族としてのマナーもしっかりしてる方だろ」

「シウなら、どの種族に対してもさして失礼はしないと思うけど」

ミルトもクラフトもそう言って、太鼓判を押してくれる。

「あ、そうだ。犬っころ扱いしたり魔獣《まじゅう》と同列に語ったりするのはダメだぞ」

「……レイナルド先生が、ちょっと煽《あお》ってたね。バカとかアホウとか」

「ひでえな、先生」

だよねーと同意していたら、生徒たちがやってきた。そこからは全員で世間話だ。そうこうするうちにアルベリクが来たので、世間話と授業の混在する不思議な授業となった。

遺跡潜りの打ち合わせでは、早速フロランが護衛の指名依頼を出したと報告した。どうせならグラキエースギガス討伐《とうばつ》の話も聞きたいと、その関係者、あるいはシウの知り合いを頼むと伝えてきたらしい。

まだ相手側には伝わっていないだろうから、何人が応じてくれるかは不明だ。せめて、最低二人は欲しい。もっとも、フロラン自身が護衛を数人連れているからこそ、その人数でいいのだ。あとは――。

「でもまあ、シウがいるからな。今回の合宿は楽になるよ」

リオラルが言うと、他の面々も頷《うなず》いた。

「護衛としては完璧だもんね。あ、シウ、わたしの父がよろしくって」

「アラバの？」

「わたしのお父さん、役人なの。前に話したかもしれないけど、冒険者ギルドと関連が深い職務だから、例の問題についても詳しく知ってるみたい。前にシウから話してもらったグラキエースギガスの件も、お父さんから言わせると『謙虚に話してるんだよ』ってことらしいわね。『シウ君がいるなら安心して行かせられる』って言われちゃったわ」

「うちもよ。でも、タダ働きさせるようなものだから、親同士で話し合ってお礼をしなくてはって」

アラバと仲の良いトルカも同調する。シウは「要らないよ」と笑って手を振った。自分も一緒に行くのだ。お礼をもらうわけにはいかない。

「ダメよ。怒られるもの。ねえ、何か欲しいものない？　聞いておくように言われたの」

「金銭じゃダメなのか？」

ミルトがトルカに聞くと、彼女は首を振った。

「本来ならわたしたちが頼める人じゃないのよ。クラスメイトだからお願いできるの。そんな相手に、金銭でのお礼は逆に失礼になるかもしれないんだって。それにシウはわたしたちの家よりもお金持ちだからね。特許料や討伐の褒賞もすごいらしいわよ。とにかくそういうことだから、さりげなく調べなさいって言われたの」

「それ、本人に聞いたらダメじゃないか」

フロランが苦笑した。古代遺跡研究科のリーダーはクラスメイトのうっかり発言を見逃さないらしい。もっとも「こっそり調べないと」と続けて言うあたり、彼なりの冗談だ。

「あ、そうなのね。分かったわ。じゃあ、こっそり調べるわ。みんなも一緒によ？」

はーい、とそこかしこで返事が上がった。それを今ここで口にするのが彼等らしい。比較的常識人のリオラルが笑っていたので、シウも笑って聞かなかったことにした。

◇◆◇◆◇

火の日の昼食は大抵、同じ研究棟の魔獣魔物生態研究科で摂《と》る。以前は大皿に盛った料理を持ってきていたが、最近はお弁当に凝っていた。ただ、一緒に食べる人も多いから、シウの分とは別に大きめの重箱も用意している。お弁当を持って学校に行く、というのが密《ひそ》かな楽しみだったので満喫している。

この大量の料理は、魔法が使えるからできることだ。魔力の少ない主婦が作るのなら、

第六章

それぞれの人生模様

大変だろうと思う。ロワルには惣菜屋《そうざいや》が多く、働く女性は助かっていたようだ。ルシエラは冬の寒さのせいもあって庶民はあまり出歩かない。結果的にルシエラの、いやラトリシア国の女性は食事を毎回自作している。

そのせいというわけでもないだろうが、結婚している女性の大半が専業主婦だ。家で内職程度のことはしているらしいが、外では働かないという。必然的に男性の給料だけで生活するため、生活水準を上げようと冒険者や魔法使いの比率が高くなるようだった。

では事務のような、毎回手順が決まっている仕事は誰がするのだろうと思っていたら、奴隷が行うらしい。これはソロルに教えてもらった。考えて行動しなければならない上級職や外での仕事より、考えなくてもいい仕事を奴隷に任せる。ラトリシアではこれで上手《うま》く回っているらしい。奴隷には女性もいるため、事務仕事は優先的に割り振られるそうだ。

シウがそんなことを考えたのも女子から愚痴が零れたからだ。

「あー、本当に結婚どうしよう」

「ルフィナはいいじゃないの。どこかの良家にお嫁入りできるもの。わたしは商家だから、どうなるか分からないわ。シウ君みたいにこんな美味《おい》しいご飯だって作れないもの。同じ商家か、せめて使用人のいる家に嫁がないとダメね」

「君らは宮廷《きゅうてい》魔術師《まじゅつし》を目指さないの？」

「……ウスターシュ。あなた、魔獣魔物生態研究を学んでいるわたしたちが、そんなすごい部署に就職できると思っているの？」

じとっと睨《にら》まれて、ウスターシュはたじたじだ。

「軍に入っても、騎獣《きじゅう》部隊の獣舎に配属されるとは限らないでしょう？　第一、兵士になんてなったら、ますますお嫁に行けなそう」

「君、伯爵家《はくしゃくけ》なんだから、僕等《ぼくら》よりよほど良い未来が待っていると思うけど」

アロンソは男爵家《だんしゃくけ》の子だ。いずれは軍属か、宮廷魔術師関連の事務官になりたいらしい。

「伯爵家といっても、わたしは第八子よ？　同じ貴族家に嫁げる保障はどこにもないわ。それに貴族家に嫁げたとしても、きっと貧乏貴族ね。そうしたら、ご飯だって自分で作らないとならないのよ。ああ、どうしよう！」

机に突っ伏した。しかし、その手にはしっかりとエビフライが握られている。

「美味しくもない食事を毎日、食べるのよ。なんて可哀想《かわいそう》なわたし……」

「ルフィナはもう少し、花嫁修業した方がいいと思うわ」

「セレーネったら、ひどい」

「あら、わたしだから言うんです。他の誰が指摘してくれるのよ」

「そうよねぇ」

慰めるように、彼女の希少獣タマラが手をぺろぺろと舐《な》めた。

「ありがとう、優しいわね」

「それ、エビフライが欲しいって言ってるんじゃないの？」

「うるさい」

伯爵令嬢としては口の悪いルフィナだが、心根は優しい。彼女はタマラをなでなでしてから、食べさせてもいいかどうかをシウに聞く。

「少しだけなら大丈夫だと思うよ。基本的に希少獣って、食べさせていけないものはないみたい。あ、彼等が嫌がるものはダメだよ」

「本能で分かるっていうけれど、すごいわよねぇ」

手で小さくちぎって食べさせると、タマラは「キー、キッ」と嬉《うれ》しそうに鳴いた。

「普通の獣と違って、希少獣は食べ過ぎて太るということもないからね」

「……シウ君、ぐさっと来るようなこと言わないで」

「え？」

首を傾《かし》げたら、あちらこちらから失笑が漏れた。

「バルトロメ先生が前に言ってたわ。知能ある生き物の中で、胃がはちきれんばかりに食べて太るのは人間ぐらいだって。人間に飼われる普通のペットとかもね。他のどの種族でもそういうことはないのに『人間だけは欲望に弱いのだ』って」

バルトロメの口調を真似《まね》ながらルフィナはしみじみと語った。あまりに真面目《まじめ》な顔をするものだから、シウも真剣な顔で答えた。

「業が深いね……」

「十三歳の言うことではないよ。シウって、本当に変わってるね」

＋第六章＋
それぞれの人生模様

アロンソが苦笑した。

変人が集まると言われる魔獣魔物生態研究科でも、生徒たちの話題には結婚話が出てくる。

シーカーは上級学校だ。大学校と位置づけられている。そこに通えるのは裕福な者、つまり貴族出身者や大商人の子がほとんどだ。そのため、生徒の中にはすでに婚約している者も多い。

女性が結婚してから生徒として通うことはあまりないようだが、それはラトリシアに専業主婦が多いからだ。数は少ないけれど、貴族の女性の中には既婚者ながら通う者もいる。婚家が寛容で裕福な証拠だとして、夫側の株が上がるとか。そうした女性は得てして優秀だ。学校側も融通を利かせるらしい。

生徒たちが結婚について語っていると、やってきたバルトロメが爽やかに宣言した。

「僕は子供さえ産んでくれたら、奥さんが何をしようとも構わないけれどね！」

「先生……」

皆が呆《あき》れ顔《がお》になった。ただ一人だけ、違う。

「あー、先生、わたし一応立候補しておいていいですか？」

「何をだい、ルフィナ」

「先生のお嫁さん候補」

誰かがブッと吹き出す。中には「えー、やめときなよー」と口にする者もいた。何故「やめときな」なのか。その理由は本人の言葉で明らかとなった。

「君のところって、多産？」

「真っ先に聞くところがそれって、先生どうかと思うぜ」

「ステファノ様、口調が！」

「でもさ、先生の、そこは譲れないところだよね！」

「そうだとも！」

胸を張って叫ぶ。それよりもう授業も始まっているのにこれでいいのだろうか。シウは呆れながら、皆の話し合いを眺めた。

「わたし第八子なんですけど、第二夫人の子が含まれているからダメかなぁ」

「あれ？　じゃあ、ルフィナは正妻の子？」

これまた男爵の子であるレナートが聞いた。このクラスは従者の一部以外は、ほとんどが貴族出身者だ。

「そうよ。でも、うちは差別なしだから、時々どっちがどうだったのか分からなくなるけれどね」

ルフィナの言葉に、バルトロメがにこにこと笑った。笑って、

「そうか、父親の種が良いんだね」

と、とんでもないことを口にする。さすがの生徒たちも「「先生ーっ？」」と叫んだ。世

が世ならセクハラと言われる案件である。しかし、この先生は全く気にしない人だった。

「ああ、でもそれだと難しいかなぁ」

「だから、念のための候補として、ぜひ！」

「そうだよね。僕ももう二十八歳だし」

「え、先生ってもうそんな歳なんですか？　若く見える～」

男性に対しては決して褒め言葉ではないと思うが、バルトロメはいい笑顔だ。その笑顔のまま、彼は唐突に授業を始めた。

「そう、そうなんだよ。魔物や魔獣の中には若く見える個体も多い。たとえば、サキュバスやインキュバス、スキュラやハーピーだね。これは全盛期をその状態に維持しているんだ。彼等が老いた姿を見せるということは、死期が近いということなんだね」

いきいきと語り始めた。

聞くつもりはなかったのだが、ルフィナの独り言がシウの耳に届いた。

「これだから先生は結婚できないんだろうなぁ……」

シウは何も言えず、聞かなかったことにした。


その後、話は魔獣の繁殖力に移った。子供をたくさん産む魔獣は比較的、弱いものが多い。それは他の生き物でも同じだとバルトロメは力説した。いわゆる生態ピラミッドのことだろう。前世では諸説色々あって、一概に決めつけられないという話もあった。とはいえ、分かりやすい。この世界の本にも、食物連鎖のピラミッド構造についてはよく書かれている。特に古代の本に多かった。

強い生き物が弱い生き物を捕食するのは当然だが、ここにイレギュラーが発生すると生態系も狂ってくる。世界はそうした複雑な網の目状だ。強い生き物ほど繁殖力が低下していくのは餌《えさ》の問題もあるが、生物学的な問題だとも言われていた。強いからこそ、同時に存在できない。そういう仕組みになっているのだと言う人もいる。

ふと、シウはポエニクスについて考えた。一時代でひとりしか存在しない聖獣《せいじゅう》だ。希少獣の中では頂点に君臨している。

いるかどうか分からないとまで言われているドラゴンでさえ、複数いるという。どういう理由でたったひとつの個体となるのだろうか。そもそも、どうやって生まれるのかすら解明されていない。神の僕《しもべ》と人間が崇《あが》めるのも分かる気がする。

ただ、その神すらも複数いると言われているのだが。

「……あれ、この世界の神様って本当に複数いるのかな?」

シウの知っている神様は一人(柱)だけだ。しかも、現在信仰されている神々の誰とも違う気がしている。彼女が本当に神様なのかも分からない。けれど、神様に出会った時に感じた神々しさは疑いようがなかった。

ともかく考えるのはよそう。でないとまた、シウの夢に現れそうだ。彼女が夢に現れると寝覚めが悪く、寝た気にならない。シウは頭を振って、バルトロメの話に耳を傾けた。

「子供をたくさん産むことによって、一族が生き残る確率を上げているんだね！　貴族でもそうだよ。たくさん作るのは、誰か一人でもいいから良い後継者になってほしいという願いからだ。幸いにして人間は、魔獣や魔物ほど生存競争は厳しくない。よって、二番目以降が余ってしまって大変なことになるんだけどね」

「わたしが獣だったら、勝ち残れなくて真っ先に死んでいたわ」

「僕もだよ」

「しょっぱい話だけどね！」

「人間で良かった～」

バルトロメは「うんうん」と嬉しそうに頷き、最後を締めた。

「というわけで、本日の自由討論は魔獣たちの出産についてだ。いつの間にか突然現れるとされる魔獣だが、その魔獣同士の間にも子が生まれることは分かっている。これについて検証していこう！」

なんだかんだで魔獣魔物生態研究クラスの教師である。魔獣の話をする時のバルトロメは一番輝いていた。

◇◆◇◆◇

翌日の生産の授業もいつもより早めに向かったが、やはりアマリアが先に来ていた。彼女が一番目でシウは二番目だ。互いに生産が好きなので早く来すぎてしまう。もちろん、他にも早く来る生徒はいる。たまに誰かが「今ここで詰まっている」と言えば、皆で意見を出し合う。そういう時間もまた楽しい。

授業が始まると各自の作業に没頭するが、それまでは相談会のようなものだ。

鐘の音が鳴ると、シウは早速、糸と錘《おもり》を使った投げ道具を作り始めた。テニスラケットから派生した網棒も作る。これは、大きめの軽金属棒に蜘蛛《くも》の巣《す》のような網目を張り巡らせたものだ。糸を透明になるよう調整したり通電できるようにしたりと、色々なパターンを作った。ほとんどは使い道がない気もするが、中には武器になり得るものもある。

レグロは怪訝《けげん》そうに見ていたが、シウが使い方を説明すると顔を顰《しか》めていた。

「なんつうものを作るんだ。怖い奴だな」

蜘蛛蜂《くもばち》の糸で作った電撃タイプの武器は、その威力で中型魔獣でも一撃にできる。危険といえば危険だ。ただしラケット型にしたため当てないといけない。やはり使い道はなさそうだと、シウは空間庫に放り込んだ。

この日は他に、印字機で使う文字盤の種類を増やすなどして遊んだ。それでもレグロには何も言われない。生産科はやりたい放題の授業だった。

午後は複数属性術式開発の授業がある。通常の授業が終われば自由時間だ。そこでシウは、先日からずっと気になっていた重力魔法について考えることにした。基礎属性の複合

✦第六章✦

それぞれの人生模様

技で使えないかと思ったのだ。

というのも、実はいつの間にか重力魔法のスキルが増えてしまっていた。他にも幾《いく》つか増えている。自分自身を鑑定してしまうと自覚してしまうため、あえて視《み》ないようにしていたが、嫌な予感がして確認したのだ。こうした珍しいスキルは堂々と使えないので、増えないでほしい。それなのに増えてしまうのは、神様がシウに能力補正というギフトを与えてくれたからだ。

それはもちろん有り難い話である。しかし、珍しいスキルを持っているとどうしても権力者に目を付けられてしまう。なるべく目立ちたくないシウにとっては困る話だ。今のところ、隠蔽できているし、よほどの相手でなければ鑑定もされないだろう。自分がうっかり使わない限りは。

そう、つまり、咄嗟《とっさ》に使ってしまった場合の言い訳が必要になるのだ。この場合、「固有スキルを持っている」ではなく「基礎属性の複合魔法で使える」なら、問題はない。

幸いにして、シウは複数属性術式開発の授業を受けているから言い訳が通用する。それに教師のトリスタンも親身に相談に乗ってくれる。

この日もシウがうんうん唸《うな》っていたら、早速トリスタンが来てくれた。

「どうしたんだね、シウ」

「あ、先生。実はこういうのをやってみたくて――」

口にすると周囲が騒がしくなるだろうから、シウは急いで古代語を使って書いた。

「友人にこれを持ってる人がいるんです。使い方を教えてくれたのはいいんだけど、さすがに基礎属性で使えるようにはならなくて」

「それは、なんとまあ」

「やっぱりユニーク魔法ですよね」

「とても希少だね。滅多に見ない。しかし、ないこともないのだ」

「そうなんですか？」

「我が国では、そうだな、分かっているだけで十人ほどいるだろうか」

「え、意外と多いですね」

先生が少しばかり自慢げに頷いた。

「うむ。わたしの友人の一人も持っているのだ」

シーカーの教授であるトリスタンなら、友人も似たような人が多いのだろう。魔法のスキルが高いのも納得できた。

「宮廷魔術師にも一人いたかと思う。そう考えれば意外ではないか。ただし、このスキルにはまだ解明されていないことも多くてね。友人も後世の人のためにと研究を続けている」

「じゃあ、実際に能力を生かしている人って少ないんですか？」

「あまり聞かないからね。冒険者で一人か二人、いる程度だと聞いた。発動条件があったり、使いこなすには大変らしいからね」

となると、それを基礎属性で代替しようとするのは無謀だろうか。シウがまた唸ってい
ると、トリスタンはシウの肩を叩《たた》いた。
「焦らずとも、君には時間がまだたくさんある。ゆっくり考えなさい。それに息抜きも時
にはいいものだ」
「はい」
「研究熱心な友人にも、そう言ってよく酒場へ連れ出したりするのだよ」
「優しいんですね」
「おや、そんなこと初めて言われたよ」
そう言いつつも嬉しそうに笑って、トリスタンは別の生徒のところに行った。
シウは「うーん」と大きく伸びをして、そのまま仰《の》け反《ぞ》って窓を見た。外の景色が逆さ
に見える。しばらくその状態で眺めていると、ふと閃《ひらめ》いた。「そうか！」と、急いで元の
体勢に戻る。近くにいた生徒がビクッと体を震わせていたが、集中に入ってしまったシウ
は気付くことなく思考の世界へ入っていった。

シウが考えたのはこうだ。土属性の重ね掛けと、ターゲットが物だった場合の金属性に、
重みを錯覚し調整させるための闇属性と無属性。更に水属性も加えて、超複合技になって
しまったが、これなら可能ではないかと思い付いた。
術式自体は変遷《へんせん》を重ねていくだろうが、使うのはこの属性だけでいい。

使う時には、対象が何かによって術式も変わる。生物と無生物では違う。その上、対象物を指定しないといけない。曖昧《あいまい》に重力魔法を掛けたら、周辺一帯がおかしくなるだろうし、何よりも魔力の消費が激しくなる。

魔力を抑えるには術式を増やすしかなく、となると膨大な術式になりそうだった。それを詠唱している間に反撃されそうだ。そんなもの誰も使わない気がする。が、これはあくまでもシウの「言い訳」用だ。バレた時用なのだから別に構わない。

何よりも、シウは早く試してみたくてうずうずした。

「先生、実験したいのでどこか借りたいんですけど、行ってきてもいいですか？」

「ああ、構わないよ。結果がどうなったかだけ後で教えてくれるかい。教室へは戻らなくてもいいからね」

研究者が実験を始めると時間を忘れるのは、教師なら知っている。つまりシウもまた時間を忘れるだろうと、トリスタンは見越しているのだ。シウは「はい」と返事をして、すぐに教室を出ていった。

さっきシウは、逆さの景色を見て「引っ張らなくてもいい」ことに気付いた。重力魔法を教えてくれたククールスが引っ張ると説明したため、その言葉にイメージが固定されてしまっていた。

ものすごく無駄な使い方にはなるが、魔法とはイメージ優先でも使えるものだ。その分、魔力は必要になる。シウはてっとり早く、圧を掛けることにした。本来の重力とは意味が違ってくるが「言い訳」に必要なだけだ。まだ解明されていない分野なのだからバレないのではないだろうか。

実験場所は、以前も借りたことのあるグラウンドだ。校舎から遠く離れた不人気の場所には人っ子一人いない。そこに大がかりな結界を張った上で試してみた。

新たに増えた固有のスキル「重力魔法」が作用するといけないので、頭の中で「停止」をイメージしながら「詠唱」してみた。術式を脳内に思い浮かべながらの詠唱だ。口にする時はいつもの単語だけになる。

「《指定》《対物重力圧》」

目の前の岩を指定し、土属性のレベル4を重ねていく。更に金属性と水属性を重ねたのは単純に圧力が掛かると思ったからだ。同時に闇属性魔法を使って土や金や水を物理で除去する。圧力だけを残すイメージだ。途端にメリッと音を立てて岩が崩れ落ちた。

「やった、成功だ」

闇属性には命中率低下やステータス低下など、お得意技がたくさんある。その中には物理攻撃低下もあった。つまり、物体に対しても消去が可能だ。このレベルを上げたら、圧力も増やせる。対象が生物になると、また少し違う。いろいろ考えてみるも、実験しないことには始まらない。が、グラウンドには試せる生物などいなかった。

「仕方ない。明日やろう」

中途半端で残念だが、術式をもっとスマートにできないか、節約も兼ねた組み合わせも考えたい。ゆっくり考える時間も必要だと思い直し、シウはグラウンドを後にした。

ちなみに、後でグラウンドの管理者に「置いていた岩が壊れていた」と怒られてしまった。好きに使っていいものだと思っていたが、どうやら別の誰かの実験用に置いてあったものらしい。平身低頭で謝り、代わりの岩をこっそり運んだシウである。

その日は帰宅後、頭を休めるために料理をたくさん作った。調理をしていると頭がすっきりするので気分転換にいいのだ。

この日のメインはルシエラの市場で手に入れた帆立貝《ほたてがい》だ。新鮮だったので買ってきた。ソテーにした帆立は美味だった。これは、ドレヴェス領の海岸で獲《と》れたものである。海岸に別荘地があるらしく、避寒していた商人たちが飛竜で戻るついでに運んできたものだ。今年初だと市場の人が教えてくれた。

そんな話を聞くと行ってみたくなる。それに帆立の貝殻には使い道があるし、とてもいいエキスが出るのだ。明日にでも行ってみようかなと、シウは考えた。

となれば、明日の実験は早めに仕上げたい。料理をしてリラックスしていたのに、つい頭を使ってしまう。シウは頭を振った。今日はしばらく考えないようにしよう。

それにはリュカと遊ぶのが一番だ。

「リュカ、今日、一緒にお風呂入る？　フェレスも一緒に」

第六章

それぞれの人生模様

「うん、入る！」

ソテーを頬張りながら嬉しそうに答える。フェレスも尻尾をふりふり嬉しそうだった。


その後、二人と一頭でお風呂に入った。

大の男が五人入っても大丈夫なぐらい広い。シウが使いやすく改修したので、フェレスのような騎獣が一緒でも十分ゆっくりできる。

このお風呂は使用人用だから、メイドたちも使う。個人で入れる小さいお風呂もあるが、ほとんどこちらを使っているそうだ。一度に数人入れることから時間待ちをしなくていい。長く浸《つ》かれると好評だった。

カスパルやダンは専用のお風呂に入るため、こちらのお風呂は遠慮せずに使っている。希少獣とはいえ獣であるフェレスを一緒に入れているのも、シウが魔法で浄化しているからだ。あとは皆がフェレスを好きだということも理由のひとつで、有り難い。

「にゃーにゃにゃにゃ！」

「あはは！　フェレス、いっぱい水が飛んできたよー」

きゃっきゃと喜んでリュカが手を叩く。そう言うリュカも耳や尻尾を振るうので水滴が飛んでくる。

「にゃーっ！」

洗い場から風呂の中に飛び込むのでバッシャーンという音と共にお湯が溢《あふ》れ出《で》る。頑丈に造っているとはいえ、やりたい放題だ。

「わあ！　シウ、シウ、いっぱい濡《ぬ》れた！」

そうだねーと返事をしながらフェレスを見ると、自分でもちょっとやりすぎたと思ったのかちろっとシウの顔色を窺《うかが》っていた。

「外でやったら、ダメだからね？」

「……にゃ」

はい、と素直な返事だ。一応、反省はするフェレスなのだった。

◇◆◇◆◇

翌朝、シウは早く起き出し、早番のメイドに報告してから王都を出た。

魔獣を使った実験をする予定だが、わざわざ捕まえてからというのは心情的に嫌な気持ちになる。しかし、たとえば魔獣を狩るついでに使うのなら気持ち的にはマシだ。

どのみち魔獣は狩らねばならぬ生き物だ。シウは一つ溜息《ためいき》を吐《つ》いて《全方位探索》で魔獣を探した。

最初に見付けたゴブリンに対し、シウは固有スキルの「重力魔法」を使った。面白いことに、そう考えると勝手に切り替わる。そして重力魔法でならば、術式だなんだと考えるまでもなく簡単に使えた。魔力の消費も複合技よりずっと少ない。

ならばと、次は基礎属性魔法だけで複合技を使ってみる。

「《指定》《対生物重力圧》」

ゴブリンが地面に縫い付けられるようにその場へ倒れた。イメージは弱め、魔力も少なくしてみて、ゴブリンが倒れる程度の圧になる。次は岩猪《いわいのしし》を見付けたため、強めに掛けてみた。すると、ぐちゃっと音を立てて押し潰れる。

これでは倒せはするが、素材の回収は無理だ。魔獣狩りをするのなら、もう少し考える必要がある。

そのうちに、血の匂いに惹《ひ》かれて魔獣が集まってきた。シウがその場で待っているとルプスが現れる。ルシエラ周辺に多い魔獣だ。

五匹の群れに、今度は詠唱せず、脳内イメージをしっかり保ったまま複合技を使った。個別に掛けたのは、レベルを変えてどうなるか知りたかったからだ。

一番軽い方法では倒せなかった。止めを刺す為に少し術式を付け加える。

「《指定》《対生物重力砲》」

風属性を使って指向性を与えることにより、圧が砲のように向かう。ルプスは張り付けられるように潰れた。

「……空気銃とどう違うんだろ。まあ、いいか」

ここで、シウは実験を止めた。もう成功ということにする。シウの言い訳だけのために、これ以上手を掛ける必要はない。

「よし、気分転換しよう！　フェレス、美味しい物を買いにいこうか」

「にゃん！」

　ということで、シウは脳内地図を広げた。

　ドレヴェス領は初めて行くところだ。慎重にしようと《感覚転移》を何度かに分け、幾つも張り巡らせてから《転移》する。

　目当ての港までは少し離れた場所、海沿いの岩場の陰に到着した。誰もいないことは分かっているが、目視でも辺りを確認する。それから、ソッと結界を解いた。

「大丈夫かな？」

「にゃ」

「じゃあ、フェレスは偽装しようか」

「にゃ？」

「そのままじゃ、バレるかもしれないでしょ。ただでさえ、この国で騎獣を連れ歩くなんて珍しいことなのに、庶民の子供が持つフェーレースってだけで噂《うわさ》になりそう」

「にゃぁ……」

　わかんないと返されてしまった。

「いいよ、こっちで勝手に偽装するから。その代わり、フェレスは今日一日鳴いたらダメだよ」

「にゃっ？」

「……そうだ、勝負しようか！」

「にゃ？」

「一日、偽装が上手くできたら勝ち、っていうのはどう？」

「にゃん！」

「だから、猫っぽい鳴き声は禁止だって」

笑いながら言うと、フェレスは暫《しばら》く首を傾げつつも、納得したのか頭を縦に振った。それから、何度か喉奥からぐるぐるぐるるると音を絞り出すようなフリの後、シウに向かって自信満々に鳴いてみせた。

「ぎゃん！」

「うーん、まあ、いっか」

「にぎ、ぎゃ、ぎゃぅ……ぅぅぅ」

「鳴かないっていうのは、ダメなんだね？　ま、いいや。じゃあ、偽装はティグリスにしようか。成獣前後の大きさだし、ちょうどいいかも」

ティグリスは虎型なので猫型に近いと言えば近い。フェレスと大きさは違うが、動きは似ているため偽装するのにも向いている。

シウは擬装用の魔石をフェレスの首輪に付けて起動させてみた。が、シウ自身にはそれが成功したかどうかが分からない。なにしろ偽装を見抜けてしまうのだ。これはフェレス自身に確認してもらおうと、鏡を取り出して見せてみた。フェレスは驚いて、鏡に対して前脚でちょっかいを掛けようとする。魔法が効いているということだ。

シウ自身も、カスパルから下げ渡された服の中から、ラトリシア風のものを取り出して着てみた。

「貴族の子がお忍びで街へ降りる感じなんだけど。見えるかな？」

「ぎにゃ」

「……ま、いっか」

頑張ってティグリスのフリをするフェレスに水を差すのも可哀想だ。シウは笑って頭を撫《な》でた。

それから自分自身も偽装し、フェレスに乗って飛んでいった。途中、別荘地を抜けるのも忘れない。別荘地から来た子供という体だ。念には念を入れておく。


ドレヴェス領の中で最も南に位置するウンエントリヒ港は、領どころかラトリシア国でも最大の港だ。漁獲量も多く、市場も広いという。

港街も広がり、少し離れたところには風光明媚《ふうこうめいび》な岩場の続く景色があって、その山の上に別荘地がある。市場よりも南側に大きな出っ張りの崖があって、そこを境に浅瀬の続くなだらかな砂浜が広がる。夏には貴族の避暑地として利用されているそうだ。

シウは「本で読んだ通りだなあ」と眺めながら、街に入った。そこからは馬車に乗って

移動する。街の中で騎獣に乗るのは禁止だからだ。

「坊ちゃん、本当について行かなくて大丈夫ですかい？」

「うん、この子がいるから大丈夫だよ」

「そりゃあ、ティグリスの騎獣なんて護衛数人分でしょうがね。しかし、お家に本当に言ってきたんですかい？　抜け出してきたなら、怒られますぜ」

「……そういう子、多いの？」

「へい。たまに街中でも警邏隊《けいらたい》が捕り物やってますさあ。まあ、このへんは治安もいいんで、滅多なことにはならんと思いやすが」

「あ、そうか。何かあったら御者のあなたが怒られることになるんですね」

「へえ、まあ、いや」

頭を掻《か》いて、人の好さそうな男性が笑う。もっとも、子供がうろちょろすることへの心配もあったのだろうが。

「大丈夫です。もし何かあってもあなたのことは言わないと約束します」

「頑固な坊ちゃんだねぇ」

「だったら安全で美味しいお店、教えてくれる？　ちょっとお腹《なか》が空いてきちゃった」

「そうかい？　じゃあ――」

教えてくれた男性にお礼のチップを払って別れると、シウとフェレスは市場に向かって歩き出した。

何人かがシウたちを見るものの、服装を見て「ああ貴族の子か」と納得して元に戻る。不自然な視線も幾つかあるが、まだ様子見というところだろう。デルフ国の市場よりずっと安全な気配だった。

市場は魚介類だけでなく、生鮮食品の全てが揃《そろ》っていた。ここから小売り店へと運ばれるらしく、午前中ということもあってひっきりなしに荷車が動いている。構内は走らせるのが禁止で、さりとてゆっくりも移動できず、忙《せわ》しない雰囲気だ。シウは邪魔にならないよう端を歩いていたが、時折「おい邪魔だ」と怒鳴られた。シウもフェレスも気配察知には慣れている上、ぶつからないよう結界も張っている。それでも気が急いている人の目には邪魔に映るのだろう。

どうせ避けているのだ。シウは結界魔法の上に認識阻害の魔法も掛けた。これで、凝視しない限りは見付からない。その後はすいすいと人を避けて市場を歩くことができた。

一通りザッと眺め、気になる店では交渉を繰り返す。ここでもシウは味見をさせてもらって、大量に購入した。大っぴらに魔法袋の存在を明かすのもどうかと思い、念のため、店の裏手にある倉庫まで付いていって片付けた。その都度、店主たちには驚かれ、心配される。

「坊ちゃん、人前でそんなものを見せたら危険だから気を付けるんだぞ。そうだ、次の店まで護衛を付けてやる」

と、そんな調子だ。次の店でも交替で順繰りに護衛が付くことになってしまった。

親切な人ばかりで有り難い。護衛としてついて来てくれた店員にはチップを払った。受け取れないと断る者もいたが、さほど大きい金額ではなかったから最終的には受け取ってもらえた。この額の見極めが大事なのだ。あまりに多いと人を狂わせるし、子供が払うには生意気だと捉えられることもある。市場ではそうした相場も周囲の人を見て覚えた。


目当ての帆立貝は最高級品のものから、小さくて捨てるようなものまで、それこそ余っているもの全てを買い取った。

店の人からは「捨てるしかなかったものまで引き取ってもらえるなんてねぇ」と喜ばれ、オマケしてもらえた。貴族相手にそういうことをしていいのかと不安がる女将《おかみ》さんもいたが、シウとしては有り難い。基本的に、シウは商売人相手に値切りたくなかった。だから、相手側からオマケしてもらえるなら嬉しい。

市場によっては交渉するのが当たり前、というところもある。シウ個人は、値段というのは適正価格をつけるものだと考えている。さすがに相場よりずっと高ければ買わないが、基本的には言い値で買うのがシウのスタイルだ。

ともかく、シウがあちこちで買っていたら、段々と初めから安い金額で提示してくれるようになった。有り難いことである。

＋第六章＋

それぞれの人生模様

昼食は御者の男性に教えてもらった店で食べ、また市場を散策した。

午前中のうちに海の物はほとんど買うことができて、シウはほくほくだ。午後はそれ以外の地元食材などを手に入れたい。

「フェレス、お魚美味しかったねー」

「ぎにゃ」

念のため、以前キリクから押し付けられていた貴族向けの騎乗帯を着けているせいか、フェレスが勇ましいティグリスに見えてくる。

「格好良《かっこうい》いね、フェレス」

「ぎゃぅ！」

本獣も嬉しそうで良かった。フリとして首輪から伸びる手綱《たづな》を握りながら生鮮食品を眺めていると、市場関係者と思しき男性がやってきた。

「先ほどからお買い物をされている、タロー様ですか？」

「はい」

店の人たちには坊ちゃんと呼ばれていたが、お昼前に担当者を付けると言われ、偽名を名乗っていた。相手も「タロー」が偽名であることは分かっている。

「遅くなって申し訳ありません。午後からはわたくしがお付きします」

「ご面倒掛けてすみません」

頭を下げると貴族らしくないので、言葉だけで軽く謝ると、それでも非常にびっくりされた。そんなに仰け反って目を見開かなくてもいいのにと、苦笑が出そうになって慌てて噛《か》み殺《ころ》す。

「あ、申し訳ありません。ええ、その、お伺いしていた通りのお方で。わたくしもお仕えするのが有り難く、その――」

何を言っているのか段々分からなくなってきたので、シウは話を変えた。

「地元の新鮮なものが欲しいのですが、じっくり見て回っても構いませんか？　お勧めのものがあれば教えてください」

「は、はい！」

案内人が付いてくれたおかげで午前中よりもスムーズに動けた。彼が店の人と交渉したり話を通したりしてくれるおかげで、いちいち大仰な対応をされなくて済む。貴族のフリをしたことを後悔していたので大変助かった。貴族のフリをしなければいいのかもしれないが、この国では貴族でないと騎獣を連れたり魔法袋を持っていたりしないのだから仕方ない。

王都ならば冒険者として通せるが、地方では珍しいためそうもいかなかった。バレないための苦肉の策とはいえ、ボロが出そうだ。しかしまあ、シウはあまり気にしていなかった。気にしていないというよりも、つい夢中になって素が出てしまうのだけれど。

「あ、これは？」

「こちらはヴィクストレム領から入ってきた果物です。冬に採れますからとても珍しく、貴重なものですよ」

味見をすると苺《いちご》だった。見た目はただの小さな赤い実なので不思議だ。《鑑定》すると、ビタミンも豊富だと出てきた。

「木になるのかな？」

「こういう、小さな木ですが」

店員が教えてくれた。低木だから鳥に食べられないのだろうか。味もいいし興味もあるので買えるだけ買った。他にも珍しい食材や地元でしか採れない野菜などを中心に購入していく。

更に嬉しかったのは蕎麦《そば》を手に入れたことだ。

「あ、これ！」

「おや、蕎麦をご存じですか？　これは東部地方にある地元民しか食べません」

「シアンにもあると聞いたことがあります」

「おお、さすが若様は博識ですね。はい、シアン国では主食となっています。種類が違うようですから、あちらのものは少し苦みがあるのです。小粒で、食べるのには苦労するようですね」

彼の説明にイメージが湧いてきた。となると、一般的な蕎麦はこちらの地元品種になるだろう。シウはわくわくしてきた。

「これ、粉の状態で売ってますけど、実の状態で手に入れることは可能ですか？　あ、この粉挽《こなひ》きの分も欲しいです」

「実の状態だと、現地の者から直接ということになりますが」

市場で実を売っていないことは、案内人の彼には分かっていたようだ。話しながら、店の人に視線を向ける。店員さんも会話を聞いていたので、うんうんと頷いた。

「よござんすよ、紹介しましょう」

「ありがとうございます。紹介料については、こちらの方にお任せすればいいのでしょうか」

案内人に向くと、彼は顔を綻ばせた。

「お若いのによく分かっていらっしゃる。はい、そうしてくださると、この店のものも助かるでしょう」

今日は市場があるため案内できないが明後日《あさって》なら可能だと言ってもらえた。明後日の朝に市場の事務所で落ち合う約束をした。

しかし、こうなると益々ワサビが欲しくなる。

気になって、香辛料を置いている店で聞いてみた。すると。

「ああ、そうしたものなら、これはどうだい？」

青い茎を剝《む》いて渡してくれる。

第六章
それぞれの人生模様

「……近いけど、ちょっと違うかな」

「そうかい。んー。もしかしたら、あれのことかな」

思案顔で店の奥にいた男性に大声で話しかける。

「おーい！　お前、確かシャイターンで面白いもの見付けたって言ってたよな？」

「へえ」

年寄りの家僕がやってきた。

「こいつは昔、隊商で働いてたそうでね。シャイターンの行き来が多かったそうなんですわ。この辛子青茎に似ていて、もっと鼻にツンとくる面白い香辛料があると言ってたもんで。そうだったな？」

「へい。確か、古代種だとか言ってやしたね。ウィ、カ、なんとかリスとか？」

シウは脳内でパパッと予想を組み立てた。

「それ、ウィリデカウリスと言ってませんでしたか？」

「おお、そいつだ！　そうだった！」

「ご存じだったんですか？」

案内人に聞かれたが、想像が当たっただけだ。

「いえ、さっき店主さんがこれを辛子青茎と仰ったからです。その流れだと、緑の茎という意味の古代語かと思って。だとしたら、ウィリデカウリスかな、と」

「すごいもんだ。いや、貴族の若様というのは、色んなことを学ばれるのですね」

「あー、どうでしょう。僕は食いしん坊なので食材関係にばかり詳しいだけで」

「おお、そりゃあいいや。坊ちゃん、ぜひ世界の香辛料を勉強してくだせえ。おっと、じゃあ、これもどうですかい」

店主はここぞとばかりに珍しい物やとっておきの物を見せてくれた。最初は隠していたあたり、人を見て売っているようだ。

「あれ、これ」

「さすがは坊ちゃんだ。気が付きやしたかい？」

「ターメリックだ……」

他のスパイスのほとんどは薬にもなるため見付かっていたのだが、ターメリックだけは薬草全集にも乗っていなかった。

他にナツメグも植物全集になかったが、こちらは南部で採れると聞いたことがある。ナツメグはハンバーグに入れるのにいいが、臭み消しは生姜《しょうが》やニンニクもあるためそれほど求めていなかった。しかし、ターメリックは違う。

シウはドキドキしながら粉を見つめた。

「最初は色を付けるのにいいと思ってやしたが、薬草臭いってなもんで、敬遠されちまってね。薬草師も肝には良いのにとぼやいておりまして。相談を受けたはいいが、どうしようもねえんで、香辛料を組み合わせて実験している最中なんでさ」

面白い素材でしょう、と自慢げだ。もちろん、知っている。シウは《鑑定》しながら自然と語っていた。

「……これはね、とてもすごいんだ。二日酔《ふつかよ》いの予防にもなるし、肝臓にも良い。それに鉄分もあって貧血に向いているんだよ。ああ、だからといって取り過ぎは禁物だけどね。鉄分は取り過ぎても良くないから。薬として使うんだから、知っているでしょうけど」

「へえ、そうですかい」

「これ、このへんでしか採れないんですか？」

「そうでやす」

「これも、欲しいなあ。うーん。栽培できないかな？」

「へっ？　そんなに欲しいんですかい？」

「薬としても優秀だけど、実は食べ物としてもお勧めなんだよね。配合はまだ現物がないから試せないけど、考えはあるんです」

「へえっ、そりゃまた」

店主の目が光ったので、シウは笑った。

「もし、他に売れなくても僕が買うので、手伝ってもらえませんか？」

「商売の話とあっちゃあ、乗りますよ！　へい、それじゃあ、詳しくは――」

案内人を見る。彼は一つ頷いて答えた。

「若様は明後日また市場へ来られる。お前もそれまでに段取りを考えて事務所へ来るといい」

「へい、了解しやした」

店主はいい笑顔だ。シウも、新しい発見があって本当に来てよかったと笑顔になる。

ワサビの当てもできた。これは、ぜひとも蕎麦と一緒に食べてみたい。次はシャイターンへ行ってみよう。そう考えながら、案内人に連れられてまた市場を歩いた。


案内人の男性はよくよく聞けば、役人だった。

「市場って、領の運営だったんですか」

「そうでございますよ？」

当たり前のことを、といった顔をされてしまう。そして「ふふふ」と小さく笑われた。

「申し訳ありません。博識な若様でもご存じないことがあるのかと思ったら」

「はあ」

「あ、いや、普通ここで貴族の若様でしたらお怒りになるところですのに」

貴族じゃないのでと、脳内で返しておく。案内人はシウを疑っていないのか、それとも客ならどういう相手でもいいのか、にこやかだ。

「大きな市場は運営するのが大変ですからね。領として管理しておかないと大変です。問題が起こった時に早く対処できますしね」

「そうか、商人だけだと手に余ることもあるんですね」

「その通りです。もっともここまで大きくなるとは、我が領主様も思っていなかったでしょうが」

「以前は小さい市場だったんですか？」

「さようでございます。今の領主様になってから商売が上手くなりましてね。というのも奥方が大商人の家の跡取り娘だったんでございますよ」

「へえ、珍しいですね」

「そりゃあもう、有名な大ロマンスでして。若様がご存じないのも無理はありませんが」

歩きながら面白おかしく、時にお涙ちょうだいといった感じで過去の大ロマンスについて話してくれる。こんな子供相手にも気を遣ってくれて良い人だ。この案内人はサロモネといい、今後も付き合いが続くと知ってか、最後にもう一度強めに名乗ってくれたのだった。

◇◆◇◆◇

さて、楽しみを前にして、シウには少々面倒なことが待っていた。市場めぐりの翌日は、学校で戦術戦士科の授業があった。シルトと手合わせをしないといけない日だ。人と争うのが苦手なシウには、やりたくないなーという気持ちしかない。ところが、相手はやる気満々で、目をギラギラさせて体育館で待っていた。

並んでみなくたって体格がまるで違うのは分かるはずだ。それなのにシルトは本気でやるつもりのようだ。レイナルドが焚《た》き付《つ》けるからだが、その本人はどこ吹く風といった態度である。そして機嫌良くシウの背中をバンバン叩いた。

「頑張れよ！」

「はあ」

「なんだその気の抜けた返事は！　死ぬぞ！」

「死にませんよ」

「そうだな、お前は死なんな！」

わははは、と何が嬉しいのか大笑いだ。

「おっと、そうだ。お前は大丈夫だろうが手加減してやれよ？　殺すのはまずいからな」

「殺しませんよ。ええと、気を付けます」

「そうなんだよな〜。分かるぞ。手加減ってのは案外難しいもんだ」

「お二人とも、相手を挑発していますわよ」

物騒な台詞《せりふ》を口にしている自覚はお互いになくて、クラリーサに注意されて初めて気付いた。シウは急いで口を噤《つぐ》んだが、クラスメイトたちは呆れ顔だし、肝心のシルトは眉間に皺《しわ》を寄せている。

そんなつもりはなかったとすぐに謝ったが、それが余計に機嫌を悪くさせてしまったようだ。シウが失敗したと気付いた時にはもう遅かった。

とりあえず、いつものストレッチを全員で行う。体を温めないことには始まらない。体が固いと怪我《けが》の元にもなる。だから丁寧に体を動かしているのだが、そんなシウたちを、シルトはやはり馬鹿にしたように見ていた。

準備が終わると、レイナルドがルールを説明した。

「室内だとやり辛いだろうが、それも踏まえての戦いだ。ある程度までなら何をやっても構わない」

「殺すかもしれんぞ？」

「ははっ。そりゃないだろうが、お前の巻き添えで他の生徒が傷ついてもいかんからな」

そう言ってシウを見た。

「はいはい。持ってきましたよ」

防御結界用の魔道具を渡した。ピンチタイプで、レイナルドに相談されて新たに作ったものだ。ちゃんと学校への納品として書類も提出している。

「各自、これを装備しておけ。お前たちもだ」

とはシルトに向けてだ。他の二人の分もある。しかし、シルトがハッと鼻で笑った。

「俺は要らん」

「これは、命令だ」

命令だと口にした瞬間に、レイナルドが威圧を掛けたようだ。シルトが目を泳がせた。

獣人族は種族特性として威圧に強いと聞いている。耐性はあるはずだが、レイナルドの威圧は予想以上に強かったらしい。

シウには威圧が通じないので理解できないが、あの偉そうなシルトが戸惑《とまど》うのだから相当だろう。不意に視線を感じた。シウがそちらを見ると、コイレがシウを観察するように見ていた。凝視ではない。その彼が、

「……強い」

と呟《つぶや》く。レイナルドの威圧に耐えたことで、思うところがあったようだ。クライゼンは気付いていない。従者の二人のうち、クライゼンの方が偉そうだったので彼が強いと思っていたが、案外コイレの方が強いのかもしれない。

コイレは、犬系の獣人族だ。シルトとクライゼンが狼系《おおかみけい》なので、立場が違うらしい。二人のコイレへの態度はきつかった。完全に上から目線の態度だ。

もう一度《鑑定》してみたが、元々の素養は狼系の獣人族が上だが、鍛えているらしいコイレの方が体力・敏捷《びんしょう》・知力は高かった。さすがに筋力は負けている。

ちなみにシルトの知力は驚異の十二だ。一般市民の平均値は二〇というが、子供も入れての話だ。成人した者ならば大体十七から二三である。つまり、シルトの十二はかなり低い。どうやってシーカーに入れたのかと、シウは失礼なことを考えた。

ついでにクライゼンの知力は十五だった。コイレが三〇である。シウの想像では、コイレの助けがあって今までなんとかなってきたのだろう。

「さあ、全員ちゃんと付けたな？」

円を描いた外側に生徒たちを出し、レイナルドはフェレスにも待機を命じてから中央に立った。シウを含め、中央にいるのは三人だけだ。

「俺は中立だ。勝ち負けを決めるのも俺だ。俺の言うことが全て。分かったな？」

「はい」

「……分かった」

「じゃあ、始めっ！」

合図を告げたレイナルドがパッと飛び退《の》く。何故か。シルトが物凄《ものすご》い勢いで剣を抜きながら向かってきたからだ。そうなることがレイナルドには分かっていた。

シルトは魔力量が九十八もある。元々の種族特性もある上に、更に風属性を使って敏捷性を上げていた。普通なら、最初の一撃で倒されるだろう。

しかし、シウはそれを旋棍《せんこん》の柄の部分で受けた。勢いよく振り下ろされた剣を柄で押さえて耐える。その事実に、シルトは目を剝いて驚いたようだ。それでも魔獣との戦闘経験があるのか、すぐに剣を戻して体を引いた。

「小賢《こざか》しい奴だ、真正面から勝負もできないのか！」

吠《ほ》えてきたが、威圧など一切感じない。シウは気にせず、旋棍から警棒《けいぼう》を取り出した。

「……それが武器か。ふん、お前らしい卑怯《ひきょう》な武器のようだな」

何をどう思ったのか、そんなことを口にする。そして、剣を構え直してシウに向かってきた。振り下ろしてくる剣を、シウは右へ左へ、あるいは下にと躱《かわ》していく。

躱しながら彼の腕を確認した。全体的に大振りで力任せなのが分かる。魔獣相手だと、これでもいい。魔獣の大半は人間よりも大きいからだ。森に住む獣人族なら、岩猪などの中型魔獣を相手取るのも多かったろう。ならば、こんな風に大振りになるのも分かる気がした。

ただ人間相手には向かない。隙が多いからだ。魔獣相手だとしても危険である。特に、大型魔獣は知恵がある。また、小型魔獣の中にもリーダー種が生まれることもあるのだ。彼等が率いた群れは危険だ。

シルトはまだハイオークのような魔獣と戦ったことがないのかもしれない。

「逃げ回ってばかりか！　腰抜けがっ」

シルトはフェイントを仕掛けてくることもあるが、使い方を間違っている。小刀を出すのなら、シウに分からないようにすべきだ。しかもタイミングも下手だった。

シルトの従者の様子はどうだろうと《感覚転移》で視てみたが、クライゼンはハラハラしているだけだ。コイレは苦々しい表情だった。時折、顔を顰めている。その場面から、コイレはシルトの戦い方が気に入らないのだと分かった。

シウは少しだけ、シルトの動きを修正するよう、彼の動きに合わせてみた。シウがギリギリのところで躱すから、見学の生徒たちからすれば際どくて怖いようだった。「うわっ」だとか「きゃあっ」という声が上がる。しかし、レイナルドやコイレ、ヴェネリオはシウの試みに気付いたようだ。ニヤリと笑って凝視し始めた。

シルトは自分が攻めやすくなったことには気付いたものの、それがシウの誘導だとは思わなかった。嬉しそうに挑発してくる。

「はっ、体力もないのか？　それとも俺の剣捌《けんさば》きが速すぎるのか？」

魔法を使う様子もなく、剣だけで行こうと思ったのか分からないが、単純な動きだ。シウは何度かシルトに隙を見せつつ、フェイントを打たせる方向に持っていった。

シルトは三度に一度気付くようになり、足を引いたりステップを変えたりと、覚えた知識を披露してくれた。その都度、シウは危なっかしいフリで躱していく。

フェレスはシウのやっていることが分かっているのかどうか、あるいは遊んでいるように見えるのかもしれないが、欠伸《あくび》しながら見学していた。

十五分ほど経つと、さすがにおかしいと気付いたらしい。シルトが叫んだ。

「お前っ！　逃げてばかりだろうがっ、攻撃しろっ！」

息が上がっている。全力で動いたわけでもないのに、たった十五分でこれはいけない。体力の配分が良くなかった。シウはそろそろ終わらせようと動いた。

「じゃあ、お言葉に甘えて」

警棒を真横に振った。屈《かが》んだ状態からの打撃だったので、当たったのはシルトの足だ。まともにぶつかったが、防御結界のピンチがあるため怪我を負うことはない。しかし、衝撃を抑えるものではないから転んでしまった。

追い打ちをかける隙は充分にあったが、シウはシルトが起き上がるのを待った。

「くそっ、不意打ちか！」

コメントのしようがなくて、シウは曖昧に笑った。

「真正面から来いよ！」

その時、レイナルドから声がかかった。

「そろそろ片を付けてくれ。時間が勿体無い《もったいな》い」

シウに言ったことは分かった。シルトはそれを、発破をかけられたと思ったようだ。

「分かってる。そろそろ遊びは終わりだ。行くぞ！」

今度は魔法を使った。雷撃を剣に纏《まと》わせて撃つつもりだ。先生指導の下だからと思う存分高いレベルで発動させた。

「どうだっ」

びりびりと震える剣を振り下ろす。シウはそれを、スッと横に躱した。完全に軌道が見えているので簡単だった。躱しながら、雷撃の効果を闇属性魔法で消し、旋棍警棒でシルトの脇を強打する。

「ぐあっっ！」

シルトの勢いを利用して打ったため、彼は今度こそ吹き飛んだ。同時にシウにも反動が来る。が、空中でくるりと回転して着地した。

「おーし、上等だ。これでシウの勝ちだな。よしよし」

追った。

呑気《のんき》な声のレイナルドを無視し、シウはクライゼンたちがシルトに駆け寄っていくのを
防御結界があっても衝撃は受けるが、呻《うめ》くほどではない。様子がおかしいので慌てて駆け寄ったシウは、シルトがピンチを付けていないことに気付いた。

「あれ？　ピンチがない」

ついでに、呻いたまま蹲《うずくま》ったシルトを《鑑定》したら、肋骨《ろっこつ》が折れていた。

「あ、折れてる。転んだ拍子に怪我もしてるみたいだね。治しておこうか」

「えっ」

ポーチから取り出したポーションを見て、クライゼンが驚いた。

「大丈夫だよ、変な物じゃないから」

「シウ、ほっとけ。それも勉強代だ」

「先生？　教師としてそれはどうかと思うけど。はい、飲んで。あ、こら、暴れないで。暴れるなら拘束するよ？」

シウが脅すと、コイレが慌ててシルトに抱き着いた。押さえ込みにかかったようだ。クライゼンはムッとしたようだが、シウの強い視線を受けて渋々、自分もシルトを押さえた。

そのまま動かなくなったシルトの口にポーションを流し込む。暫くしてシルトがようやく体の力を抜いた。

起き上がったシルトが、何か言おうとして口を閉ざした。彼がもごもご言《い》い淀《よど》んでいるうちに、レイナルドが生徒を中央に呼ぶ。シウも、そしてシルトたちも渋々と、中央に集まった。

「さて、茶番も終わったことだ。これから授業を始めるぞ。ああ、シルト、お前はどうするんだ？　授業を真面目に受ける気があるのか？」

「……さっきの手合わせ」

「気に入らないのか？　それとも解説を聞きたいのか？　自分が負けたことぐらいは理解しているんだろうな」

「……負けは負けだ」

「どんな勝負でも、たとえどれほど卑怯な手を使っても、最後に勝たなきゃ意味はない。そしてさっきのシウは正々堂々としていた。もっとえげつない戦い方ができるのにな」

「え？」

クライゼンが首を傾げたが、コイレは小さく頷いた。

「よし。じゃあ、皆にも説明しよう。車座になれ」

そう言うと自分は中央に胡坐《あぐら》をかいた。いつものパターンだ。シウはいたたまれない思いで、フェレスの陰に隠れるようにして座った。

フェレスは自分も生徒の一員だと思い込んでいるので、堂々と車座の輪に加わっていた。

レイナルドは最初にシルトの剣捌きを褒めた。

「お前は年齢の割に実戦経験が豊富のようだ。騎士のような剣捌きではないし、粗削りだが、良いものを持っている」

シルトが嬉しそうな顔になった。小鼻がぴくぴくして、耳が忙しなく前後に揺れる。

「しかし、魔獣の相手ばかりだったろう？　乱取りの相手は同じ獣人族、それも大人じゃないか？」

「あ、ああ。そうだが」

何故分かるのかとその表情が言う。感情が全て顔に出るタイプで、レイナルドも微笑《ほほえ》ましく思うのか、苦笑した。

「全て、自分より大きな相手を想定した剣捌きだったからだ。体術も大人相手に慣れているフシがあった」

シルトがハッとしたように顔を引き締めた。そしてシウを振り返る。

「そうだ。相手が小さいと、お前の剣では難しい。たぶんお前は、小さい魔獣は弱いと思い込んでいただろう。今回の件は練習を怠ってきた付けだ。しかし、世の中には小さくても強い魔獣は数多くいる。それに人間が相手ならどうする？　お前たちは体格がいい。大抵の人族はお前よりも小さいぞ？　現にシウは小さかったろう。小さいが、それを生かした戦い方をする。冷静な判断力もあった」

魔法の使い方も粗削り、魔力も使い過ぎだと、続ける。シルトの尻尾が萎《しお》れてしまった。

「体力の配分もなってない。今回はシウ一人が相手というルールがあった。だからといって、余力を残さずに全力を出すのはどうか。不測の事態を想定しないのは、戦士として有り得ないぞ」

「くっ」

「お前は最初から、シウを舐めてかかっていた。それがこの結果だ。小さいから勝てると思ったか？　小さいなら体力もないだろう、一気に攻められるとでも考えたのか。だが、相手が稀代《きたい》の魔法使いだったらどうしていた？　戦術戦士科というのはな、戦士であることを学ぶ前に、戦術も習うんだ」

「……はい」

「よし、素直に認めるな？」

「はい」

「最後に、これだけはしっかりと胸に刻んでおけ。お前は手合わせの間、シウに勉強させてもらっていた。それをちゃんと身に付けろ。それと、シウに感謝しておけ」

「え」

「意味はコイレに聞くといい。この場で理解できたのは、お前の従者のコイレと、生徒ではヴェネリオぐらいだろうからな。あと、ピンチを勝手に外したのはルール違反だ。罰を与える。学校の敷地内いっぱいをこの授業が終わるまでの間に五十周してこい。魔法は使うな。それができたら来週からの授業への参加を認める」

「……はい！」

じゃあ行けと、手を振った。しっしという態度にも見えるが、今度はシルトも噛み付かず、素直に受け止めて体育館を出ていった。彼の後ろにはクライゼンとコイレがいる。三人で走るのだろう。

「大変だなー」

ラニエロが憐《あわ》れむように言った。

「先生、罰がひどすぎません？」

ウベルトもレイナルドに抗議していたが、どこ吹く風だ。

「いいんだよ。ああいうやつにはちょうどいい頭の冷やし方だ。そら、お前たちも授業を始めるぞ」

「先生、ですけれどさっきのことが気になりますわ」

クラリーサが手を挙げて発言した。他にも数人が頷いている。

「何がだ？」

「ですから、コイレという従者と、ヴェネリオさんだけが気付いたという件です」

彼女の質問にレイナルドは、ああ、と頷いた。

「そりゃあれだ。シウが俺と同じように、相手を生徒と思って接していたことだ。相手に戦い方を自然と覚えさせたり悪い点を気付かせたりする『指導』をしていたんだよ」

「そうだったのですか？」

「相手にバレないようにするのが肝心だ。周りにもな。その点、シウはまだまだだ」

「はあ」

頭を掻いたら、レイナルドに笑いながら背中をバンバン叩かれた。

「そこは返事が違うだろうが。お前はシルトと正反対だな！　謙虚過ぎるのも嫌味だぞ」

はっはっは、と大笑いし「自慢していい」と付け加えた。レイナルドなりのお褒めの言葉らしい。シウはやっぱり「はあ」と締まらない返事をして、また背中を叩かれたのだった。


その後は体術の訓練や乱取りをするなど、いつもの授業に戻った。

シルトは授業が終わっても戻って来なかった。シウが気になって《感覚転移》で視ると、広大な敷地を延々と走っていた。体力的に大丈夫なのかと心配になる。

それでも、罰というのはレイナルドの優しさでもあった。罰を与えられないままだと、他の生徒との間に軋轢《あつれき》が生じるかもしれないからだ。また、反省したことが他の人に示せる。シルトたちを心配するのはレイナルドの仕事だ。シウは心配を止め、視るのも止めた。

ただ、まさか彼等が夕方まで走ることになるとは思っていなかった。

エピローグ

He is wizard, but social withdrawal?
Epilogue

食堂では、エドガールが授業での出来事を少々オーバー気味に話すものだから、シウとしては大いに困った。シウがまるで何かのヒーローみたいに言うのだ。恥ずかしさしかない。ディーノはただ笑っていたが、コルネリオはシウの気持ちが分かるのか同情めいた視線で肩を竦《すく》めていた。

話を変えたくて、シウはクレールが大変だった頃の話を聞いてみた。というのも、彼自身がもう元気になっていたし、相槌《あいづち》の節々に「あの頃はこうだったんだよ」と呟《つぶや》いていたからだ。クレール自身、話を聞いてほしかったらしく、ポツポツと話し始めた。

「ヒルデガルド嬢は公爵家《こうしやくけ》の第一子で、後継ぎでもあるからね。元々権勢欲があったようなんだけど、シーカーに来てから周りがラトリシア貴族ばかりになっただろう？　誰もあの事件を知らないから、ちやほやしたんだ。言葉は悪いんだけど――」

「調子に乗った？」

言《い》い辛《づら》そうなクレールの代わりにディーノが口にする。クレールは苦笑した。

「まあ、有り体に言えばそうなるね」

クレールは例として幾《いく》つかのエピソードも話してくれた。

ここはラトリシア国だ。生徒もラトリシア人が多い。彼等は、ヒルデガルドが他国の上位貴族だからと気を遣って、あれこれとしてあげたそうだ。しかし、元々自国でちやほやされて生きてきたヒルデガルドは、やがてそれが当たり前だと思うようになった。

そして、彼女には諫《いさ》めてくれる強い立場の人がいなかった。なにしろここはラトリシアだ。社交界もラトリシア貴族ばかりである。他国の貴族に誰も口を出さなかった。

人をダメにするのは、言葉や態度で簡単にできるのだと思ってしまう。同じことをディーノやエドガールも感じたようだ。

「僕たちも気を付けよう。お世辞に気を良くしていたら、とんだ道化者だね」

「ああ。君らにだから言うのだけれどね、ラトリシアの中央貴族には、そういう人が多いんだ。相手を褒めて褒めて、陰で叩《たた》くという、ね」

エドガールが肩を竦める。彼自身も苦い経験があるようだ。

「陰湿なんだな」

「そう。そのせいで、ラトリシアの国民性まで疑われるんだ。こちらはとばっちりもいいところだよ」

そういえば、ブラード家の家令《かれい》ロランドが、当初ラトリシア人のことを良く言っていなかった。たぶん、役所の担当官や貴族を相手にしていたからだろう。実際、シウはロランドが言うような人はほとんど見かけなかった。真面目《まじめ》で気の好い人が多い。

「褒《ほ》め殺《ごろ》しか～」

「面白い言い回しをするね、シウは」

褒めることで、実は相手を不利な状況に追い込む。シウが説明すると、

「今の話にそっくりだね。褒め殺し、か」

エドガールが感心する。クレールは苦笑して話を続けた。

「彼女は有頂天になっていたんだ。ある日、治癒科の授業で一緒になったカロリーナ＝エメリヒという伯爵家《はくしゃくけ》の方と話す機会があったそうでね。婚約していることや心配事を聞かされたみたいなんだ。……思うに、話の接ぎ穂というのか、ついで話だったのだろうね。心底からの心配事を、他国の、まして上位貴族の娘に話しはしないだろうから」

「ラトリシアの貴族なら話さないだろうね」

エドガールが断定する。クレールは頷《うなず》いた。

「問題は伯爵令嬢の婚約者の性格が、あまり良くなかったことなんだ」

「もしかして同じ学校の生徒？」

シウが聞けば、クレールは「そうなんだ」と答えた。

「ベニグド＝ニーバリという伯爵家の後継ぎだ。ニーバリ家は立地条件の良い領地持ちだから、伯爵といえども侯爵《こうしゃく》に匹敵すると言われているぐらいだ。それでもヒルデガルド嬢からしたら下位になる。彼女は当然のように、上の立場から物を言えると思ったのだろうね」

「……まさか、文句を言ったのかい？」

ディーノの顔が引きつっている。

「そう。そのまさかだよ」

「うわぁ。ニーバリ家って確か、領地自体はさほど大きくないけど、王都に近いから権勢をふるっているって聞いたよ」

エピローグ

エメリヒのことを知らなかったディーノも、ニーバリの名はすぐに分かったようだ。エドガールも「怖いことをする人だね」と、顔を引《ひ》き攣《つ》らせている。

クレールはそれを聞いて、自分の苦労を分かってもらえたと何度も深く頷いた。

「女性に対する扱いがなっていないと、かなり強く抗議したんだ。彼とは戦略指揮科で同じだったから、その授業の間、僕はずっと居心地《いごこち》が悪くてね」

そして、それ以降、ラトリシア貴族の派閥争いに巻き込まれたそうだ。しかもニーバリ家と対立する派閥からも締め出された。ヒルデガルドのやりようがスマートではなかったからだ。とはいえ、他国の公爵家の娘だ。傍《そば》付《つ》きの騎士も強気の者ばかりで話にならない。その分の不満が、クレールに回ってきたというわけだった。

かくして、苛《いじ》めのような目に遭い、クレールは早々にダウンした。

ヒルデガルドの扱いにも耐えられなかったようだ。

今は彼女と離れて、貴族としての付き合いはなくなった。おかげで心に平穏が戻ってきた。結果的に良かったと、クレールは安堵《あんど》の表情だ。

シウは、ヒルデガルドが一度は、元のしっかりした女性になったのを知っている。人は変わる生き物だ。分かっているけれど、もう一度なんとかならないのかと、他人事ながら心配になった。いや、不安かもしれない。

彼女がまた同じ過ちを犯すのではないか。そんな不安が、頭の片隅を過った。

He is wizard, but
social withdrawal?

特別書き下ろし番外編

幸せに

He is wizard, but social withdrawal?

Extra

ククールスが生まれたエルフの里はノウェムと呼ばれている。エルフの間で受け継がれてきた言葉で、九番目という意味だ。

ノウェムはラトリシア国の北の森「ミセリコルディア」にある。他のエルフ族と同様に、深い森で暮らしていた。エルフが森の中に住まう理由は簡単だ。

エルフはかつて同じ人間に狩られる立場にあった。見目の良さや魔力の高さ、独自のユニーク魔法を持つため狙われた。少数ゆえに反撃もできず苦汁をなめ続けた。

昔、それはもう大昔の帝国時代。栄耀栄華《えいようえいが》を極めたこともあった。けれどもはや夢のまた夢。かつての栄光はない。一族を率いた王族のハイエルフでさえも、今はもっとも深い森「サンクトゥスシルワ」に引きこもっていた。あまりに数を減らしたため、かつてのように狙われたら太刀打《たちう》ちできない。隠れ住むより他になかった。

ハイエルフの下に就くエルフもまた、その決定に従った。

エルフの中には閉鎖的な暮らしに嫌気が差す者もいた。ククールスがそうだ。だから、出稼ぎ要員として自ら手を挙げた。

ククールスのように里から出るエルフもいる。頭の良い子は外に出て知識を得ると、それを里に還元した。狩りが上手《うま》い子はククールスのように外貨を稼いでくる。

あるいは、ハイエルフの秘密の仕事を受けるために。

――そのうちの半数が戻ってこなかった。

✦特別書き下ろし番外編✦

幸せに

ククールスもいずれそうなるだろう。そんな予感があった。まだ出稼ぎに出ても定期的に里に戻るというのが当たり前だった時代に、薄《うつす》らと感じていた。

里から完全に出ると決めたのには理由がある。決定的な出来事だ。しかし、その理由をククールスは誰にも言わなかった。

ただ、その日の母は「幸せにね」と言い、父は「死ぬんじゃないぞ」と送り出してくれた。いつもの出稼ぎとは違うと、彼等は気付いていたのかもしれない。

両親は悲しんだだろう。しかし、里での暮らしにもう耐えられなかった。ハイエルフの仕事を唯々諾々《いいだくだく》と請けざるをえない状況や、仲の良かった友人の姿が消えたというのに誰も捜そうとしない、そのことにも。

友人は普段からふらふらしていた。のんびりした性格で狩りに行ってもしばらく帰ってこない。そんなものだから、当初はいなくなっても誰も騒がなかった。やがて、里の者たちは「あの子は争い事が苦手だからハイエルフの仕事に嫌気が差したのだろう」と噂《うわさ》していた。ちょうど大きな仕事を請けた後だった。

里長は、いなくなった彼を心配するというよりは、上からの依頼を受ける人員が減ったことへの心配が大きかったようだ。

だから、ククールスは慣れ親しんだ森を後にした。

それまでの出稼ぎ場所は近隣の村や街だった。冒険者ギルドの依頼を受けるのが手っ取り早く、ククールスも村で登録した。その際、エルフ族ということで特別なルールを適用してもらった。

エルフは元来、森に引きこもっている。そうすると低級の場合に必要な「定期的な依頼を受ける」ができない。そのため、ラトリシア国では特別なルールがあった。仮の冒険者カードの発行だ。ククールスもそれで冒険者として働いていた。里から離れない範囲で、主に近隣の森を見回って魔獣《まじゅう》を討伐《とうばつ》するという仕事が多かった。

里を完全に出ていくと決めたククールスは、今までと同じ場所では見付かってしまうと思い、王都ルシエラまで出た。王都だけあって栄えており、大勢の人が住む。ここなら情報も集まるだろう。また、冒険者の仕事も多い。

ククールスはノウェム族の中でも一、二を争うほど狩りの腕には自信があった。魔獣討伐なら問題ない。何度かハイエルフの依頼で大きな街にも降りている。王都に依頼が集まるという事実も知っていた。それゆえ、ルシエラに向かった。

エルフは人族に比べると少数で、しかも森の中に引きこもっている一族である。

最初は物珍しそうに見られた。中には悪意を持って近付く者もいたが、すぐに冒険者ギルドが間に入って追い払った。

世間知らずのエルフが酷《ひど》い目《め》に遭う。それは「よくある」ことらしい。善良な職員や冒

◆特別書き下ろし番外編◆
幸せに

険者らは、ククールスに大事がないようにと見張っていたのだ。随分と後になって、その事実を知った。

世間知らずのエルフの行く末についてはククールスにも想像が付いた。過去の災いと同じだ。見目麗しいために捕らえられ奴隷となる。

もちろん違法だ。ほとんどは助け出されたというから、人族にも善良な者が多いのだと知った。そうした事実を、ククールスは外に出るまで知らなかった。エルフの里が閉鎖的だからだ。長老たちも頭が固かった。だからこそ、助け出されたエルフらは里に戻らなかった。何を言われるのか分かっていたのだ。彼等の多くは、暮らしづらいラトリシアを出た。そして、比較的差別のない国、たとえばシュタイバーンやフェデラルへと向かった。

新天地で平和に暮らしているのならいい。彼等を支えるために、同じく里を出ていた同胞らが共に旅立ったとも聞いた。ククールスはその中に友人もいるのではないか、そう思うことで、友人が無事なのだと信じることにした。

友人を捜すのは早々に諦めた。もしも彼が本気で逃げたのなら、本名を名乗っているはずがない。また、捜すことで彼の存在をハイエルフに知らせることになるだろう。余計な火種は作らない方がいい。

それは冒険者ギルドの職員からの助言でもあった。彼等はハイエルフに関わってはいけないと知っていた。ハイエルフが「何をした」と詳細を語ることはない。けれど、知っているのだとククールスには分かった。

だからだろう。冒険者ギルドはエルフに対して、仮カードの発行以外に、もう一つ特別なルールを用意していた。ククールスも王都に来た最初、聞かれていたようだ。遠回しで分かりづらかったが、もしククールスが「逃げたい」のなら、それに応じる用意があると教えてくれていた。

それは、特別に偽名で登録できるルールだった。高度な鑑定を掛けられるけれど、代わりに偽名による証明書が発行される。決して名前を偽ってはいけない冒険者ギルドの登録だが、特殊な案件のみに適用されるという。

ならば、友人も逃げられたはずだ。他のエルフたちと同じように。

◇◆◇◆◇

ハイエルフは純血にこだわっている。数を減らした今でもだ。彼等にとってエルフとは、人間で言うところの「平民」になる。王族が平民と婚姻するなど有り得ない。

ところが、かつてエルフの国があった頃には、大勢いた王族の中にも変わり種がいた。王位継承権を捨てて自由に生きる。それが許されたのは王族が多かったからだ。彼等は野に下り、平民として暮らした。当然、結婚もしただろう。相手はエルフだ。

その結果、エルフの中にも王族の血が混じった。それは稀《まれ》に生まれてくる先祖返りとし

＋特別書き下ろし番外編＋

幸せに

て現れた。不幸なことに、先祖返りは能力が高かった。

そして、それは現在にも起こった。ハイエルフたちは数を減らしたがゆえに近親婚を繰り返していたため、新たに入る血を歓迎した。先祖返りが生まれたら強制的にハイエルフへ献上するよう定められたのも、彼等にとっては「当然」のことらしかった。

ククールスの友人もまた先祖返りだ。しかし、彼の場合は特殊だった。通常ならば生まれてすぐに判明する。なにしろ耳の先が尖《とが》って長いからだ。友人は違った。生まれてすぐはエルフと同じ姿で、同じ魔力量だった。

友人はほんの少し尖った耳を持つ、普通のエルフの子として生まれた。親も彼自身も先祖返りだとは気付いていなかっただろう。

気付いたのは大人になってからだ。ククールスと二人で出掛けた狩りの最中に、大型魔獣に囲まれてもうダメだと諦めかけた時、友人の魔力が突然跳ね上がった。無意識に魔法を発動していたようだ。そのせいで、制御の利いていない風魔法に巻き込まれたが、魔獣は追い返すことができた。

大量の魔力の放出で体に異変を来した友人は、しばらく家に閉じこもった。

やがて落ち着いた頃、彼はククールスが気付いたかどうかを遠回しに確認した。ククールスは気付いていないフリをした。それでいいのだと思っていた。友人は安心したようだったし、その後は以前と変わらずに過ごしていたからだ。

けれど、それは幻想だった。友人はずっと、どうすればいいのか悩んでいたに違いない。

ククールスが悟った時にはもう遅かった。いつの間にか消えていたからだ。友人は、誰にも相談できずに里を出るしかなかった。

きっかけは、ハイエルフからの「断れない依頼」だった。

ラトリシアにはエルフの里が全部で十ある。そのうち、一番目のエルフ族はウーヌスといった。ウーヌス族はハイエルフに直接仕える立場にあり、貴族のようなものだ。彼等は十あるエルフ族の頂点に立ち、ハイエルフの命令を代わりに指示する立場でもあった。

ノウェム族は九番目ということもあって、立場は低い。逆に立ち場が低すぎて、大事な仕事を任されたことはほとんどなかった。秘密の依頼を受けるのは二番目のドゥオや三番目のトリアだ。汚れ仕事は四番目のクァトゥオルがやると言われていた。

だからこそ、九番目はもっとも下っ端の仕事を回された。彼等が向かう場所の、下調べや人族との折衝役だ。

ククールスもそろそろ役目をと里長に命じられ、友人とウーヌスの里に出向いた。直前に、ノウェムの里長から「決して異を唱えてはいけない」と厳命された。元より、エルフはハイエルフの命令に逆らってはいけない。そう教えられ生きてきた。人族の平民が王族に逆らえないのと同じだ。当たり前すぎて子供でも知っている。

だから本来の役目が何であるかなど知らないまま、ククールスたちは徴発された。

✦特別書き下ろし番外編✦

幸せに

この頃のククールスは、里から程近い村や街に何度も行っていた。森で採れた恵みを穀物や布と交換する。最初は、人族が怖いと教えられていたため緊張ばかりだった。けれど、冒険者として依頼を受けるのにも慣れ始め、案外大したことはないと思っていた。それでも幼い頃から「人族に攫《さら》われたらお終《しま》いだ」と、叩《たた》き込《こ》まれた記憶は消えない。警戒心を残しつつ、人族の様子を観察するだけの余裕があった。

慎重すぎて保守的になった大人よりも、外の世界に興味があったと言える。

そんなククールスは、ハイエルフから依頼を受けたウーヌスたちにとって都合が良かった。長旅の間はどうしても人族と取り引きをする必要があるからだ。食糧以外にも必要な物資は多かった。一度に多くの種類を大量に手に入れるには、エルフ族から徴収するよりも人族の街の方がいい。

ククールスと友人は一度、サンクトゥスシルワに赴き依頼を受けると、先行部隊として北上した。一緒に行くのはトリア族とクァトゥオル族の男たちだった。彼等は顔を隠していたし、魔道具を使って姿形も変えていた。決して人族の前に姿を見せなかった。つまり、ククールスたちがいなければ物資の補給がままならなかったのだ。

そういう役目なのだと分かっていても、何故《なぜ》そこまでするのかにまで、ククールスは当初思い至らなかった。友人はこの時、もう気付いていたのかもしれない。

この一行を追うように本隊も付いてきていた。彼等のために物資を残していくのもクク

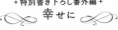

ールスたちの役目だ。エルフにしか分からない目印というのがあって、それで場所を特定してもらう。通信魔法も使わず、狼煙《のろし》といった方法も取らない。木々の枝を曲げたり折ったりするやり方だ。原始的だが誰にも気付かれない。

先行部隊は、やがてミセリコルディアから西へ向かい、ラトリシアの西の端にある「惑わしの森」に到着した。この先は、サンクトゥスシルワよりも深いと言われる危険な山が続く。

ここで一度、人里に降りて本格的な物資の補給を行った。もちろんククールスと友人の二人だけでだ。特徴的な耳を隠して市場で買《か》い漁《あさ》り、宿に泊まった。

「なあ、ククールス。クァトゥオルの男が話していたのを聞いたんだが――」

「やめとけ。口にして、もしも奴等《やつら》に伝わったらどうする」

「……『狩り』だって言ってたろう？　俺は、怖い」

「俺だって怖いさ。お前が前みたいに暴走するんじゃないかって思うとな」

笑って肩を叩くと、友人は力を抜いて苦笑した。

「もうやらねえよ。あの時はビビっちまって、暴走しただけだ」

「だといいがね。まあ、お前のおかげで助かったんだ。暴走でも有り難いよ」

礼を言いながら、ククールスはこっそり溜《た》め込んでいたロカ金貨を友人の腰ポケットに捻《ね》じ込んだ。友人の目が大きく開くのを、ククールスは首を振って黙らせる。

「人族の里に泊まれるなんて滅多にないよな。夕飯が楽しみだぜ」

幸せに

「そう、だな」

「明日も物資を集めなきゃならないし、頑張ろうぜ」

ククールスたちはエルフだから、森の中で生きるのには慣れている。しかし、全てを賄えるものではない。どうしても必要なものはあって、それらは人族の間で使われている貨幣で取り引きするしかなかった。ノウェムの里にももちろん外貨として用意されていたが、それらは共有財産だった。個人で自由にできるお金などない。

そもそもエルフには個人資産の考え方がなかった。人族と接するようになって初めて、個人の自由というものを学んだ。

「買い食いってのをしてみたいよな～」

「はは。そうだな。俺も、人族の子供が屋台で串焼きを買っていたのがどうにも羨ましくてな」

友人は金貨を、大事そうに髪の毛の中に隠した。ククールスがどうやって用意したのか聞かないのは「口にして奴等《ハイエルフ》に伝わったら」怖いからだ。

もちろん、今回の旅の資金からちょろまかしたわけではない。そんなことをすれば早晩バレる。ククールスがやったのは、人族との取り引きを任された時に、ついでに自分で狩った魔獣の魔石を売ったことだ。本来なら外貨になり、里に納めなければならないものだが、規定の量を上回った時にだけ「お小遣い」にした。それが溜まったので、友人にも渡したのだ。

今回の依頼に嫌な予感があったからだが、それがまさか友人の逃亡資金になるとは考えもしなかった。

惑わしの森を抜け、紆余曲折《うよきょくせつ》あった末に狩人《かりうど》の里に入ったククールスたちだったが、旅の終わりは唐突にやってきた。

「これ以上、西に行くのは危険だと判断した」

と、本隊を率いていたウーヌス族の男が言いだしたのだ。

それまでにも何度か、この森の専門家でもある狩人らに頼んでいたそうだ。西へ向かうルートの道案内を。ところが渋られていた。彼等に口利きを頼んだのは、ここが彼等の土地だからだ。そこを通るのだから仁義を通すと話していたが、ようは案内役が欲しかったに過ぎない。

そこまでしてどこに行くのか。下っ端のククールスに本当の理由は分からなかった。しかし、彼等はククールスたちに意思があるとは思っていないらしい。近くで食事の用意などしていても気にせずに話をしていた。それで分かったこともある。その事実を、ククールスは友人に話した。

「おい、聞いたか？　オーガが闊歩《かつぽ》する森だってよ。ハイオーガもいるらしい」

「俺達が行く予定だった場所にはアンデッドもいるってさ」

友人と二人、ゾッとしながら話をした。

✦特別書き下ろし番外編✦

幸せに

狩人の里の端に滞在を許可されていたため、そこで野営していたククールスたちは、里の人々がどんな目でエルフを見ているのか気付かなかった。薄々、嫌がられているとは分かっていた。でなければ、里の端になど野営させないだろう。せめて中央の広場に案内してくれるはずだし、気に入られれば屋敷に招かれるものだ。なにしろ物珍しいエルフだ。ましてや滞在費として少なくない費用を払うとも聞いていた。

ククールスでさえ気付いた「嫌がられている」事実に、しかし隊長らは気付いていないようだった。狩人の里の長が口にした、

「今、里では流行病《はやりやまい》が発生しておりましてな。唯一お泊まりいただける屋敷に隔離しているところなのです。そのため、おもてなしもできずに申し訳ない」

その言葉を信じたようだ。言い訳だとは思ってもいなかったに違いない。ハイエルフは狩人らが従うと、当然のように信じ切っていた。

これは後に分かったことだが、ハイエルフは狩人との間で約定《やくじょう》を結んでいたらしい。ただし、大昔の話だ。それを信じて、今もなお利用しようとしていたわけだ。ククールスはこの時のことを思い出しては、何度も頭を抱えた。恥ずかしいのか情けないのか、あるいは申し訳ないのか。その感情に名前は付けられない。

ともかく、目的が不明のまま旅は突然終わりだと告げられた。

しかし、帰路の途中で別動隊と合流したことでククールスは真実を知った。

「術が途絶えた。やはり死んだと考えるのが妥当だ」

「追い込みが成功したからか？」

「分からん。なにしろ、あの森は魔獣が跋扈《ばっこ》している」

「そうだな。よくも通り抜けようと考えたものだ」

と、語る男たちの声が聞こえたからだ。全身をローブで隠しているが、言葉の端々から彼等がハイエルフだというのは分かった。それにウーヌス族の男が下にも置かぬ態度だった。


彼等の会話を聞いたのは、ほんの少しの間だ。山を下る際にたまたま彼等の先導をしたに過ぎない。それにククールスは索敵魔法が得意だった。離れた場所の会話が聞こえたのもククールスだからこそだ。


「俺たちでさえ通りたくない場所だ」

「ここまで来るのも大変だったからな」

「エルフどもが想像以上に使えなかった。狩人も、いくら魔法が使えぬとはいえ役立たずだったな」

「仕方あるまい。俺たちと違って魔力がない。あれでよく生きていられるものだ」

「ふん。所詮、只人《ただびと》よ。能力のない出涸《でが》らし種族どもだ」

「奴も、我らの手を取れば末端に名を残せたというのに」

「どのみち死んだ。次の先祖返りを探すしかない」

◆特別書き下ろし番外編◆

幸せに

「あれを待っていた姉が憐《あわ》れだ。女なら俺がもらったのだが」

「お前は次の次だろう？　勝手に順番を違えるな」

「俺は先日、穢《けが》れ者を始末してきた。功績を挙げたのだ、順番が上がるのも当然だ」

男たちが当たり前のように話す。ククールスは気取られないように必死で内心の動揺を隠した。

ハイエルフが先祖返りを探しているのは知っている。エルフ族の中に生まれたら、赤子のうちに連れて行くのも理解していた。しかし、何故彼等が先祖返りを欲するのかを、本当の意味で理解していなかった。

恋愛とまではいかずとも、先祖返りには選ぶ権利があるのだと思い込んでいた。先祖返りは蝶《ちょう》よ花よと育てられると思っていたのだ。先祖返りが生まれた夫婦には、報奨金も出た。ハイエルフからは直々に労《ねぎら》いの言葉も贈られるという。夫婦は喜んで子を差し出すと聞いていた。

でも、そんなはずはないのだ。

ククールスは何も見えていなかった。いや、見ようとしていなかった。

友人が、誰にも言わずに隠している理由を「平民として自由に生きたいからだ」と思い込もうとしていただけだ。見ようとしていなかった。

違う種族との間に生まれた者を許さないようなハイエルフだ。そんな彼等が、違う血を引いて生まれた先祖返りを大事にするはずがない。

何故、思い至らなかったのか。

何故、彼等の暴挙を当然のように受け止めていたのか。

ククールスは里に戻ってから友人と話をしようと決心した。彼が里を抜けるなら、その手伝いをするつもりだった。

しかし、遅かった。友人はハイエルフやウーヌス族といった主力部隊と離れてから、残ったエルフたちの土産《みやげ》に持たせる買い出しの途中で消えたのだ。

異変はあった。分かれて買い出ししようと言い出したのは友人で、なくても問題のない品の担当を選んでいた。ククールスは、彼が逃げたのだと悟った。

待ち合わせの森に向かったククールスは、ドゥオ族の男に、

「知り合いのエルフが街にいて、新たな買い出しを頼まれたんだ」

と嘘《うそ》を吐《つ》いた。慣れない買い物の手伝いを「ククールスが友人に頼んだ」と強調した。

もし、ハイエルフやウーヌス族がいたならば不審に思われたかもしれない。けれど、ククールスらと旅を続けていたエルフたちは納得した。ククールスも友人も、彼等には暢気《のんき》に見え、買い出しを苦に思わないような性格だったからだ。旅の途中でも「これだからノウェムは」と馬鹿にしていた。

「依頼の途中で抜けるとはな。ま、ノウェムだから仕方ないか」

「すんません」

+特別書き下ろし番外編+

幸せに

「はっ。悪いと思ってないだろうが。まあいい。その代わり、待たんぞ」

「それはもう。あいつも一人で戻ってこられますから」

「そうか。そういえばここはもうミセリコルディアだったな。お前たちの庭ってわけか」

「はは、そういうことで」

ククールスはできるだけ平然と、能天気に笑ってみせた。こういうことはよくあるのだと、思わせるために。


友人とはそれ以来、会っていない。

◇◆◇◆◇

ルシエラで本格的に冒険者を始めてから、ククールスの世界は広がった。生活も格段に良いものへと変化した。出稼ぎとして外で臨時の仕事を請けていた時にも仕送りはしていたが、ルシエラで冒険者になってからは半分は自分のために残すようにしたからだ。それだけで生活のレベルが全然違う。

親切なギルド職員や冒険者のおかげで仕事も順調だった。臨時パーティーを組む場合は必ず職員に相談した。最低限のルールを守れば、外の世界は平和だった。

もちろん、魔獣討伐という仕事は危険も多い。種族特性もあって筋肉が付きにくい体のククールスにはきつい仕事もあった。しかし、そこは特殊な魔法スキル「重力魔法」が助けてくれた。珍しいため誰にも言うなと口止めをしたのはギルド職員だ。そして、使い方を学ぶのにいいだろうと、同じスキル持ちを紹介してくれたのも職員だった。

ククールスは真面目《まじめ》に冒険者として頑張ったと思う。たまに羽目を外したが、それもまた安心できる場所でのみだ。女性が接待してくれるという夜の店は、最初にギルド職員が連れて行ってくれた。全く知らない世界で最初は緊張したものの、最終的には大いに楽しんだ。

エルフの世界は狭く、身持ちの堅い者が多かった。だから、男女が自由に語り合ったり触れ合ったりというのが新鮮だった。女性にチヤホヤされるのも楽しく、疲れた体に心地の良い空間を与えてくれる場所は癒《い》やしにもなった。

ククールスも男だったから、見てくれだけで集まる女性と付き合ったこともある。しかし、結婚といった深い関係にまではいかなかった。真面目に付き合えば付き合うほど、女性は「エルフであるククールスの寿命」について考えた。自分は年老いていくのに、夫はいつまでも若いまま。その事実に耐えきれず、別れはいつも女性側からだ。

いつしか恋人を作ることもなくなった。女性と楽しく過ごすのは夜の店だけでいい。それに好きなように依頼を受けて、お金が貯《た》まればしばらく遊んで暮らす。そういう自由を満喫していたかった。

ククールスは安穏とした生活を楽しんでいた。

✦特別書き下ろし番外編✦

幸せに

ある日、その少年に会って出自を聞くまでは――。

シウという名の少年と出会ったのは、災害現場に向かう緊急依頼の時だ。まだ小さい子供といってもいい少年にまで緊急依頼が入ったのかと、ククールスは嫌な気持ちになった。第一印象は「ツイてない子」だ。騎獣《きじゅう》を持っていたがために、受けざるを得なかったのだろう。そう思った。

王都は、毎年冬に冒険者の姿が消える。避寒のために貴族らが挙《こぞ》って南下するのに付き合うからだ。あるいは美味《おい》しい護衛依頼が入る。シアン国やシャイターン国への物資輸送が多い。冬の厳しさを慮《おもんぱか》って依頼料が跳ね上がるため、金のない冒険者はよく引き受けた。ククールスも何度も受けたことがある。

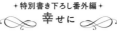

その時はたまたま大きな仕事のあとで余裕があった。本来なら仕事を請けないと分かっていただろうに連絡が来たのは、ククールスに重力魔法があったからだ。また、災害の場所がミセリコルディアだったからだ。ククールスの住んでいた場所から離れているが、ミセリコルディアについては知っている。ギルドも、使える者は使おうという主義だから寝ていたククールスを叩き起こして呼び出した。

シウの騎獣はフェーレースという猫型で、騎獣の中では小型だった。まだ成獣になりたての子供だ。ようやくシウ一人を満足に乗せられるようになったところらしい。大人の大柄な冒険者では厳しいと判断したギルドの意向に従い、ククールスは初めての相手と共にミセリコルディアへと急いだ。できるだけ少年と騎獣を補助し、負担にならないよう先輩冒険者として示すつもりだった。

ところがシウは、ククールスの予想をことごとく覆した。

まず、彼はツイていないわけではなかった。真に実力があるから選ばれたのだ。また、ククールスの索敵にも劣らない、むしろ上を行く能力があった。

ククールスが見付けられなかった生存者を助けたのだ。更に魔法を使い、後から来る冒険者たちのために整地するなど、やることが図抜けていた。誰かの指示を待つまでもなく、自分の頭で考え行動に移す。それができる冒険者がどれだけいるだろう。ククールスとて、できるようになるまで時間がかかった。

一緒にいる騎獣のフェレスも、シウが命令せずとも自由に動く。普通は主から離れずべったり過ごすものだが、フェレスはあちこち歩き回っていた。後発隊の冒険者の間をするとすり抜けては遊んでいる。かと思えば、森に入って魔獣を狩ってきた。もちろん、シウが呼べばすぐに駆け戻った。

その姿に目を丸くし、また細めたのはククールスだけではない。

「騎獣ってな、本当にいいもんだな」

「外の冒険者が連れてくるから見知ってはいるが、普通はああじゃないよな」

+特別書き下ろし番外編+

幸せに

「主から離れないもんな。触らせてもらえないのが当たり前だと思っていたよ」

と、語り合った。ラトリシアでは騎獣は貴族のものだ。騎獣を持つ冒険者はほぼ、外国人だった。

「シウは心が広いよな。食事も作ってくれるし」

「あれは有り難い。そういや、あいつ、三番目の森で冒険者を助けたらしくてな――」

冬でもルシエラに残る冒険者は当然、王都出身者だ。彼等は情報通でもあった。シウがどんな依頼を受けたのか、新人ギルド職員を教育しただなんて話も知っていた。

本当に子供なのかと、皆で笑った。というのも、エルフであるククールスがいたからだ。歳を取るのが遅いエルフにかけた冗談でもあった。

それが頭の片隅に残っていた。


当初は雪崩《なだれ》による災害の対応から始まった緊急依頼だった。それがやがて、スタンピードではないかというほどの魔獣討伐戦に移り変わった。最終的にグラキエースギガスという大物討伐になった時、ククールスはシウの異常さを知った。

他の誰も気付いていなかっただろう。大型魔獣の討伐戦など滅多にないから、皆が興奮していた。けれど、ククールスは見ていた。シウの的確な指示がなければ、あれほど早く討伐できていなかっただろう。最終的に大型魔獣であるグラキエースギガスを倒したのは、飛竜に乗ったオスカリウス辺境伯《へんきょうはく》だ。魔獣スタンピード慣れした男として有名で、シュタイバーン国では隻眼《せきがん》の英雄とも呼ばれていた。

だから誰もが彼の功績を称《たた》えたし、討伐できた喜びで一杯だった。

ククールスは違う。見た目は子供のシウが、冷静に事後処理をする姿を見つめ続けた。

彼は鑑定もできるし、気配も察知できる。魔法を幾《いく》つも使いこなしていた。

シーカー魔法学院に通っているから？

それは理由にならない。

ククールスの想像だけでも彼の魔法スキルは数多く、必要な魔力は膨大だ。節約しているというが本当にそれだけだろうか。

年齢は十三歳。けれど、もっと小さく見える。

それらに当てはまる種族に、ククールスは心当たりがあった。

もちろん、世の中には天才がいるというのも知っている。恵まれた才能を持つ者だっている。シーカーに通う生徒ならば有り得るかもしれない。

しかし、ククールスはシウの生い立ちを聞いてしまった。

久しく忘れていた、あの森の名前を、彼は口にした。

「イオタ山脈で暮らしていたんだよ」

と。ククールスが里を出ようと決心したあの場所だ。

狩人の里から向かうはずだった森はイオタ山脈という名だった。

◆特別書き下ろし番外編◆

幸せに

ハイエルフの依頼を終えてからしばらく、ククールスは里にいた。友人が消えてすぐ、二人続けて消えれば目立つと思ったからだ。それに調べたいこともあった。ハイエルフの依頼について詳細に知りたかったのだ。知れたのは少ない情報だけだ。ウーヌス族の長が話していたのを盗み聞きするのが限界だった。それ以上、下っ端のエルフが王族の動向を調べるなど不可能に等しい。諦めるしかなかった。けれど、あの森がどういうものだったかは分かる。

その後、本格的に冒険者となった。そして、シャイターン国へ行く護衛依頼を受けた。本来なら往復での護衛が多いところ、ククールスは復路の依頼を断った。ちょっと見て回りたいのだと冒険者仲間に言って、別行動を取ったのだ。

当時知り得た全ての情報を元に、ハイエルフが追っていたのは男女二人だということまで分かっていた。イオタ山脈を抜けようとしていたのも分かっている。どこからどう抜けようとしたのかも。

知りたかった情報は簡単に得られた。事件からそれほど経《た》っていなかったから覚えている人がいたのだ。男女は若い夫婦だった。ある村でひっそりと暮らしていたが、妻はたぶん貴族の出だろうと噂されていたそうだ。

妻は妊娠しており、そろそろ臨月ではないかという頃に訪ねてくる者がいた。全身をローブで隠していたから、連れ戻しに来た貴族ではないかと村人は言った。

その後、夫婦二人ともいなくなったので、連れて行かれたのだろうと話していた。

そうではないと、ククールスには分かった。貴族がそんな格好をするものか。彼等が何故身を隠す必要があるのだ。少なくとも、今まで冒険者仕事をしていて知り合った貴族の中にそんな考えの者はいなかった。

身を隠すのは知られたくないからだ。そして、同じ格好の者を、ククールスは知っている。

その時に聞いた名前から、女性の姓についても分かった。意外と噂話《うわさばなし》は広がるものだ。そこまで調べて、ククールスは諦めた。名前を知ったからといってどうするのだ。彼等はもう死んでいる。勢子《せこ》役として追い立てる役目だったククールスに、これ以上何ができるのか。

イオタ山脈に向かって頭を下げるしかない。

ただ、決して名前を忘れないでおこう。友人にいつか教えてあげたいとも思った。彼なら、気にしているかもしれないと考えたからだ。

その名を、シウに告げた時、ククールスは思わず彼の目を手で塞いでいた。

澄んだ瞳で見られたくなかった。自分の中の弱い部分を知られるのが怖かった。いや、そうではない。ククールスはシウに軽蔑《けいべつ》されたくなかったのだ。

シウは、雪崩現場で見付けた憐れな子供を引き取った。獣人族と人族の間に生まれた子だ。ラトリシアでは両方の血を引く者は忌み嫌われる。ハイエルフと同じだ。ハイエルフも血を穢すとして嫌った。いや違う。そんな言葉では到底収まらないほどの強い感情で、厭《いと》っていた。

そのハイエルフの血を引くかもしれないと、ククールスはシウに告げている。

――何故、話したのだろう。

自分が楽になりたいからだ。過ちを許されたいからだ。そのことに、気付いたからこそ咄嗟《とっさ》に手で隠した。なのに、シウときたら、

「気にしなくていいんだよ」

と微笑《ほほえ》んだ。何故そんな顔で笑えるのだろう。

ククールスはなんともいえない気持ちで――泣き笑いの表情だったろう――シウに言い返した。「ばーか」と。彼はやはり微笑んでいた。とても十三歳の子供とは思えない、不思議な表情だった。

友人を思い出した。友人とシウはどこか似ている。ふらふら一人で出歩くところも、ふんわりと笑う姿も。それから、小さな精霊たちに愛されているというのに、本人には全く姿が見えないところも。

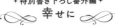

◇◆◇◆◇

ある日、冒険者ギルドのルランドから「お前向きのいい依頼がある」と依頼書を渡された。シーカー魔法学院からの仕事だった。授業の一環で遺跡に潜るのだそうだ。その護衛として「グラキエースギガス討伐に参加した冒険者」かつ「シウと仲の良い人」に指名依頼が入った。

シウと仲の良い人、でククールスに話が来る。それが妙に嬉《うれ》しい。

「俺以外にもいるんじゃないのか？」

「何人かに打診はしたんだけど、まだ確定してない。ていうか、嫌なのか？」

「嫌じゃないけどさ〜」

「渋るじゃないか。でもシウは良い子だぞ。クラルにも節約魔法を教えてくれるしなあ、と後ろを向く。そこにいたクラルが元気よく顔を上げた。

「勉強する楽しさを教えてくれたんですよ！　シウは良い子です」

「ほらな。ユリアナたちもシウを気に入ってるし。大丈夫だって。ククールスだって何度も一緒に依頼を受けているんだ。知ってるだろ？」

「だから、別に何も言ってないだろ」

「全く。依頼を選り好みしてたらダメだって言ってるだろう。前の担当者は甘やかしてた

✦特別書き下ろし番外編✦

幸せに

みたいだけど、俺は違うからな」

「前も甘やかされてねぇよ！」

「そうか〜？」

ルシエラで本格的に冒険者活動を行うようになってから、もう十二年になる。その間に担当者も変わった。けれど情報は引き継がれていて、こうしてククールスはからかわれる。物知らずだった頃のことまで引き合いに出されるから、たまったものではない。

「甘やかすって言ったらシウにだろうが。皆がシウをチヤホヤしてるじゃないか」

「なんだよ、拗《す》ねてるのか？」

「拗ねてねぇよ」

「ははは。あれはまあ、シウがすごいってのもあるんだろ。子供なのにさ。でも、大半はフェレスのせいじゃないか」

騎獣の素晴らしさを知った冒険者たちが挙ってフェレスを可愛《かわい》がっている。そのフェレスときたらまた愛嬌《あいきょう》があって、可愛い。あれで案外負けず嫌いで誰よりも速く飛びたいと思っているヤンチャ坊主なのだが、それはあまり知られていないようだった。

ククールスはなんとなく嬉しくなった。

「ま、俺はなんだっていいさ。その依頼は受ける。俺向きなんだろ？」

「よし。じゃ、受けるぞ。あ、それと、前回の依頼料を少しぐらい残しておくようにな」

「なんでだよ」

「入ったら全部使うって生活はそろそろ止めろって。シウもよく言ってるせいか、最近は皆が貯金し始めてるぞ。少しずつだけどな」

「……シウが何て言ってるんだ？」

「老後の資金を貯めておけって。冒険者は体が資本だし、老後じゃなくても引退後の予想図は描いておいた方がいいとかなんとか」

「なんだそりゃ」

「まあ、俺も最初は子供が何言ってるんだと思ってたけどさ。真剣な顔で言うんだ。あんな若いのになぁ」

ルランドが笑うのに合わせてククールスも笑った。が、ふと気付いた。

シウは、自分に老後があると思っている。

そう言えば、彼はククールスにこう言ったのだった。

「死んだ両親が喜ぶのは、僕が幸せに生きることだ」

ククールスの親も言ったではないか。幸せにね、と。

かつて友人も、話していた。

「人族よりも長生きする分、いろいろあるだろうけどさ。ヨボヨボの爺さんになった時『こんなこともあった』なんて、のんびり話してたいよな」

彼もまた老後があると信じていた。ならば――。

「そうだな……。俺もちょっとは貯金しておこうかな」

◆特別書き下ろし番外編◆

幸せに

「おっ、本当か？」

茶化すルランドにククールスは苦笑で返す。「まあ、おいおいな」と。ルランドは呆《あき》れ顔で「真面目に考えろよ？」とまたお小言だ。

聞き流しながら、ククールスはいつか友人と再会できる気がしていた。それは冒険者を引退するような年齢の時かもしれない。その時にのんびりと話せるように、やはり少しは貯めておこう。

ただし、少しずつだ。今までの生活を完全に変えるにはまだまだ時間がかかる。

でも大丈夫。ククールスはエルフだ。先の人生は長いのだから、ゆっくりでいい。ゆっくり、変わっていけばいい。

あとがき

「魔法使《まほうつか》いで引《ひ》きこもり?」もいよいよ九巻になりました。シリーズ合わせて十冊目になります。これも、応援してくださる皆様のおかげです。ありがとうございます。

おかげさまで、今回も戸部《とべ》先生の素敵イラストが拝見できました。

もちろん皆様はもうご覧になられたかと思います。そう、麗《うるわ》しのアマリア! ゴーレム作りが好きな貴族のお嬢様です。カバーで大事そうに持っているのがそうですね! 再現度! 神!

興奮してしまいました。ただ、興奮は止まらないんですよ。たとえば作者一押しキャラのヒルデガルドと、おっとりお嬢様のアマリアとの対比シーン。そして、物悲しくも見える美しい船の上のシーン。対照的なお風呂ではしゃぐ子供たち。これを、カラーで!

モノクロも良かったですね!(オヤジが照れてるシーンを見て「コイツ照れてるぞ」とからかえばいいのか、これを描いてくださった戸部先生すごくない? って思えばいいのか悩みましたが)とにかく、どれもにうっとりしました。ただの一つも違和感ないのってすごくないですかね。やっぱりイラストレーター様、神様ですね。

ちょっと興奮しすぎたので話題を変えます。当方、お話にモフモフがよく出てくるのも

あとがき

あって動物園に何度か取材に行きました。神《こう》戸《べ》どうぶつ王《おう》国《こく》はお気に入りで、ハシビロコウやレッサーパンダなど見所満載です。バードショーも大変面白い。職員の方も親切で、質問にも気さくに答えてくださいますし、個体それぞれの面白いネタも教えてくれます。

実は東山《ひがしやま》動植物園《どうしょくぶつえん》にも行きたいのですが、昨今の事情で行けてません。ゴリラに会いたい。（他の動物も楽しみですよ！）早く堂々と行けるようになりたいです。

他にも姫《ひめ》路《じ》セントラルパークは絶対行ってみたいところ。チーターなど興味のある動物がいるのはもちろんなのですが、ホームページから漂うネタ感が心にヒットするのです。笑わせようとする姿勢を見ると、施設へ行けばもっと楽しいはず！　と思わせられる。

動物園以外にも、たとえば万年筆の修理を専門にされてるお店だったり、大阪のドイツクリスマスマーケットを見に行ったり。たくさん写真を撮って、実際に資料にも使いました。取材と銘《めい》打《う》たなければ、きっと行かなかっただろうと思います。外に出ようと思わせてくれたのは、この本のおかげなんですよね。そういう意味でも、本が出せたのはわたしにとって有り難いことです。

というわけで、最後に改めて。

お手にとってくださった皆様にお礼申し上げます。また、リモートワーク中で大変だった編集Iさんを始め、校正さんなどなど、本作に関わる全ての方々にも感謝です。

本当にありがとうございます！

小鳥屋エム

魔《ま》法《ほう》使《つか》いで引《ひ》きこもり？9
～モフモフと謳歌《おうか》する友《とも》との休暇《きゅうか》～

2021年3月30日　初版発行

著者　小鳥屋《ことりや》エム
イラスト　戸部 淑
発行者　青柳昌行
発行　株式会社KADOKAWA
〒102-8177 東京都千代田区富士見2-13-3
電話 0570-002-301（ナビダイヤル）
編集企画　ファミ通文庫編集部
デザイン　百足屋ユウコ＋豊田知嘉（ムシカゴグラフィクス）
写植・製版　株式会社オノ・エーワン
印刷　凸版印刷株式会社
製本　凸版印刷株式会社

　ISBN978-4-04-736538-4 C0093